# Epilepsie

Ein illustriertes Wörterbuch für Kinder und Jugendliche sowie ihre Eltern

Günter Krämer | Richard Appleton

# EPILEPSIE

## Ein illustriertes Wörterbuch für Kinder und Jugendliche sowie ihre Eltern

4., überarbeitete und erheblich erweiterte Auflage

Hippocampus Verlag

**Anschriften der Autoren:**
Dr. med. Günter Krämer
Medizinischer Direktor
Schweizerisches Epilepsie-Zentrum
Bleulerstrasse 60
8008 Zürich
E-Mail: g.kraemer@swissepi.ch

Dr. Richard E. Appleton
Consultant Paediatric Neurologist
Alder Hey Children's Hospital
Eaton Road
Liverpool L12 2AP
E-Mail: richard.appleton@rlc.nhs.uk

Krämer, Günter; Appleton, Richard:
Epilepsie. Ein illustriertes Wörterbuch für Kinder und Jugendliche sowie ihre Eltern.
4., überarbeitete und erweiterte Auflage
Hippocampus Verlag, Bad Honnef 2011
ISBN 13: 978-3-936817-71-3


E-Mail: verlag@hippocampus.de
Internet: http://www.hippocampus.de

Titel der ursprünglichen, englischsprachigen Ausgabe:
Appleton, Richard (ed.): The Illustrated Junior Encyclopaedia of Epilepsy. Roby Education Ltd., Maghull (for Mersey Region Epilepsy Association) 1995 (zweite Auflage 1999)

Erste deutschsprachige Ausgabe:
Blackwell Wissenschaftsverlag 2001

Zweite deutschsprachige Ausgabe: Bad Honnef, Hippocampus Verlag 2004

Dritte deutschsprachige Ausgabe: Bad Honnef, Hippocampus Verlag 2007

Deutsche Übersetzung und Bearbeitung von:
Dr. med. Günter Krämer, Zürich
Bilder (teilw.): http://www.photocase.de
Layout: Julia Gudelius, Satz: Annika Thierbach
Druck: TZ-Verlag & Print GmbH, Roßdorf

# Vorwort

Dr. Günter Krämer, Zürich

Dr. Richard Appleton, Liverpool

Liebe Kinder und Jugendliche,
liebe Eltern

Dieses Buch soll Euch, Euren Eltern oder auch anderen Menschen dabei helfen, Eure epileptischen Anfälle und Eure Epilepsie besser kennenzulernen und zu verstehen. »Wissen ist Macht«, hat einmal jemand gesagt. Auch wenn man solche Sprüche vielleicht nicht besonders mag, steckt doch etwas Wahres darin. Gerade bei einer Epilepsie könnt Ihr nicht früh genug damit anfangen, Euch selbst schlau zu machen.
Vielleicht habt ihr erst vor Kurzem von der Krankheit erfahren, vielleicht wisst Ihr auch schon längere Zeit davon. Selbst dann werden Euch wahrscheinlich aber immer noch viele Fragen im Kopf umhergehen. Es kann sein, dass Euch der Arzt schon einmal das Eine oder Andere erklärt hat, aber möglicherweise seid Ihr zu aufgeregt gewesen, um es Euch zu merken, seine Erklärungen waren zu kompliziert oder zu viel auf einmal oder Ihr habt es einfach wieder vergessen.
Das Buch muss nicht unbedingt von vorn bis hinten durchgelesen werden, sondern Ihr könnt an jeder beliebigen Stelle anfangen und vorwärts oder rückwärts darin herumblättern. Die Abschnitte mit den verschiedenen Begriffen und Stichwörtern sind alphabetisch von »A« bis »Z« sortiert, so dass Ihr auch rasch nachsehen könnt, ob ein bestimmter Begriff erklärt wird. Vielleicht fangt Ihr am besten bei dem Wort »Epilepsie« an.
Ein kleiner blauer Pfeil ↑ vor einem Begriff bedeutet, dass dieses Wort an der entsprechenden Stelle im Buch ausführlicher erklärt wird. Dadurch könnt Ihr von einem Abschnitt zum nächsten wechseln und findet so schnell all die Erklärungen, die notwendig sind, um etwas besser zu verstehen.

Ihr könnt dieses Buch allein oder gemeinsam mit Euren Eltern, Geschwistern, Freunden oder auch anderen Menschen (zum Beispiel Lehrern) nutzen. Wir hoffen sehr, dass es zumindest einen Teil Eurer Fragen zum Thema Epilepsie beantworten kann. Der Einfachheit halber sprechen wir von dem Arzt, Neuropädiater oder Neuropsychologen, obwohl es auch viele Ärztinnen und Neuropsychologinnen gibt. Dasselbe gilt umgekehrt für die Arzthelferin oder EEG-Assistentin.

Für diese Auflage waren aufgrund neuer Entwicklungen in den drei Jahren seit Erscheinen der dritten Auflage einige Anpassungen erforderlich. Außerdem sind ein Verzeichnis der häufigsten Abkürzungen zu Beginn des Textes, zahlreiche neue Stichwörter und ein Verzeichnis mit weiterführenden Informationsquellen (neben Büchern und Broschüren auch einige Videos sowie Zeitschriften) am Ende des Buches hinzugekommen. Für diejenigen von Euch, die gerne mit einem Computer umgehen, gibt es dieses Buch auch als DVD, die nicht nur den kompletten Text des Buches, sondern darüber hinaus auch Videos von verschiedenen Formen epileptischer Anfälle enthält.

Solltet Ihr oder Eure Eltern nach dem Lesen Änderungs- und Ergänzungsvorschläge haben, könnt Ihr uns diese gerne mitteilen. Unser Dank für Verbesserungsvorschläge geht für diese Auflage insbesondere an Dr. med. Maximilian Kaufmann (Kinderarzt in Basel), und Prof. Dr. med. Gerhard Kurlemann (Kinderarzt in Münster), daneben erneut an Doris Krämer-Christmann und an Dr. med. Judith Kröll (Oberärztin an der Klinik für Kinder und Jugendliche des Schweizerischen Epilepsie-Zentrums in Zürich). Ein spezieller Dank geht an die Kinder und Jugendlichen mit Epilepsie beziehungsweise ihre Eltern, die uns erlaubt haben, ihre Anfälle als Bild zu zeigen.

Im November 2010

*Dr. med. Günter Krämer, Zürich*
*Dr. Richard Appleton, Liverpool*

# Inhalt

# Abkürzungsverzeichnis

| | |
|---|---|
| ACTH | adrenokortikotropes Hormon |
| ADHS | Aufmerksamkeitsdefizit-Hyperaktivitätssyndrom |
| ADS | Aufmerksamkeitsdefizitsyndrom |
| AE | Antiepileptikum / Antiepileptika |
| AED | englisch: antiepileptic drug; Antiepileptikum / Antiepileptika (Medikament[e] gegen epileptische Anfälle) |
| AGM | Aufwach-Grand-mal(-Anfall) |
| AK | Antikonvulsiva / Antikonvulsivum (Medikament[e] gegen epileptische Anfälle) |
| AZA | Acetazolamid |
| BECTS | benigne Epilepsie mit centro-temporalen Spikes; andere Bezeichnung für Rolando-Epilepsie |
| BNS | Blitz-Nick-Salaam |
| BPE | benigne Partialepilepsie(n) |
| Br | Brom (Kaliumbromid) |
| CBZ | Carbamazepin |
| CLB | Clobazam |
| c/s | englisch: cycles per second; im EEG: Wellen pro Sekunde |
| CT | Computertomographie |
| CZP | Clonazepam |
| DD | Differenzialdiagnose |
| DZP | Diazepam |
| EEG | Elektroenzephalographie bzw. Elektroenzephalogramm; Messung der »Gehirnströme« |
| EFA | einfach fokaler Anfall / einfach-fokaler Anfall |
| EKG | Elektrokardiographie bzw. Elektrokardiogramm |
| EPA | einfach-partieller Anfall / einfacher partieller Anfall |
| ESL | Eslicarbazepin |
| ESM | Ethosuximid |
| ETP | epilepsietypische(s) Potenzial(e) |
| FA | fiebergebundener (epileptischer) Anfall |

| | |
|---|---|
| FBM | Felbamat |
| FK | Fieberkrampf |
| FLE | Frontallappenepilepsie |
| GABA | englisch: gamma amino butyric acid (Gamma-Aminobuttersäure) |
| GBP | Gabapentin |
| GM | Grand mal |
| GMA | Grand-Mal-Anfall |
| GTKA | generalisierter tonisch-klonischer Anfall |
| HV | Hyperventilation |
| IBE | Internationales Büro für Epilepsie |
| ICD | englisch: International Classification of Diseases; internationale Einteilung von Krankheiten (herausgegeben von der Weltgesundheitsbehörde WHO) |
| IGE | idiopathische generalisierte Epilepsie |
| ILAE | Internationale Liga gegen Epilepsie (englisch: International League Against Epilepsy) |
| i.m. | intramuskulär |
| i.v. | intravenös |
| JAE | juvenile Absencenepilepsie |
| JME | juvenile myoklonische Epilepsie |
| KAE | kindliche Absencenepilepsie |
| KFA | komplex-fokaler Anfall / komplexer fokaler Anfall |
| KH | Kleinhirn |
| KM | Kontrastmittel |
| LCM | Lacosamid |
| LEV | Levetiracetam |
| LGS | Lennox-Gastaut-Syndrom |
| LTG | Lamotrigin |
| LTM | Long-term Monitoring; Langzeitmonitoring |
| MDZ | Midazolam |
| MRI | englisch: magnetic resonance imaging (= MRT) |
| MRT | Magnetresonanztomographie |
| OLE | Okzipitallappenepilepsie |

| | |
|---|---|
| OXC | Oxcarbazepin |
| PB | Phenobarbital |
| PGN | Pregabalin |
| PGTKA | primär generalisierter tonisch-klonischer Anfall |
| PHT | Phenytoin |
| PLE | Parietallappenepilepsie |
| PRM | Primidon |
| PS | Panayiotopoulos-Syndrom |
| PSW | englisch: polyspike-wave; Abfolge von Vielfachspitzen und einer langsamen Welle im EEG |
| PTE | posttraumatische Epilepsie |
| RE | Rolando-Epilepsie |
| RR | Blutdruck, nach der Methode von Riva-Rocci (italienischer Arzt) gemessen |
| RUF | Rufinamid |
| SDA | Simultan-Doppelbild-Aufzeichnung; gleichzeitige Aufzeichnung von EEG und Verhalten |
| Seko | Serumkonzentration |
| SGTKA | sekundär generalisierter tonisch-klonischer Anfall |
| SHT | Schädel-Hirn-Trauma |
| STM | Sultiam |
| STP | Stiripentol |
| SW | englisch: spike-wave; Abfolge von einer Spitze und einer langsamen Welle im EEG |
| TGB | Tiagabin |
| TKA | tonisch-klonischer Anfall |
| TLE | Temporallappenepilepsie |
| TPM | Topiramat |
| VNS | Vagusnervstimulator |
| VPA | Valproinsäure, Valproat |
| WS | West-Syndrom |
| ZNS | 1. Zentralnervensystem<br>2. Zonisamid |

# A · a

A

**Absence** | Absence kommt aus dem Französischen und bedeutet »Abwesenheit«. Eine Absence ist ein kurzer oder »kleiner« ⇡ generalisierter epileptischer ⇡ Anfall. Absencen werden manchmal auch ⇡ »Petit-Mal«-Anfälle genannt (Petit mal: französisch = »kleines Übel«). Absencen gehören bei Kindern und Jugendlichen zu den häufigsten ⇡ Anfallsformen. Manchmal wird diese Anfallsform eingedeutscht auch Absenz genannt.

Es gibt verschiedene Formen von Absencen:

- **Typische** Absencen, die nochmals in die seltenen einfachen oder »blanden« Absencen (etwa 10 %) und die häufigen so genannten komplexen Absencen (etwa 90 %) unterteilt werden. Bei komplexen Absencen kommt es neben einer ⇡ Bewusstseinsstörung noch zu weiteren Begleitzeichen.
- **Atypische** oder **ungewöhnliche** Absencen haben wie die komplexen typischen Absencen noch weitere Begleitzeichen, meist auch fokale Merkmale, gehen mit deutlicheren ⇡ Muskelzuckungen und ⇡ Stürzen einher und dauern länger als typische Absencen.

Mädchen unmittelbar vor (links) und nach (rechts) sowie während einer Absence (in der Mitte).

Bei einer Absence sieht man so aus, als ob man träumt oder »nicht richtig bei sich« ist. Man schaut oder »starrt« plötzlich vor sich hin und bekommt nicht mehr mit, was um einen herum passiert. Eine Tätigkeit wie zum Beispiel Lesen oder Spielen wird von einer Sekunde auf die nächste unterbrochen und nach zehn bis zwanzig Sekunden ebenso plötzlich fortgesetzt, als ob nichts geschehen wäre. Bei einer typischen Absence kommt es nie vor, dass man hinfällt.



Kindern oder Jugendlichen mit noch nicht erkannten, unbehandelten Absencen kann es zum Beispiel in der Schule passieren, dass sie für unaufmerksam gehalten werden und schlechte Noten bekommen. Weil ihr ⇡ Gehirn für einige Sekunden gewissermaßen »abgeschaltet« ist, können sie während einer Absence weder Aufforderungen befolgen noch Fragen beantworten, obwohl sie ansonsten mehr oder weniger unauffällig sind und man ihnen nicht ansieht, dass sie eine ⇡ Epilepsie haben.

Häufig kommt es während einer Absence zusätzlich zu einer »Denkpause« und Erinnerungslücke auch zu einem kurzen Zittern der Augäpfel und Lider (⇡ Myoklonien), Herabsinken von Kopf oder Armen, Rückwärtsbewegen von Augen, Kopf und Rumpf, automatisch ablaufenden Mundbewegungen und anderen Handlungen (⇡ Automatismen) oder auch Veränderungen der Hautfarbe.

Absencen kommen am häufigsten bei Kindern vor und sind bei jüngeren Schulkindern die häufigste Form epileptischer Anfälle (⇡ kindliche Absencenepilepsie). Sie können auch bei Kleinkindern und Jugendlichen (⇡ juvenile Absencenepilepsie) und ausnahmsweise bei Erwachsenen auftreten, werden aber mit zunehmendem Alter immer seltener.

Es kommt häufiger vor, dass Absencen längere Zeit mehrfach am Tag auftreten, bevor erkannt wird um was es sich handelt und eine wirksame Behandlung mit dem richtigen ⇡ Medikament (⇡ Antiepileptikum) eingeleitet wird.

**Absencenepilepsie der Jugend** | Dies ist eine andere Bezeichnung für ⇡ juvenile Absencenepilepsie.

**Absencenepilepsie der Kindheit** | Dies ist eine andere Bezeichnung für ↑ kindliche Absencenepilepsie.

**Absenz** | Dies ist eine andere Bezeichnung für ↑ Absence.

**Absetzen von Medikamenten** | Es ist ein verständlicher und auch berechtigter Wunsch vieler Kinder und Jugendlichen mit ↑ Epilepsie und ihrer Eltern, ↑ Medikamente gegen die ↑ Anfälle (↑ Antiepileptika) nur eine möglichst kurze Zeit einzunehmen. Allerdings muss man dabei berücksichtigen, dass auch eine längere ↑ Anfallsfreiheit keine Garantie dafür ist, dass keine Medikamente mehr erforderlich sind. Das Risiko erneuter Anfälle hängt von vielen verschiedenen Fragen ab, in erster Linie davon, welche ↑ Epilepsieform vorliegt. Daneben spielen auch das Alter des Kindes oder Jugendlichen, die Zeit und Anfallszahl bis zum Erreichen einer Anfallsfreiheit, die Normalisierung des ↑ EEGs oder die ↑ Dosis und Zahl erforderlicher Medikamente eine Rolle.
Viele ↑ altersgebundene kindliche Epilepsien können erfolgreich behandelt werden und haben zusätzlich eine Tendenz, sich von alleine zu bessern (↑ Ausheilen). Spätestens nach einer ausreichend langen Anfallsfreiheit unter Einnahme von Tabletten stellt sich daher die Frage, ob die Medikamente nicht wieder langsam weggelassen werden können. Diese Frage sollte ruhig von Zeit zu Zeit mit dem behandelnden Arzt besprochen werden, um eine ↑ Überbehandlung oder unnötig lange Behandlung zu vermeiden. Dies gilt insbesondere für die kindliche ↑ Absencenepilepsie und die ↑ Rolando-Epilepsie. Es gibt aber auch Ausnahmen: Bei

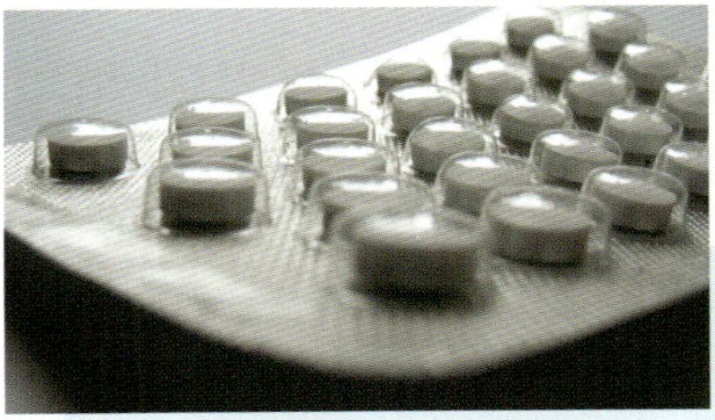

A

der ↑juvenilen myoklonischen Epilepsie geht es praktisch nie gut, die Medikamente auch nach einer mehr als zweijährigen Anfallsfreiheit abzusetzen, weil dann fast immer wieder Anfälle auftreten. Die Frage der erforderlichen Dauer einer Behandlung hängt also ganz wesentlich von der Form Deiner Epilepsie ab (↑Behandlungsdauer, ↑Prognose). Leider müssen einige Kinder und Jugendliche mit Epilepsie damit rechnen, dass sie ihr ganzes Leben lang Medikamente einnehmen müssen.



Schon aufgrund der Gefahr von ↑Entzugsanfällen bis hin zu einem lebensgefährlichen ↑Status epilepticus dürfen Medikamente nie ohne Rücksprache mit dem Arzt abgesetzt werden. Auch wenn es nicht sofort zu einem Anfall kommt, wenn Du Deine Tabletten zum Beispiel aus Versehen einmal vergessen hast, solltest Du daraus nicht schließen, dass Du sie ruhig weglassen kannst.

**ACTH** | ACTH ist die Abkürzung für adrenokortikotropes Hormon. Dieses ↑Hormon wird vom ↑Gehirn gebildet und regt seinerseits den Körper zur Bildung eines weiteren wichtigen Hormons an. Bei einer ↑Epilepsie wird es als künstlich hergestelltes Hormon unter anderem zur Behandlung von ↑epileptischen Spasmen bei Kleinkindern mit einem ↑West-Syndrom eingesetzt. Der ↑Wirkstoff heißt ↑Tetracosactid.

**Add-on-Therapie** | Dies ist eine andere Bezeichnung für ↑Kombinationstherapie.

**Adversiv-Anfall** | Adversiv heißt »zur Gegenseite gerichtet«. Adversiv-Anfälle sind ↑epileptische Anfälle, die vom ↑Frontallappen des ↑Gehirns ausgehen. Ein Adversiv-Anfall ist ein Beispiel für einen ↑einfachen fokalen Anfall. Bei einem Adversiv-Anfall drehen sich die Augen oder der Kopf (oder beides) langsam zu einer Seite. Wenn sich sowohl die Augen als auch der Kopf bewegen, sind es manchmal zuerst die Augen und erst danach der Kopf, manchmal dreht sich auch zuerst der Kopf. Gelegentlich bewegt sich im Anschluss an die Augenbewegung sogar der ganze Körper.

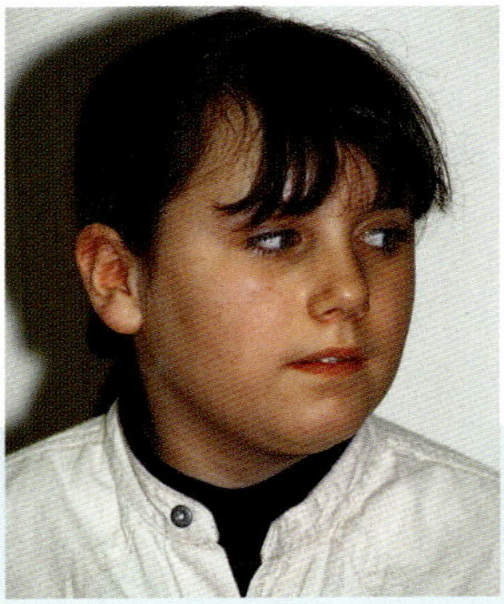

Meistens entwickelt sich aus einem Adversiv-Anfall eine andere ↑Anfallsform, am häufigsten ein ↑komplexer fokaler Anfall. Es kann aber auch zu einem ↑generalisierten tonisch-klonischen Anfall kommen.

Mädchen mit einem Adversiv-Anfall, bei dem es die Augen und den Kopf unwillkürlich nach links gedreht hat.

A

**afebriler Anfall** | Ein afebriler Anfall ist ein ↑epileptischer Anfall, für dessen Auftreten Fieber keine Rolle spielt (im Gegensatz dazu siehe ↑fiebergebundener Anfall / Fieberkrampf).

**Affekt** | Ein Affekt ist eine relativ kurz dauernde Erregung oder Gemütsbewegung. Diese kann angenehm (zum Beispiel Freude) oder unangenehm sein (zum Beispiel ↑Angst oder Zorn).

**Affektkrampf** | Ein Affektkrampf ist kein epileptischer Anfall. Wie bei epileptischen ↑Anfällen kommt es bei Kleinkindern zwar zu einer anfallsartigen ↑Bewusstseinsstörung, die aber durch eine unangenehme Erregung oder Gemütsbewegung (↑Affekt) ausgelöst wird und nur gelegentlich mit krampfartigen Erscheinungen bzw. ↑Muskelzuckungen einhergeht. Auslöser für Affektkrämpfe können alle möglichen unangenehmen Reize sein, neben Schmerzempfindungen auch ↑psychische Erlebnisse, die Enttäuschung, Trotz oder Wut hervorrufen.
Affektkrämpfe kommen meist bei Kindern im Alter von sechs Monaten bis fünf Jahren vor, besonders bei empfindsamen, lebhaften und vermehrt reizbaren Kleinkindern. Jungen sind häufiger betroffen als Mädchen.
Neben den häufigeren ↑blauen Affektkrämpfen gibt es auch ↑blasse Affektkrämpfe.

Affektkrämpfe gehören zu den Erkrankungen, die mit einer Epilepsie verwechselt werden können (↑ Differenzialdiagnose).

**akut** | Akut ist der Gegensatz von ↑ chronisch und bedeutet in der Medizin plötzlich auftretend, rasch und heftig verlaufend. ↑ Epileptische Anfälle sind eine akute Störung.

A

**akuter symptomatischer Anfall** | Dies ist eine andere Bezeichnung für ↑ Gelegenheitsanfall.

**Albtraum** | Alb ist der Name eines germanischen Angst einflößenden Walddämons. Ein Albtraum ist ein bei etwa fünf Prozent aller Menschen (bei Kindern und Jugendlichen ebenso wie bei Erwachsenen) vorkommender Angsttraum. Er tritt meist erst mehrere Stunden nach dem Einschlafen oder in der zweiten Nachthälfte mit Erwachen aus dem so genannten REM-Schlaf (= Traum-Schlaf) auf und geht mit einer genauen Erinnerung von mit Angst verbundenen Situationen einher. Ein Albtraum hat nichts mit einer ↑ Epilepsie zu tun, kann aber gemeinsam damit vorkommen.

**Alexander der Große** (356–323 vor Christus) | Alexander der Große war König von Mazedonien, einem Teil des antiken Griechenlands. Er war bei den Menschen seines Landes sehr beliebt und wird oft als der größte Feldherr der Antike angesehen. Schon als Junge war er sehr klug, und sein berühmter ↑ Lehrer Aristoteles lehrte ihn, kritisch zu denken. Als er älter wurde, interessierte er sich zunehmend für die Behandlung von Krankheiten.

Als Alexander der Große 32 Jahre alt war, erstreckte sich sein Königreich von Griechenland über Ägypten bis nach Indien. Ein Großteil der östlichen Welt war unter seiner Kontrolle. Alexandria, die zweitgrößte Stadt in Ägypten, ist nach ihm benannt. Die Tatsache, dass er ⇡ Epilepsie hatte, konnte ihn nicht daran hindern, einer der größten Helden der Antike zu werden.

**Alkohol |** Alkohol ist weltweit eine der ältesten und am weitesten verbreiteten ⇡ Drogen, die bei Menschen mit und ohne ⇡ Epilepsie häufiger zu schweren gesundheitlichen Schäden führt. Dazu gehören auch ⇡ Alkoholentzugsanfälle, die gerade bei Jugendlichen oft gemeinsam mit ⇡ Schlafmangel oder Schlafentzug auftreten. Auf der anderen Seite wirkt Alkohol in geringen Mengen beruhigend und entspannend. Nicht nur deshalb wird bei vielen geselligen Anlässen wie zum Beispiel auf einer ⇡ Party Alkohol getrunken. Es kann Dir passieren, dass Du bei solchen Gelegenheiten manchmal »schief angesehen« beziehungsweise als Außenseiter betrachtet wirst, wenn Du nicht wie die anderen Gäste auch alkoholische Getränke trinkst. Du solltest Dir angewöhnen, Dich davon nicht irritieren zu lassen und mehr auf Deine Gesundheit als auf dumme Sprüche falscher Freunde zu achten. Gewöhne Dir an, auch in solchen Situationen möglichst mutig zu sein und ein starkes ⇡ Selbstbewusstsein zu entwickeln; Deine richtigen Freunde werden Dich dabei unterstützen.

Kinder dürfen ohnehin keinen Alkohol trinken, auch wenn sie keine Epilepsie haben. Jugendliche mit einer Epilepsie sollten entweder völlig auf Alkohol verzichten oder sich auf geringe Mengen (zum Beispiel ein bis höchstens zwei Gläser Bier oder Wein bei einem entsprechenden Anlass) beschränken.

**Alkoholentzugsanfall** | Alkoholgenuss führt unmittelbar praktisch nie zu epileptischen Anfällen. Gefährlich ist der so genannte Alkoholentzug, oft am nächsten Morgen. Dieser kann ↑ epileptische Anfälle auslösen, die dann als ↑ Gelegenheitsanfälle bezeichnet werden. Besonders am ↑ Wochenende, bei ↑ Partys oder Reisen in den ↑ Ferien kann es zu Situationen kommen, bei denen nicht nur Alkohol getrunken wird, sondern noch ↑ Schlafmangel hinzukommt. Dadurch wird das Risiko eines epileptischen Anfalls zusätzlich erhöht. Nur ausnahmsweise treten Anfälle schon während des Alkoholtrinkens auf, in aller Regel erst Stunden oder Tage später.



**Allergie / allergischer Hautausschlag / allergisches Exanthem** | Eine Allergie ist eine Überempfindlichkeit des Körpers gegenüber einem Fremdstoff, z. B. gegenüber einem ↑ Antiepileptikum oder einem anderen ↑ Medikament. Eine Allergie tritt meist in den ersten Wochen einer Behandlung auf und zeigt sich oft an der Haut oder Schleimhaut. Mögliche Hinweise sind z. B. ein Hautausschlag (↑ Exanthem), oft auch Juckreiz oder Fieber. Bei solchen Zeichen muss umgehend Rücksprache mit dem verschreibenden Arzt genommen werden. Dieser muss die Ursachen abklären, auch weil viele Kinderkrankheiten ebenfalls mit einem juckenden Hautausschlag und Fieber einhergehen.

**altersgebundene Anfälle / altersgebundene Epilepsien** | Altersgebundene ↑ Anfälle und ↑ Epilepsien sind dadurch gekennzeichnet, dass sie nur in einem bestimmten Altersabschnitt der Kindheit oder Jugend auftreten. So gibt es ↑ Neugeborenenanfälle und eine Reihe von anderen Epilepsien, von denen man weiß, wann sie üblicherweise in der Kindheit oder Jugend beginnen.
↑ Idiopathische altersgebundene Anfälle und Epilepsien sind gutartig, und bei ihnen weiß man daher auch, wann sie meistens von alleine wieder aufhören. Dies sieht bei ↑ symptomatischen Epilepsien leider anders aus: Hier muss man davon ausgehen, dass

**Tabelle:** Die häufigsten altersgebundenen Anfalls- und Epilepsieformen von Kindern und Jugendlichen (geordnet nach dem Alter bei Beginn).

| Anfalls- und Epilepsieform | Beginn (Bereich) | Ende (Altersbereich) |
|---|---|---|
| Neugeborenenanfälle | nach der Geburt | 2. Lebensmonat |
| West-Syndrom | 3.–12. Monat | Erwachsenenalter |
| »Fieberkrämpfe« | ½ bis 6 Jahre | 6. Lebensjahr |
| Lennox-Gastaut-Syndrom | 1.–8. Lebensjahr | Erwachsenenalter |
| Panayiotopoulos-Syndrom | 1.–14. Lebensjahr | 10.–14. Lebensjahr |
| Rolando-Epilepsie | 1.–14. Lebensjahr | 18.–20. Lebensjahr |
| Kindliche Absencenepilepsie | 2.–12. Lebensjahr | meist 11.–15. Lebensjahr |
| Juvenile Absencenepilepsie | 5.–20. Lebensjahr | meist Erwachsenenalter |
| Juvenile myoklonische Epilepsie | 6.–25. Lebensjahr | spätes Erwachsenenalter |

die Chance der betroffenen Kinder und Jugendlichen im Hinblick auf ⇡ Anfallsfreiheit sehr viel geringer ist.

**Anamnese** | Die Anamnese ist die Vorgeschichte der Erkrankung. Sie setzt sich aus Deiner Schilderung der jetzigen und früheren Beschwerden sowie der schon erfolgten Untersuchungen und Behandlungen (= Eigenanamnese) zusammen, ergänzt durch das, was Deine Eltern, Freunde, Mitschüler oder Lehrer oder ⇡ andere Menschen beobachtet haben (= Fremdanamnese). Weil der Arzt nur ausnahmsweise einmal selbst einen Deiner ⇡ epileptischen Anfälle sieht und miterlebt, ist er darauf angewiesen, möglichst genau zu erfahren, wie sie aussehen, unter welchen Umständen sie auftreten und wie lange sie dauern. Erzähle daher alles, was Du weißt, auch wenn es Dir vielleicht unbedeutend oder auch komisch vorkommt.

Die Vorgeschichte der Epilepsie in Deiner Familie, also ob es beispielsweise früher oder jetzt noch weitere Menschen mit epileptischen Anfällen oder einer ↑ Epilepsie gab oder gibt, nennt man ↑ Familienanamnese.

**Anfall** | Es gibt viele Formen von Anfällen, epileptische und ↑ nichtepileptische. Bei den nichtepileptischen muss man nochmals zwischen körperlich bedingten (z. B. Kreislaufstörungen) und ↑ psychisch bedingten Anfällen unterscheiden. Manchmal werden Anfälle auch »Attacken«, »Krämpfe« oder »Aussetzer« genannt. Am besten vergisst Du diese Begriffe gleich wieder. Der richtige Begriff ist Anfall, genauer ↑ epileptischer Anfall.



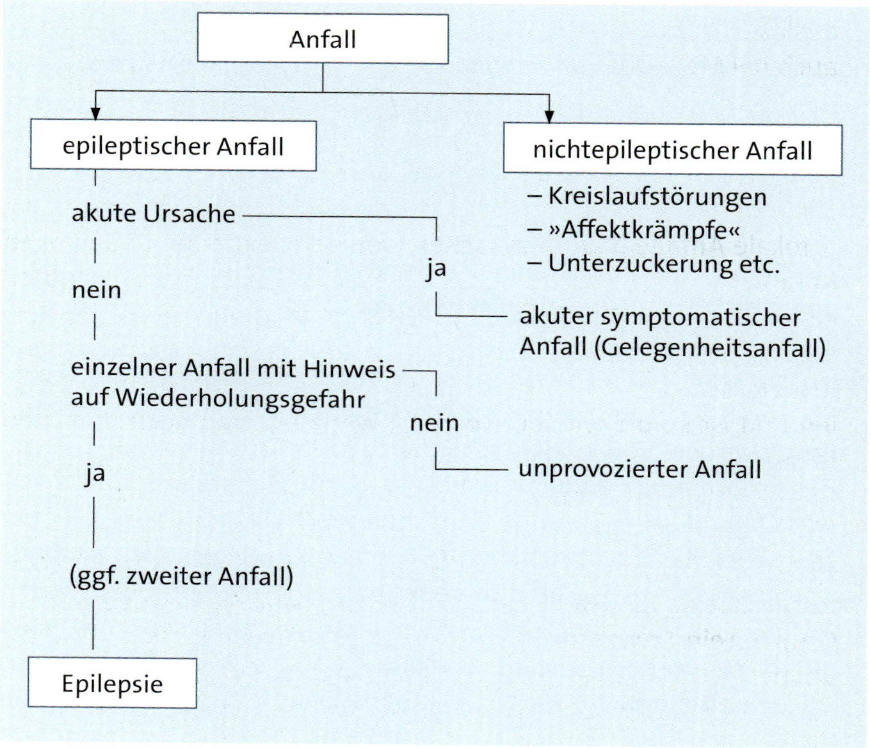


**Anfallsambulanz** | Dies ist eine andere Bezeichnung für ↑ Epilepsieambulanz.

**Anfallsauslöser** | Ein Anfallsauslöser macht es für einen Menschen mit einer ↑ Epilepsie wahrscheinlicher, dass er ↑ Anfälle bekommt. Einige Beispiele für Anfallsauslöser sind Fieber (↑ Fieberkrampf), unregelmäßiges Einnehmen der ↑ Medikamente (Fachleute nennen das mangelnde oder schlechte ↑ Compliance), Müdigkeit (↑ Schlafmangel), ↑ Hyperventilation (starkes Atmen mit vertieftem Ein- und Ausatmen über mehrere Minuten), ↑ Menstruation, starke Lichtreize (↑ Fotosensibilität) und große Belastungen (↑ Stress) und bei manchen Jugendlichen auch ↑ Alkoholentzug.
Anfallsauslöser dürfen nicht mit der ↑ Ursache einer Epilepsie verwechselt werden. Die Ursache besteht immer auf Dauer, Anfallsauslöser nur vorübergehend. Außerdem können Anfallsauslöser auch bei Menschen ohne Epilepsie einmal zu Anfällen führen.



**Anfallsdauer** | Die Dauer epileptischer Anfälle hängt von der ↑ Anfallsform ab. ↑ Myoklonien dauern nur Bruchteile von Sekunden, ↑ Absencen dauern meist zehn bis zwanzig Sekunden, ↑ fokale Anfälle dauern zwischen wenigen Sekunden und einigen Minuten und ↑ generalisierte tonisch-klonische Anfälle dauern einige Minuten. Ein ↑ Status epilepticus kann über Stunden, ausnahmsweise sogar auch Tage oder Wochen dauern. Von den kurzen Myoklonien und Absencen braucht man sich auch nicht zu erholen und ist sofort wieder »voll da«, während man nach manchen fokalen Anfällen und nach allen generalisierten tonisch-klonischen Anfällen mehrere Minuten benötigt, bis man wieder fit ist.

**Anfallsform / Anfallsformen** | Ärzte teilen die verschiedenen Erscheinungsformen epileptischer ↑ Anfälle in einige größere Gruppen ein. So werden ↑ generalisierte Anfälle und ↑ fokale Anfälle unterschieden. Generalisierte Anfälle, die mehr oder weniger das ganze ↑ Gehirn beteiligen, werden nochmals in ↑ Absencen, ↑ myoklonische Anfälle, ↑ atonische Anfälle, ↑ tonische Anfälle, ↑ klonische Anfälle sowie ↑ tonisch-klonische Anfälle unterteilt. Fokale Anfälle, die nur einen Teil des Gehirns betreffen, werden in zwei Untergruppen unterteilt, ↑ einfache fokale Anfälle und ↑ komplexe fokale Anfälle. Bei den einfachen fokalen Anfälle werden nochmals verschiedene Formen unterschieden, insbesondere ↑fokal-motorische, ↑fokal-sensible und ↑fokal-sensorische Anfälle.



Eine andere Unterteilung von Anfällen richtet sich danach, ob man dabei das ↑Bewusstsein verliert oder nicht. Während dies bei einem ↑generalisierten Anfall fast immer der Fall ist, verliert man bei einem ↑einfachen fokalen Anfall das Bewusstsein nicht. Bei einem ↑komplexen fokalen Anfall kann man sich zwar hinterher abgesehen vom Beginn meist an den Anfall selbst nicht erinnern, wird aber nicht im üblichen Sinn bewusstlos, das heißt man fällt auch nicht um. Im Gehirn sind bei einem solchen Anfall vorübergehend die ↑Nervenzellen gestört, die für das Erinnern und Gedächtnis zuständig sind, während die Nervenzellen, die für Stehen und Bewegungen verantwortlich sind, normal weiterarbeiten, obwohl man nichts davon mitbekommt.

Schließlich gibt es noch die Jahrhunderte alte Einteilung in »große« und »kleine« Anfälle, wobei meist nach wie vor die französischen Ausdrücke ↑»Grand mal» (= großes Übel) und ↑»Petit mal» (= kleines Übel) verwendet werden. Die nachfolgende Tabelle fasst die wichtigsten Anfallsformen zusammen.

| **Anfall** | **übliche Dauer** | **Verlust des Bewusstseins** | **Verwirrung nach einem Anfall** |
|---|---|---|---|
| fokal ohne Bewusstseinsstörung (= einfach fokal) | fünf bis zwanzig Sekunden | nein | nein |
| fokal mit Bewusstseinsstörung (= komplex fokal) | eine halbe bis zwei Minuten | ja | ja |
| Absence | fünf bis zwanzig Sekunden | ja | nein |
| generalisiert tonisch-klonisch | eine halbe bis zwei Minuten | ja | ja (müde, Schlaf) |

**Tabelle:** Zusammenfassung der vier häufigsten Anfallsformen.

Wie Du siehst, gibt es also viele verschiedene Anfallsformen. Letztlich drückt dies nur aus, wie kompliziert das menschliche Gehirn ist.

**Anfallsfreiheit** | Anfallsfreiheit ist das Hauptziel der Behandlung Deiner ↑ Epilepsie. Ob und wie schnell sich Anfallsfreiheit erreichen lässt, hängt in erster Linie von der Art der Epilepsie beziehungsweise der dabei auftretenden ↑ Anfälle ab. Bei Epilepsien von Kindern und Jugendlichen kommen von den ↑ generalisierten Anfallsformen ↑ Absencen und ↑ generalisierte tonisch-klonische Anfälle am häufigsten vor, von den ↑ fokalen Anfallsformen sowohl ↑ einfach-fokale als auch ↑ komplex-fokale Anfälle.

Für Absencen ist eine Anfallsfreiheit leichter zu erzielen als für generalisierte tonisch-klonische Anfälle. Während einige ↑ einfache fokale Anfälle leicht behandelbar sind (zum Beispiel bei der Rolando-Epilepsie), gilt dies meist nicht für Epilepsien mit ↑ komplexen fokalen Anfällen. Anfallsfreiheit bedeutet auch nicht immer Heilung, sondern es kann sein, dass der Arzt wegen weiterhin sichtbarer krankhafter Veränderungen im ↑ Elektroenzephalogramm (EEG) dazu rät, noch über eine gewisse Zeit ↑ Medikamente einzunehmen.



| Anfalls- / Epilepsieform | Beschreibung | Chance einer Anfallsfreiheit |
|---|---|---|
| Aufwach-Grand-Mal-Epilepsie | siehe S. 31 | hoch (> 80 %) |
| »Fieberkrämpfe« | siehe S. 76 | sehr hoch (> 95 %) |
| Juvenile Absencenepilepsie | siehe S. 113 | hoch (> 70 %) |
| Juvenile myoklonische Epilepsie | siehe S. 114 | sehr hoch (> 95 %) |
| Kindliche Absencenepilepsie | siehe S. 116 | sehr hoch (> 95 %) |
| Lennox-Gastaut-Syndrom | siehe S. 128 | sehr niedrig (< 10 %) |
| Neugeborenenanfälle | siehe S. 145 | unterschiedlich; hängt in erster Linie von der Ursache ab |
| Panayiotopoulos-Syndrom | siehe S. 154 | sehr hoch (> 95 %) |
| Rolando-Epilepsie | siehe S. 163 | sehr hoch (> 95 %) |
| Temporallappenepilepsie | siehe S. 184 | Medikamente: mäßig (etwa 30 %); Operation: hoch (bei fassbarer Ursache > 70 %) |
| West-Syndrom | siehe S. 204 | sehr niedrig (< 10 %) |

**Tabelle:** Chance einer Anfallsfreiheit nach einer ausreichend langen anfallsfreien Zeit bei den häufigsten Anfalls- und Epilepsieformen von Kindern und Jugendlichen (alphabetisch geordnet).

**Anfallshäufung |** Bei manchen ⚕ Epilepsien verteilen sich die ⚕ epileptischen Anfälle nicht zufällig, sondern es kommt zum Beispiel nach wochenlanger Anfallsfreiheit innerhalb von einigen wenigen Tagen zu vielen Anfällen. Bei Frauen steht dies manchmal in Zusammenhang mit ihrer ⚕ Periode. Unabhängig davon kann es bei jeder Epilepsie zu einer Anfallshäufung kommen, beispielsweise bei einer Umstellung der ⚕ Medikamente oder unregelmäßigen Einnahme der ⚕ Antiepileptika.

A

**Anfallskalender |** Ein Anfallskalender ist ein kleines Heft, eine Karte oder eine Tabelle zur Aufzeichnung der Häufigkeit von ⚕ Anfällen. Ein solcher Kalender ist sehr nützlich, um das Datum der Anfälle zu notieren und festzuhalten, welche ⚕ Anfallsform aufgetreten ist. Das Datum einzutragen ist einfach. Für die Anfallsform

Schweizerische Liga gegen Epilepsie
Forscht. Hilft. Informiert.
Seefeldstrasse 84, Postfach 1084, CH- 8034 Zürich,
Tel. 043 488 67 77, Fax 043 488 67 78, info@epi.ch, www.epi.ch

Anfallskalender Jahr:

Patient: Name und Vorname: ____

Geburtsdatum: ____

Strasse: ____

PLZ / Ort: ____

Telefonnummer der Angehörigen: ____

**Ärztliche Behandlung durch** (Stempel):

Telefonnummer des Arztes: ____

**Tagesdosierung der Medikamente** (mit Bleistift eintragen):

Medikamente morgens mittags abends spätabends

Empfehlungen für Menschen mit Epilepsie:

1. Lückenlose Medikamenteneinnahme.
2. Arztkontrollen in den vorgeschriebenen Abständen.
3. Vermeiden anfallsfördernder Umstände wie Schlafmanko, Alkoholeinnahme.

| Januar | | | | | | | Februar | | | | | | | Mä | | |
|---|---|---|---|---|---|---|---|---|---|---|---|---|---|---|---|---|
| Tag | morgens | vormittags | nachmittags | abends | nachts | Total | Tag | morgens | vormittags | nachmittags | abends | nachts | Total | Tag | morgens | vormittags |
| 1 | | | | | | | 1 | | | | | | | 1 | | |
| 2 | | | | | | | 2 | | | | | | | 2 | | |
| 3 | | | | | | | 3 | | | | | | | 3 | | |
| 4 | | | | | | | 4 | | | | | | | 4 | | |
| 5 | | | | | | | 5 | | | | | | | 5 | | |
| 6 | | | | | | | 6 | | | | | | | 6 | | |
| 7 | | | | | | | 7 | | | | | | | 7 | | |
| 8 | | | | | | | 8 | | | | | | | 8 | | |
| 9 | | | | | | | 9 | | | | | | | 9 | | |
| 10 | | | | | | | 10 | | | | | | | 10 | | |
| 11 | | | | | | | 11 | | | | | | | 11 | | |
| 12 | | | | | | | 12 | | | | | | | 12 | | |
| 13 | | | | | | | 13 | | | | | | | 13 | | |
| 14 | | | | | | | 14 | | | | | | | 14 | | |
| 15 | | | | | | | 15 | | | | | | | 15 | | |
| 16 | | | | | | | 16 | | | | | | | 16 | | |
| 17 | | | | | | | 17 | | | | | | | 17 | | |
| 18 | | | | | | | 18 | | | | | | | 18 | | |
| 19 | | | | | | | 19 | | | | | | | 19 | | |
| 20 | | | | | | | 20 | | | | | | | 20 | | |
| 21 | | | | | | | 21 | | | | | | | 21 | | |
| 22 | | | | | | | 22 | | | | | | | 22 | | |
| 23 | | | | | | | 23 | | | | | | | 23 | | |
| 24 | | | | | | | 24 | | | | | | | 24 | | |
| 25 | | | | | | | 25 | | | | | | | 25 | | |
| 26 | | | | | | | 26 | | | | | | | 26 | | |
| 27 | | | | | | | 27 | | | | | | | 27 | | |
| 28 | | | | | | | 28 | | | | | | | 28 | | |
| 29 | | | | | | | 29 | | | | | | | 29 | | |
| 30 | | | | | | | | | | | | | | 30 | | |
| 31 | | | | | | | | | | | | | | 31 | | |
| | | | | | Total | | | | | | | Total | | | | |

Zeichenerklärung: ❑ Generalisierter tonisch- klonischer Anfall ❍ Absence ▲ Komplexer fokaler Anfall ✕ Menstruation

braucht man aber meistens jemanden, der bei dem Anfall dabei war, um zu wissen, was genau geschehen ist.
Auch wenn es manchmal etwas lästig ist, an die Eintragungen zu denken, bewährt sich dies auf Dauer für alle Beteiligten. Der Anfallskalender hilft dem Arzt, eine ↑ Epilepsie besser einzuschätzen und die bestmögliche Behandlung herauszufinden. Ohne einen Kalender weiß man oft schon nach wenigen Monaten nicht mehr genau, ob und wann man beispielsweise im letzten Sommer Anfälle hatte und wie viele zum Beispiel in einem bestimmten Monat insgesamt aufgetreten sind.
Wer Spaß daran hat, kann sich einen Anfallskalender natürlich auch selbst gestalten. Außerdem gibt es im ↑ Internet frei verfügbare elektronische Anfallskalender, in die man noch andere Angaben wie beispielsweise das Ergebnis der Bestimmung der ↑ Blutspiegel von ↑ Antiepileptika eintragen und den Verlauf verfolgen kann (www.epivista.de).

**Anfallskind** | Dies ist eine etwas unglückliche Bezeichnung für ein Kind mit ↑ Epilepsie. Auch ein solches Kind sollte nicht durch seine ↑ Anfälle, sondern – wenn überhaupt – durch andere Merkmale wie besondere Fähigkeiten im Sport oder auch in der Schule gekennzeichnet werden.

**Anfallsrezidiv** | Von einem Anfallsrezidiv spricht man, wenn bei einer ↑ Epilepsie eher unerwartet erneut ein ↑ epileptischer Anfall aufgetreten ist. Die Ursache dafür besteht manchmal im eigenen Verhalten, beispielsweise zu wenig ↑ Schlaf oder unregelmäßige Einnahme der ↑ Medikamente (↑ Noncompliance). Sehr oft lässt sich aber keine Erklärung dafür finden. Es ist letztlich eines der Merkmale einer Epilepsie, dass bislang niemand vernünftig erklären kann, warum es von Zeit zu Zeit zu Anfällen kommt oder warum sie manchmal über längere Zeit ausbleiben.

**Anfallsschwelle** | Die so genannte Anfallsschwelle ist die bildliche Vorstellung einer für jeden Menschen unterschiedlich hohen

Schwelle, die durch verschiedene Einflüsse überschritten werden muss, damit es zu einem ⇡ epileptischen Anfall kommt. Diese Einflüsse können zum Beispiel krankheitsbedingte Veränderungen an den ⇡ Nervenzellen des ⇡ Gehirns, aber auch Verhaltensweisen wie ⇡ Schlafmangel und ein Vergessen der Einnahme von ⇡ Antiepileptika sein.
Bei Menschen mit ⇡ Epilepsie geht man davon aus, dass sie im Vergleich zu Menschen ohne Epilepsie eine niedrigere Anfallsschwelle haben.



**Anfallsserie** | Eine Anfallsserie ist das Auftreten mehrerer ⇡ epileptischer Anfälle kurz hintereinander. Im Gegensatz zu einem Status epilepticus gehen die einzelnen Anfälle aber nicht ineinander über und zwischen ihnen wird das Bewusstsein wieder erlangt.

**Anfallssprechstunde** | Dies ist eine andere Bezeichnung für ⇡ Epilepsieambulanz.

**Anfallstyp** | Dies ist eine andere Bezeichnung für ⇡ Anfallsform.

**Anfallswarnhund** | In den letzten Jahren wurde immer wieder über Hunde berichtet, die einen nahenden epileptischen Anfall angeblich schon einige Zeit vorher merken und deshalb davor warnen könnten. Sorgfältige Untersuchungen haben dies aber bislang nicht bestätigen können.

**Angst** | Angst gehört zum Leben und ist etwas völlig Normales. Es gibt Niemanden, auch keinen Erwachsenen, der nicht schon mehrmals in seinem Leben Angst hatte. Es ist nicht allzu überraschend, dass viele Kinder und Jugendliche mit ⇡ Epilepsie davor Angst haben, in unangenehmen Situationen wie beispielsweise in der ⇡ Schule oder auf einer ⇡ Party einen Anfall zu bekommen.

Auf der anderen Seite kann zu viel Angst auch lähmend sein und beispielsweise dazu führen, dass jemand aus lauter Angst keine ↑ Freunde oder Party mehr besucht oder sich am liebsten zuhause in seinem Zimmer verkriecht. Dein Arzt, Deine Eltern und Deine guten Freunde helfen Dir dabei, hier einen vernünftigen Mittelweg zu finden.

**anti-** | Diese Vorsilbe bedeutet gegen etwas gerichtet oder gegen etwas wirksam.

A

**Antibabypille** | Auch Mädchen mit ↑ Epilepsie können schwanger werden. Zur Verhütung einer ungewollten ↑ Schwangerschaft können sie die so genannte Antibabypille einnehmen. Diese enthält ↑ Hormone, die gewissermaßen eine Schwangerschaft vortäuschen und damit verhindern, dass es tatsächlich zu einer kommt. Einige ↑ Antiepileptika können die Wirkung einer Antibabypille aber so stark abschwächen, dass trotz regelmäßiger Einnahme eine ungewollte ↑ Schwangerschaft möglich ist. Umgekehrt kann die Antibabypille auch die Wirksamkeit einzelner Antiepileptika (speziell ↑ Lamotrigin) abschwächen. Daher ist es unbedingt erforderlich, Fragen der Verhütung sowohl mit dem Frauenarzt als auch mit dem Arzt, der die Epilepsie behandelt, zu besprechen.

**Antiepileptikum (AED/AEDs)** (Mehrzahl: Antiepileptika) | Ein Antiepileptikum ist ein ↑ Medikament zur Behandlung von ↑ epileptischen Anfällen. Antiepileptika stehen meist als Tabletten, Kapseln oder Dragees zur Verfügung. Manchmal sind sie aber auch in einem Sirup enthalten oder in Beuteln als Pulver, das man in Wasser oder anderen Flüssigkeiten auflösen kann. Schließlich gibt es von manchen Antiepileptika auch noch Ampullen zum Spritzen oder Zäpfchen. Die bisher zur Verfügung stehenden Antiepileptika heilen eine ↑ Epilepsie nicht. Sie verhindern mehr oder weniger gut das Auftreten von weiteren epileptischen Anfällen oder vermindern ihre Häufigkeit oder Heftigkeit.

So wie Kopfschmerzen keine eigentliche oder einheitliche Erkrankung sind, sondern sich dahinter sehr unterschiedliche Dinge wie etwa ein »Brummschädel« nach einer ↑ Kopfverletzung, Trinken von zu viel ↑ Alkohol, eine ↑ Migräne oder auch viele andere ↑ Ursachen verstecken können, sind auch epileptische Anfälle selbst nicht die Erkrankung, sondern nur das wichtigste und oft alleinige ↑ Symptom oder Zeichen einer Erkrankung oder Störung.



Weil Antiepileptika in erster Linie die Anfälle und allenfalls geringfügig die ursächliche Erkrankung selbst beeinflussen, werden sie häufig auch Antikonvulsiva (»Mittel gegen Krämpfe«) genannt. Antiepileptika werden darüber hinaus teilweise auch bei Menschen ohne Epilepsie zum Beispiel gegen Migräne und andere Schmerzen sowie ↑ psychische Störungen eingesetzt.

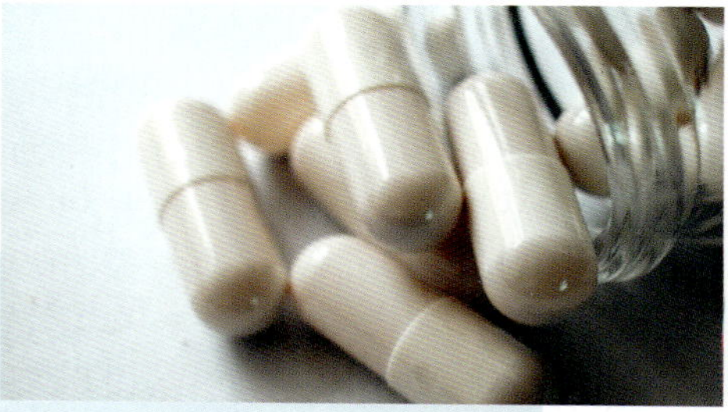

Die Entwicklung von Antiepileptika dauert viele Jahre und kostet die forschenden Firmen viel Geld. In den letzten Jahrzehnten haben Wissenschaftler und Ärzte verstärkt daran gearbeitet, wirksame ↑ Medikamente zu entwickeln, die epileptische Anfälle nicht nur verhindern, sondern auch gut verträglich sind. Sie haben dabei große Fortschritte gemacht, und heute stehen zahlreiche gut wirksame und gut verträgliche Medikamente zur Verfügung.

Für eine erfolgreiche Behandlung muss der Arzt für jeden einzelnen Menschen das richtige Medikament herausfinden. Zuerst versucht man mit einem Mittel auszukommen (↑ Monotherapie). Manchmal wirkt das erste eingesetzte Medikament nicht so gut,

wie man sich erhofft hat, weshalb man auf ein anderes oder sogar auf eine Kombination von mehreren Medikamenten wechseln muss (↑ Kombinationstherapie).
Es ist sehr wichtig, dass Antiepileptika regelmäßig eingenommen werden. Wenn sie nicht eingenommen werden, können sie auch keine Wirkung entfalten. Jeder, der seine Antiepileptika nicht so einnimmt, wie der Arzt es empfohlen hat, geht damit ein großes Risiko ein, mehr ↑ Anfälle zu bekommen (↑ Compliance). Manche Menschen mit Epilepsie müssen ihr Leben lang Medikamente einnehmen, während andere dies nur in der Kindheit oder Jugend tun müssen. Ein Teil der Epilepsien von Kindern und Jugendlichen »wächst sich aus«. In diesen Fällen können die Medikamente nach einer ausreichend langen Zeit ohne Anfälle in Absprache mit dem behandelnden Arzt langsam weggelassen werden (↑ Absetzen von Medikamenten, ↑ Ausheilen).
Jedes Antiepileptikum hat zwei Namen. Der eine Name bezeichnet den ↑ Wirkstoff, der in dem Medikament enthalten ist. Der andere Name ist derjenige, den die herstellende Firma für den Verkauf gewählt hat und der auch als ↑ Handelsname des Medikamentes bezeichnet wird. Manchmal wird ein Medikament mit dem gleichen Wirkstoff von mehreren Firmen hergestellt oder verkauft, weshalb es dann unter mehreren Handelsnamen erhältlich ist (siehe auch die Tabelle auf S. 210 ff.).

**Antikonvulsiva (AK)** | Dies ist eine andere Bezeichnung für ↑ Antiepileptika

**Anwendungsgebiet** | die Krankheit bzw. Gruppe von Krankheiten oder Beschwerden, bei denen zum Beispiel ein ↑ Medikament oder eine andere Behandlung eingesetzt werden. In der Fachsprache nennt man dies die ↑ Indikation.

**Arzt** | So wie bei vielen anderen Berufen auch gibt es bei Ärzten Spezialisten für besondere Probleme. Mit ↑ Epilepsie kennen sich ↑ Neuropädiater und ↑ Neurologen am besten aus.

A

**astatisch** | Astatisch bedeutet, dass man nicht stehen bleiben kann und hinstürzt.

**astatischer Anfall** | Bei einem astatischen Anfall kann man nicht stehen bleiben, sondern fällt um oder stürzt hin. Ursächlich können viele verschiedene Anfallsformen vorliegen, in erster Linie ↑ atonische, ↑ myoklonische oder ↑ tonische. Eine andere Bezeichnung für diese Anfallsform lautet ↑ Sturzanfall.

A

**atonisch** | Atonisch bedeutet mit einem plötzlichen Verlust oder Nachlassen der Anspannung der Muskulatur einhergehend.

**atonischer Anfall** | Bei einem atonischen Anfall fällt man plötzlich hin oder sackt in sich zusammen. Dies kann zu einer ↑ Kopfverletzung führen, weshalb Kinder und Jugendliche mit häufigen atonischen Anfällen manchmal einen Schutzhelm tragen müssen. Ein atonischer Anfall ist eine Form ↑ generalisierter Anfälle. Atonische Anfälle werden manchmal vereinfachend auch ↑ Sturzanfälle genannt. Sturzanfälle kommen aber auch bei ↑ tonischen Anfällen und ↑ myoklonischen Anfällen vor.

**Attest** | Eine Attest ist eine Bescheinigung und ein ärztliches Attest ist eine ärztliche Bescheinigung. Es kann zum Beispiel sein, dass Du ein Attest benötigst, damit Du beim ↑ Sportunterricht mit zum ↑ Schwimmen gehen oder eine ↑ Flugreise unternehmen darfst.

**atypische Absence** | Ungewöhnliche Form einer ↑ Absence (siehe auch dort).

**Aufmerksamkeitsdefizit-Hyperaktivitätssyndrom (ADHS)** | Mit diesem langen und komplizierten Namen wird das gleichzeitige Auftreten einer ↑ Aufmerksamkeitsstörung mit einer vermehrten körperlichen Unruhe (»Zappeligkeit«; in der Fachsprache: ↑ Hyperaktivität) bezeichnet. Dieses ↑ Syndrom kommt bei etwa fünf Prozent aller Kinder und Jugendlichen vor und ist damit relativ häufig. Bei Kindern mit ↑ Epilepsie ist es sogar noch deutlich häufiger. Manche ↑ Antiepileptika wie zum Beispiel ↑ Barbiturate (↑ Phenobarbital und ↑ Primidon) können die Beschwerden noch verstärken, weshalb sie dann zur Behandlung einer Epilepsie nicht eingesetzt werden sollten. Umgekehrt können Kinder und Jugendliche mit einer Epilepsie und einem ADHS die dafür erforderlichen ↑ Medikamente einnehmen, ohne eine Zunahme ihrer ↑ Anfälle befürchten zu müssen.

A

**Aufmerksamkeitsstörung** | Überzufällig viele Kinder und Jugendliche mit ↑ Epilepsie sind zeitweise vermindert aufmerksam, was sich nicht nur in der Schule, sondern auch zuhause bemerkbar machen kann (in der Fachsprache: Aufmerksamkeitsdefizit). Manchmal tritt die Aufmerksamkeitsstörung in Verbindung mit einer vermehrten körperlichen Unruhe (»Zappeligkeit«; in der Fachsprache: ↑ Hyperaktivität) auf. Dann liegt ein so genanntes Aufmerksamkeitsdefizit-Hyperaktivitätssyndrom (kurz ADHS) vor.

**Aufwach-Grand-mal-Anfall** | Dies ist ein ↑ generalisierter tonisch-klonischer Anfall, der in den ersten ein bis zwei Stunden nach dem Aufwachen auftritt. Es handelt sich um einen ↑ primär generalisierten Anfall im Rahmen einer ↑ idiopathischen Epilepsie, z. B. einer ↑ juvenilen Absencenepilepsie, ↑ juvenilen myoklonischen Epilepsie oder ↑ Aufwach-Grand-mal-Epilepsie.

**Aufwach-Grand-mal-Epilepsie** | Dies ist eine meist zwischen dem zehnten und zwanzigsten Lebensjahr beginnende ↑ Epilepsieform mit ↑ generalisierten tonischen klonischen Anfällen, die fast immer in den ersten ein bis zwei Stunden nach dem Aufwachen auftreten. Meist ist dies frühmorgens nach dem Nachtschlaf der Fall, es kann aber zum Beispiel auch nachmittags nach einem Mittagsschlaf der Fall sein. Es handelt sich um eine ↑ idiopathische Epilepsie.

Junge mit einer Aura, bei der er ein »komisches« Gefühl im Oberbauch empfindet.

**Aura |** Aura kommt von dem griechischen Wort für »Brise« oder Windstoß. Als Aura bezeichnet man bei einer ⇡Epilepsie eine »Warnung« vor einem stärkeren ⇡epileptischen Anfall. Eine Aura ist ein kurzer ⇡einfacher fokaler Anfall. Manche Menschen haben zu Beginn eines stärkeren Anfalls eine Aura, besonders wenn es sich um ⇡komplexe fokale Anfälle handelt. Wenn man nur einfache fokale Anfälle hat, wird man davor nicht gewarnt.

Die Aura kann zum Beispiel in einem eigenartigen und manchmal unangenehmen Gefühl in der Magengegend (zum Beispiel »Kribbeln«, Wärme) bestehen, das nach oben hin zum Mund aufsteigt, oder es kann ein komischer Geschmack oder Geruch sein. Andere Möglichkeiten sind ein Gefühl, plötzlich gewissermaßen in sich selbst hinein zu schauen oder eigentümlich vertraute Geräusche oder Töne zu hören, die in Wirklichkeit überhaupt nicht vorhanden sind. Eine andere Form einer Aura wird auch als »Déjà-vu«-Erlebnis bezeichnet. Damit ist gemeint, dass man den Eindruck hat, etwas zu sehen, das man früher bereits einmal gesehen hat (was in Wirklichkeit aber nicht der Fall ist).

**Ausheilung |** Es gehört zu den erfreulichen Besonderheiten vieler ⇡Epilepsien bei Kindern, dass sie mit einer relativ hohen Wahrscheinlichkeit von alleine schwächer werden und schließlich ausheilen. Dies gilt besonders für die ⇡kindliche Absencenepilepsie, die ⇡Rolando-Epilepsie und weitere Formen der so genannten ⇡gutartigen fokalen Epilepsien des Kindesalters, daneben auch für einige andere ⇡idiopathische Epilepsien.

**Ausschleichen von Medikamenten |** Dies ist eine andere Bezeichnung für ein langsames, schrittweises ⇡ Absetzen von ⇡ Medikamenten.

**Auto fahren |** Selbst Auto fahren zu können, ist für viele Kinder und Jugendliche ein Wunsch, den sie sich möglichst bald nach ihrem 18. Geburtstag erfüllen möchten. Dies ist auch für Kinder und Jugendliche mit einer ⇡ Epilepsie möglich, wenn sie seit mindestens einem Jahr anfallsfrei sind. Bei der Beantragung des ⇡ Führerscheins wirst Du unter anderem auch nach einer Epilepsie gefragt und musst wahrscheinlich eine ärztliche Bescheinigung vorlegen.

**Automatismus |** Automaten sind von alleine, ohne menschliches Zutun arbeitende Maschinen. Als Automatismen bezeichnet man bei einer ⇡ Epilepsie automatisch, also unbewusst ablaufende, mehr oder weniger aufeinander abgestimmte Bewegungen. Solche Bewegungen oder auch Handlungen sind zum Beispiel Kauen, Lippenbewegungen, Schmatzen, aber auch ein Herumlaufen oder An- und Ausziehen, an das man sich hinterher nicht erinnert. Automatismen sind meist Teil von ⇡ komplexen fokalen Anfällen, kommen aber auch bei ⇡ Absencen und nach ⇡ generalisierten tonisch-klonischen Anfällen vor.

A

# B · b

B

**Baden** | Baden in einer Badewanne kann für Kinder und Jugendliche mit ↑ Epilepsie wegen der Gefahr des ↑ Ertrinkens gefährlich sein. Deshalb solltest Du besser duschen. Auch für das ↑ Schwimmen gibt es bei einer Epilepsie besondere ↑ Vorsichtsmaßnahmen. Es ist auch eine gute Idee, die Badezimmertür nicht abzuschließen oder sogar einen Spalt offen zu lassen, wenn sie ansonsten von außen nicht geöffnet werden kann. Durch ein, gegebenfalls selbstgemachtes, umdrehbares »Besetzt«- beziehungsweise »Frei«-Schild kannst Du sicherstellen, dass niemand Dich überflüssigerweise stört.

**Barbiturate** | Als Barbiturate wird eine Gruppe von ↑ Medikamenten bezeichnet, die u. a. auch zur Behandlung einer ↑ Epilepsie eingesetzt werden (zum Beispiel ↑ Phenobarbital und ↑ Primidon). Ursprünglich wurden sie als Schlafmittel entwickelt, was auch erklärt, warum ↑ Müdigkeit zu den häufigsten ↑ Nebenwirkungen zählt.

**Behandlungsdauer** | Die Dauer der notwendigen Einnahme von ↑ Antiepileptika hängt in erster Linie von der Form der jeweiligen ↑ Epilepsie ab. Es kann gut sein, dass Du nur einige wenige Jahre lang Medikamente einnehmen musst, es kann aber auch sein, dass man Dir eine jahrzehnte- oder sogar lebenslange Einnahme empfehlen wird (s. Tabelle auf der nächsten Seite).

**Behinderung** | Die weitaus meisten Kinder und Jugendlichen mit ↑ Epilepsie sind weder geistig noch körperlich behindert. Körperliche oder geistige Behinderungen bei einer ↑ Epilepsie sind aber nicht ganz selten. Es gibt also Kinder und Jugendliche, die sowohl eine Epilepsie haben als auch behindert sind. Eine Behinderung beruht

**Tabelle:** Üblicherweise empfohlene Behandlungsdauer bei den häufigsten Anfalls- und Epilepsieformen von Kindern und Jugendlichen (alphabetisch geordnet):

| Anfalls- / Epilepsieform | Beschreibung | Behandlungsdauer |
|---|---|---|
| Aufwach-Grand-Mal-Epilepsie | siehe S. 31 | viele Jahre bis Jahrzehnte |
| »Fieberkrämpfe« | siehe S. 76 | keine dauerhafte Behandlung nötig |
| Juvenile Absencenepilepsie | siehe S. 113 | viele Jahre bis Jahrzehnte |
| Juvenile myoklonische Epilepsie | siehe S. 114 | viele Jahre bis Jahrzehnte |
| Kindliche Absencenepilepsie | siehe S. 116 | 2 bis 4 Jahre |
| Lennox-Gastaut-Syndrom | siehe S. 128 | meist lebenslang |
| Neugeborenenanfälle | siehe S. 145 | unterschiedlich; hängt in erster Linie von der Ursache ab |
| Panayiotopoulos-Syndrom | siehe S. 154 | oft keine dauerhafte Behandlung nötig; sonst 2 Jahre |
| Rolando-Epilepsie | siehe S. 163 | oft keine dauerhafte Behandlung nötig; sonst 2 Jahre / bis Pubertät |
| Temporallappenepilepsie | siehe S. 184 | viele Jahre bis Jahrzehnte |
| West-Syndrom | siehe S. 204 | viele Jahre bis Jahrzehnte |

in solchen Fällen aber nicht auf der Epilepsie, sondern auf der Schädigung, die im ⇡Gehirn sowohl die Behinderung als auch die Epilepsie verursacht. Diese Menschen sind also nicht behindert, weil sie eine Epilepsie haben, sondern weil ihr Gehirn eine Schädigung erlitten hat.

**benigne** | Dies ist ein Fachausdruck für gutartig.

**benigne Epilepsie mit centro-temporalen Spikes (BECTS)** | Dies ist eine andere Bezeichnung für ⇡Rolando-Epilepsie.

**benigne fokale Epilepsien des Kindesalters** | Dies ist eine andere Bezeichnung für ⇡gutartige fokale Epilepsien des Kindesalters.

**benigne Myoklonien der frühen Kindheit** | Dies ist eine andere Bezeichnung für ↑ gutartige Myoklonien der frühen Kindheit.

**benigne Partialepilepsie(n) (BPE) des Kindesalters** | Dies ist eine andere Bezeichnung für ↑ gutartige fokale Epilepsie(n) des Kindesalters.



**Berger, Hans** (1873–1941) | Hans Berger war ein deutscher ↑ Nervenarzt, der 1924 entdeckte, dass er mit dünnen ↑ Elektroden auf dem Kopf von der Oberfläche des ↑ Gehirns elektrische Aktivität ableiten konnte, die man als ↑ Elektroenzephalogramm (EEG) bezeichnet. Dies war eine sehr wichtige Entdeckung, und das EEG wird heute nach wie vor sehr oft benutzt, um eine ↑ Epilepsie zu erkennen und die Behandlung zu verbessern.

**Beruf / Berufsausbildung** | Menschen mit ↑ Epilepsie können fast jeden Beruf ausüben. Es gibt jedoch einige wenige Berufe, die nicht geeignet sind. Diese sollte man kennen, bevor man sich für eine Berufsausbildung entscheidet. Für Menschen mit Epilepsie nicht geeignete Berufe sind zum Beispiel Dachdecker, Elektriker, Fahrer von Kraftfahrzeugen (Busse, Lastkraftwagen, Taxen oder Zügen), Pilot oder Taucher. Kinder und Jugendliche mit Epilepsie sollten auch keine Ausbildung als Soldat, Feuerwehrmann oder Polizist anstreben.

Junge Menschen mit einer gut kontrollierten Epilepsie studieren nach dem Abitur häufiger an einer Universität. Nach dem Studium üben sie Berufe wie ↑ Lehrer, Manager oder Rechtsanwalt aus. Andere Jugendliche mit Epilepsie lernen Berufe, mit denen sie beispielsweise in Fabriken, Geschäften oder Banken arbeiten. Es gibt sehr viele Berufe, in denen Menschen mit einer gut kontrollierten

Ungeeignete Berufe...

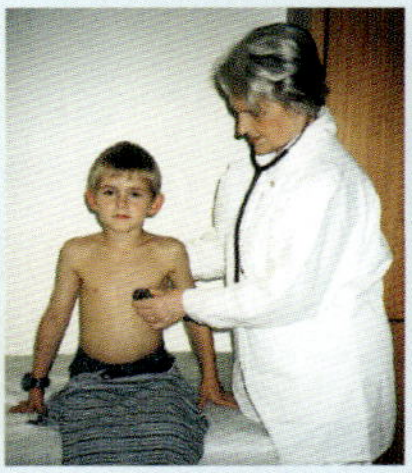

...und geeignete Berufe

Epilepsie sehr viel Erfolg haben können. Es gibt auch international bekannte Sportstars mit einer Epilepsie, die sie nicht daran gehindert hat, zu den Weltbesten zu gehören (↑ Sport).

**berühmte Menschen mit Epilepsie** | Jeder Mensch kann ↑ epileptische Anfälle oder eine ↑ Epilepsie bekommen, ob bekannt oder unbekannt. Beispiele aus der Geschichte für berühmte Menschen mit Epilepsie sind der Dichter Fjodor ↑ Dostojewskij, der Musiker Georg Friedrich ↑ Händel oder der Maler Vincent van ↑ Gogh. Auch von den Politikern Julius ↑ Cäsar oder ↑ Napoleon sagt man, dass sie Anfälle beziehungsweise eine Epilepsie gehabt hätten. Beispiele heute lebender berühmter Menschen mit Epilepsie sind die Sänger Elton John, Prince und Neil Young, von denen Du möglicherweise einige ihrer Songs kennst.

**Bewusstsein** | Als Bewusstsein bezeichnet man den Zustand, der uns ermöglicht, uns für oder gegen etwas zu entscheiden und später an das zu erinnern, was geschehen ist. Wenn das Bewusstsein bei einem ↑einfachen fokalen Anfall erhalten ist, kann man zum Beispiel reagieren, wenn man angesprochen wird (sei es durch Antworten auf Fragen oder Befolgen von Aufforderungen wie zum Beispiel, einen Arm hochzuheben) und erinnert sich hinterher daran. Bei ↑generalisierten Anfällen wie zum Beispiel ↑Absencen oder ↑generalisierten tonisch-klonischen Anfällen kommt es ebenso wie bei ↑komplexen fokalen Anfällen zu einer vorübergehenden ↑Bewusstseinsstörung, die nur wenige Sekunden, aber auch einige Minuten dauern kann.

**Bewusstseinsstörung** | Eine Bewusstseinsstörung geht mit einer Störung der ↑Aufmerksamkeit und ↑Wahrnehmung sowie Benommenheit einher. Man kann dann nur verlangsamt denken und handeln und nicht normal auf seine Umgebung reagieren. Bei ↑komplexen fokalen Anfällen hat man meist eine Bewusstseinsstörung, die sich auch zu einem ↑Bewusstseinsverlust ausweiten kann.

**Bewusstseinsverlust** | Ein Bewusstseinsverlust bedeutet, dass man für eine gewisse Zeit eine Erinnerungslücke hat. Normalerweise ist dies nur der Fall, wenn man schläft. Sowohl bei ↑Absencen und ↑generalisierten tonisch-klonischen Anfällen als auch bei den meisten ↑komplexen fokalen Anfällen hat man einen Bewusstseinsverlust. Das bedeutet, dass man selbst von diesen Anfällen nichts mitbekommt.

**bildgebende Diagnostik / Bildgebung** | Die so genannte bildgebende Diagnostik oder Bildgebung bei einer ↑Epilepsie überprüft, ob am ↑Gehirn Veränderungen als ↑Ursache der ↑Anfälle vorliegen. Die mit Abstand wichtigste Methoden ist die ↑Magnetresonanztomographie (MRT). Die ↑Computertomographie (CT) kann nur größere Veränderungen nachweisen.

**blasser Affektkrampf** | Dies ist die medizinische Fachbezeichnung für einen ↑Affektkrampf beziehungsweise

↑ nichtepileptischen Anfall von Kleinkindern, bei dem diese eine blasse Hautfarbe haben. Blasse Affektkrämpfe gehören zu den Erkrankungen, die mit einer ↑ Epilepsie verwechselt werden können (↑ Differenzialdiagnose).

**blauer Affektkrampf** | Dies ist die medizinische Fachbezeichnung für einen ↑ Affektkrampf beziehungsweise ↑ nichtepileptischen Anfall von Kleinkindern, bei denen diese im Gesicht blau anlaufen. Sie sind – bei aller Dramatik – harmlos. Auslöser sind plötzliche, unangenehme Reize wie Schmerz, Enttäuschung oder Wut, etwa über ein verweigertes Spielzeug. Dies wird mit lautem Schreien quittiert. Die so genannte Stimmritze im Hals verschließt sich krampfartig, die Atmung setzt aus, der Herzschlag verlangsamt sich und der Blutdruck fällt ab. Dadurch kommt es zwar kurzzeitig zu einer verminderten Versorgung des ↑ Gehirns und gesamten Körpers mit Blut und insbesondere auch mit ↑ Sauerstoff – daher auch die Blaufärbung der Haut –, aber mit der gleich darauf einsetzenden ↑ Bewusstlosigkeit löst sich die Verkrampfung. Das Kind beginnt wieder Luft zu holen, bevor es zu Schädigungen im Gehirn kommen kann. Blaue Affektkrämpfe gehören zu den Erkrankungen, die mit einer ↑ Epilepsie verwechselt werden können (↑ Differenzialdiagnose).

B

**Blitz-Nick-Salaam(BNS)-Anfälle** | Dies ist die frühere Bezeichnung für ↑ epileptische Spasmen, eine bestimmte Form ↑ epileptischer Anfälle von Säuglingen und Kleinkindern. Die Bezeichnung bezieht sich auf den Ablauf der Anfälle mit einem raschen, blitzartigen Beugen von Kopf und Rumpf, bei dem die Arme sehr rasch gleichzeitig nach oben und innen bewegt werden. Bei einem verlangsamten Ablauf wurde wegen der Ähnlichkeit zu der »morgenländischen« Art des Grüßens mit Zusammenführen der Hände vor der Brust von einem Salaam-Anfall gesprochen.

**Blitz-Nick-Salaam(BNS)-Epilepsie** | Dies ist die frühere Bezeichnung für ↑ West-Syndrom.

**Blog** | Blog ist die Abkürzung von Weblog. Ein Weblog (aus den beiden englischen Wörtern Web für das Internet und Log von Logbook oder Schiffstagebuch) ist eine ⇡Website, die von Zeit zu Zeit neue Einträge enthält. Ein Blog ist im Zeitalter des Internets eine Möglichkeit zur Darstellung des eigenen Lebens (ähnlich einem Tagebuch) und Sammlung von Meinungen, zum Beispiel zu einem bestimmten Thema. Es kann auch dem Austausch von Informationen, Gedanken und Erfahrungen dienen und ist insofern einem ⇡Internetforum sehr verwandt. Die Einträge in einem Blog werden auch Postings oder kurz Posts genannt. Sie sind der Hauptbestandteil jedes Blogs. Dabei werden die Einträge so sortiert, dass man die neuesten immer zuoberst findet. Ältere Beiträge werden zum Teil auf weiteren Seiten angezeigt oder in Archiven aufgelistet. Siehe S. 112.

B

**Blutbild** | Das so genannte Blutbild zeigt die Ergebnisse der Zählung der im Blut enthaltenen Zellen. Normalerweise besteht das Blut etwa zu knapp der Hälfte aus Blutkörperchen oder Blutzellen und aus Blutflüssigkeit. Die Blutkörperchen setzen sich wiederum aus roten Blutkörperchen (so genannten Erythrozyten), weißen Blutkörperchen (so genannten Leukozyten) und Blutplättchen (so genannten Thrombozyten) zusammen. Wenn Du Fieber hast, steigt zum Beispiel die Zahl der weißen Blutkörperchen stark an, weil diese unter anderem mit der Abwehr von Entzündungsvorgängen im Körper beschäftigt sind. Wenn Du zum Beispiel bei einem Unfall viel Blut verlierst, fällt die Zahl aller Blutkörperchen ab. Manche ⇡Antiepileptika können gelegentlich einmal ebenfalls zu einer Abnahme von

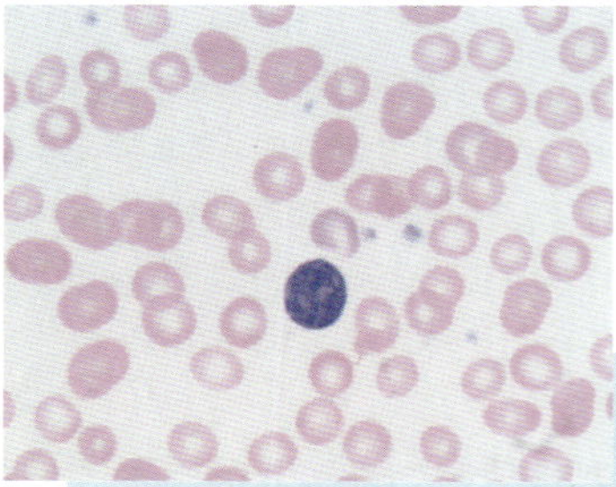

Blutbild im Mikroskop mit roten und einem weißen Blutkörperchen (blau angefärbt).

Blutkörperchen oder Blutplättchen führen, weshalb der Arzt diese Werte sicherheitshalber von Zeit zu Zeit kontrolliert.

**Blutspiegel** | Dies ist eine andere Bezeichnung für ↑ Serumkonzentration, zum Beispiel eines ↑ Antiepileptikums. Mit dem Blutspiegel wird gemessen, wie viel von dem ↑ Wirkstoff eines ↑ Medikaments in Deinem Blut vorhanden ist. Das Ergebnis wird ↑ Blutspiegel, Plasma- oder Serumkonzentration genannt. Das Ergebnis wird vom Arzt mit dem ↑ Referenzbereich des jeweiligen Wirkstoffs und gegebenenfalls natürlich auch mit früheren Messwerten bei Dir verglichen. Die Bestimmung ist bei einigen Wirkstoffen sinnvoller als bei anderen, und es ist auch nicht unbedingt erforderlich, den Blutspiegel bei jedem Arztbesuch zu bestimmen. Mit der Messung des Blutspiegels ist für den Arzt auch ein Rückschluss möglich, ob Du Deine Medikamente regelmäßig einnimmst oder nicht.

**Blutuntersuchungen** | Während der Behandlung einer ↑ Epilepsie mit ↑ Antiepileptika sind von Zeit zu Zeit Blutuntersuchungen erforderlich. Damit wird sichergestellt, dass Du das ↑ Medikament gut verträgst, Deine ↑ Leber und ↑ Nieren normal arbeiten und das ↑ Blutbild normal ist. Außerdem kann auch der ↑ Blutspiegel der Medikamente bestimmt werden (↑ Referenzbereich). Einige Blutuntersuchungen müssen ↑ nüchtern erfolgen.

**BNS-Anfälle** | Dies ist eine andere Bezeichnung für ↑ Blitz-Nick-Salaam-Anfälle oder ↑ epileptische Spasmen bei ↑ West-Syndrom.

**Brom** | Brom ist der wesentliche ↑ Wirkstoff von ↑ Kaliumbromid, einem selten gebrauchten ↑ Antiepileptikum zur Behandlung von ↑ primär und ↑ sekundär generalisierten tonisch-klonischen Anfällen bei frühkindlicher Grand-mal-Epilepsie und schweren myoklonischen Syndromen im Kindesalter alleine oder in Kombination mit anderen ↑ Medikamenten; siehe auch die Tabelle auf S. 210 ff. am Ende des Buches.

B

# C · c

C

**Carbamazepin (CBZ)** | Carbamazepin ist der Name für den ⇡ Wirkstoff in einem ⇡ Antiepileptikum zur Behandlung von ⇡ Epilepsien in jedem Lebensalter mit ⇡ einfachen oder ⇡ komplexen fokalen Anfällen (mit oder ohne ⇡ Bewusstseinsverlust) mit oder ohne ⇡ sekundärer Generalisierung sowie ⇡ generalisierten tonisch-klonischen Anfällen alleine oder als ⇡ Kombinationstherapie gemeinsam mit anderen ⇡ Medikamenten; siehe auch die Tabellen auf S. 210 ff.

**Cäsar, Julius** (100 – 44 vor Christus) | Cäsar war einer der größten Feldherren, die jemals gelebt haben; er war überaus klug und mutig. Manchmal wird er wegen der Art und Weise, wie er das römische Reich führte, als eine Art Supermann und Genie beschrieben.
Seine Feldzüge machten Cäsar in seiner Heimat zu einem großen Helden. Er war der mächtigste Mann der Welt, bis er im Jahr 44 vor Christus ermordet wurde. Während seines ganzen Lebens erfreute sich Julius Cäsar meistens bester Gesundheit. Die Tatsache, dass er möglicherweise eine ⇡ Epilepsie hatte, hatte keinerlei nachteiligen Einfluss auf seinen Erfolg.

**Chat / Chatraum / Chatten / Chatter** | Chat kommt von dem englischen Wort »to chat«, was »plaudern« oder »unterhalten« bedeutet. Chatten bedeutet also elektronische Unterhaltung im ⇡ Internet, und Chatter sind die Personen, die dies tun. Mit anderen Jugendlichen kannst Du Dich so auch über das Thema ⇡ Epilepsie austauschen oder Dich mit Fragen an Fachleute wenden. Die ursprünglichste Form des Chattens ist der reine Textchat, bei dem nur Texte oder Zeichen ausgetauscht werden können (↑ Internet-Forum). Wenn man die erforderliche Einrichtung dafür an seinem Computer hat, kann heute auch eine Ton- oder Videospur hinzukommen. Man spricht dann von »Audiochat« beziehungsweise »Videochat«. Chats mit mehr als zwei Chattern finden in so genannten Chaträumen statt. Siehe S. 212.

C

**Chemie / chemisch** | Die Chemie befasst sich mit den Eigenschaften und der Umwandlung von Stoffen. Als chemisch bezeichnet man alle Vorgänge, die die Umwandlung von Stoffen betreffen.

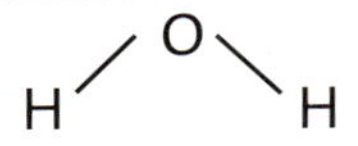


Chemische Strukturformel von Wasser ($H_2O$)

**Chromosomen** | Die Chromosomen sind nur im Mikroskop erkennbare, x-förmige, fadenförmige Träger der Erbanlagen oder ↑ Gene. Davon haben wir in jeder Zelle unseres Körpers jeweils 23 Paare. Die 46 Chromosomen jeder Zelle stammen je zur Hälfte vom Vater und der Mutter.

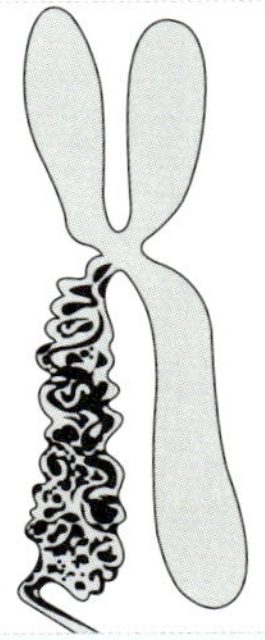

Chromosom – die langen Enden nennt man Telomer, den Kreuzungspunkt in der Mitte Centromer.

**chronisch** | Chronisch ist der Gegensatz von ↑ akut und bedeutet in der Medizin lange (mindestens drei Monate) bestehend oder dauernd sowie langsam verlaufend und anhaltend. ↑ Epilepsie ist eine chronische Krankheit.

**Clobazam (CLB)** | Clobazam ist der Name für den ↑ Wirkstoff in einem ↑ Antiepileptikum zur Behandlung von Epilepsien in jedem Lebensalter als ↑ Kombinationstherapie gemeinsam mit anderen ↑ Medikamenten; siehe auch die Tabellen auf S. 210 ff.

**Clonazepam (CZP)** | Clonazepam ist der Name für den ↑ Wirkstoff in einem nicht mehr sehr häufig eingesetzten ↑ Antiepileptikum zur Behandlung von ↑ Epilepsien in jedem Lebensalter, insbesondere mit ↑ typischen oder ↑ atypischen Absencen (↑ Lennox-Gastaut-Syndrom), ↑ epileptischen Spasmen (↑ West-Syndrom), sowie ↑ primär oder ↑ sekundär generalisierten tonisch-klonischen Anfällen, ↑ fokalen Anfällen sowie ↑ Status epilepticus; siehe auch die Tabellen auf S. 210 ff. am Ende des Buches.



**Comic** | Ein Comic ist eine Bildergeschichte. Als Comic zum Thema ↑ Epilepsie gibt es zum Beispiel die beiden Bände »Die heilige Krankheit« (siehe S. 219). Ein Comic im japanischen Stil wird ↑ Manga genannt.

**Commotio cerebri** | Commotio cerebri ist der medizinische Fachbegriff für ↑ Gehirnerschütterung.

**Compliance** | Compliance ist ein aus dem Englischen übernommenes Wort und steht in der Medizin für Mitarbeit oder Zuverlässigkeit beim Befolgen ärztlicher Empfehlungen. Einfach gesagt bedeutet es, das zu tun, was Du mit Deinem Arzt abgemacht hast. Wenn Ärzte das Wort Compliance benutzen, meinen sie damit in erster Linie, dass Du die verordneten ↑ Medikamente richtig einnehmen sollst – mit anderen Worten, die richtige ↑ Dosis zur richtigen Zeit. ↑ Antiepileptika wirken nur dann richtig, wenn sie jeden Tag regelmäßig eingenommen wer-

den. Um ⇡ Anfälle möglichst sicher zu verhindern, ist es wichtig, sich auch an die sonstigen Empfehlungen des Arztes zu halten, zum Beispiel im Hinblick auf ⇡ Alkohol oder ausreichenden ⇡ Schlaf. Wenn die Compliance nicht gut ist oder sogar völlig fehlt, spricht man von ⇡ Noncompliance.

**Computer** | Computer sind elektronische Rechenmaschinen. Computer sind zunächst einmal dumm, das heißt, von sich aus können sie nichts. Sie müssen mit genauen Anleitungen »gefüttert« werden, bevor sie rechnen oder andere Aufgaben lösen können. Dieses »Füttern« nennt man auch Programmieren. Dein Gehirn ist vergleichbar mit einem Super-Computer, der außerdem aber von sich aus mitdenkt und im Gegensatz zu einem Computer auch Gefühle hat.

C

**Computerspiele** | Für die meisten Kinder und Jugendlichen mit ⇡ Epilepsie sind Computerspiele problemlos. Bei einigen wenigen kann es, begünstigt durch bestimmte Muster und Farben, zu vermehrten ⇡ Anfällen kommen. Dies ist besonders bei einer ⇡ Fotosensibilität möglich, daneben auch durch andere ⇡ Provokationen wie ⇡ Schlafentzug oder ⇡ Alkohol. Kinder und Jugendliche mit einer Fotosensibilität sollten Computerspiele besonders dann meiden, wenn sie müde sind. Im Zweifel kann man durch die Ableitung eines ⇡ EEGs während dem Spielen prüfen, ob Du auf ein bestimmtes Spiel »empfindlich« bist oder nicht.

C

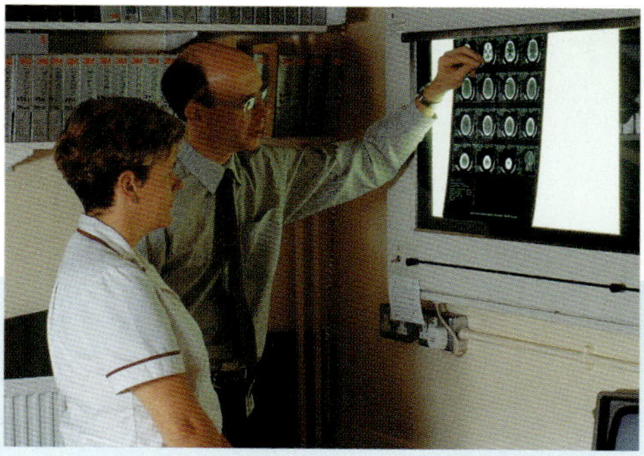

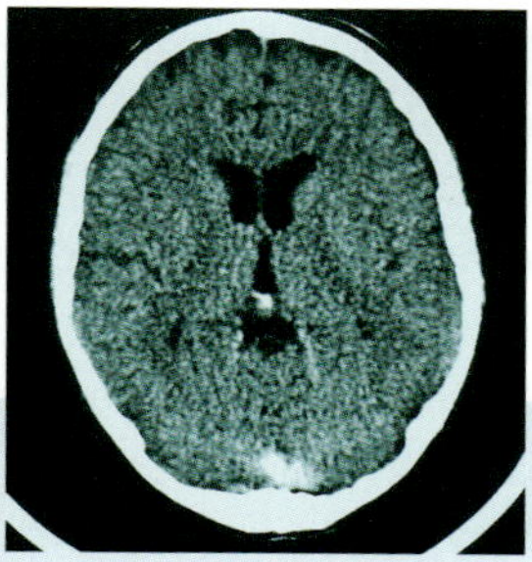

Ein Arzt betrachtet die computertomographischen Schnittbilder eines Gehirns. Rechts ist ein einzelnes Schnittbild dargestellt.

**Computertomographie (CT)** | Ein Computertomograph oder kurz CT-Gerät ist eine besondere Art eines Röntgengerätes, das seine Bilder mit einem ↑Computer errechnet. Wenn man das ↑Gehirn darstellen möchte, hat man dazu viele Jahre lang ↑Röntgenstrahlen benutzt. Normale Röntgengeräte sind dazu jedoch wenig geeignet, weil sie in erster Linie nur die Knochen abbilden. Bei einer Computertomographie werden sehr viele verschiedene und aus unterschiedlichen Richtungen angefertigte Röntgenaufnahmen von einem Computer zu sehr genauen Bildern des Gehirns zusammengesetzt, das dann gewissermaßen in Scheiben oder Schnittbildern dargestellt wird. Nur wenige Kinder und Jugendliche mit ↑Epilepsie benötigen eine Computertomographie; heute wird meistens die wesentlich genauere ↑Magnetresonanztomographie durchgeführt.

**Contusio cerebri** | Contusio cerebri ist der medizinische Fachbegriff für ↑Gehirnquetschung.

# D · d

D

**Denken** | Sowohl während manchen epileptischen Anfällen als auch in der ersten Zeit danach ist es nicht ungewöhnlich, dass Du etwas durcheinander bist und nicht normal denken kannst. Das ist aber nicht bedrohlich und verliert sich in kurzer Zeit von alleine. Du musst weder befürchten, dass die Epilepsie Dich dumm macht noch dass Du verrückt wirst!

**Diagnose** | Als Diagnose wird die Feststellung einer Krankheit durch den Arzt bezeichnet. Die Diagnose einer ⇡Epilepsie ist nicht immer leicht zu stellen. Besonders bei ungewöhnlichen ⇡Anfallsformen oder fehlender Beobachtung kann es sein, dass über längere Zeit nur ein entsprechender Verdacht geäußert werden kann. Dies ist aber besser, als vorschnell von einer Epilepsie zu sprechen.

**Diät** | Als Diät bezeichnet man eine spezielle Ernährung beziehungsweise »Kostordnung«. Eine manchmal wirksame besondere Diät bei einer mit ⇡Antiepileptika nicht ausreichend behandelbarer ⇡Epilepsie ist die ⇡ketogene Diät.

Teil einer Diät kann es z. B. sein, große Mengen an Obst und Gemüse zu verzehren.

**Diazepam (DZP)** | Diazepam ist der Name für den ⇡Wirkstoff in einem ⇡Antiepileptikum zur Behandlung eines ⇡Status epilepticus, in der Regel als ↑ Kombinationstherapie gemeinsam mit anderen ↑ Medikamenten; siehe auch die Tabellen auf S. 210 ff.

**Differenzialdiagnose (DD)** | Unter diesem Begriff versteht man die Überlegungen des Arztes zur Abgrenzung und Unterscheidung ähnlicher ↑ Symptome mit Zuordnung zu einer bestimmten Erkrankung. Wenn Du zum Beispiel Schmerzen im Bauch rechts unten hast, kann dies eine Blinddarmentzündung sein, es kann aber auch alles Mögliche andere dahinter stecken. Der Arzt muss Dich dann genauer befragen und untersuchen, um herauszufinden, was dahintersteckt. Bevor die Diagnose einer ↑ Epilepsie gestellt wird, muss der Arzt eine Reihe anderer Störungen und Krankheiten in Betracht ziehen und sicherstellen, dass tatsächlich eine Epilepsie vorliegt und nicht nur vorgetäuscht wird. Dies kann zum Beispiel durch ↑ Affektkrämpfe, eine ↑ Hyperventilationstetanie, einen Kreislaufkollaps (↑ Synkope), gutartige Muskelzuckungen (↑ Myoklonien) ohne Bezug zu einer Epilepsie, bei einem ↑ Sandifer-Syndrom oder ↑ Schauderanfällen der Fall sein.

| Kleinkinder | Schulkinder | Jugendliche |
|---|---|---|
| Affektkrämpfe | Albträume | Albträume |
| Gutartige Myoklonien der frühen Kindheit | Einschlafmyoklonien | Einschlafmyoklonien |
| | Nachtangst (Pavor noct.) | Hyperventilationstetanie |
| Gutartige Schlafmyoklonien des Säuglingsalters | Sandifer-Syndrom | Narkolepsie |
| | Schauderattacken | Synkopen |
| Nachtangst (Pavor noct.) | Schlafwandeln | Tic-Störungen |
| Sandifer-Syndrom | Synkopen | |
| Schauderattacken | Tic-Störungen | |

**Tabelle:** Störungen und Erkrankungen, die mit epileptischen Anfällen verwechselt werden können.

**Diskothek |** Diskotheken sind für Jugendliche ein wichtiger Ort, um ihre Freunde und Freundinnen zu treffen und ihre Freizeit mit Musik und Tanzen zu verbringen. Für die weitaus meisten Jugendlichen mit ⇡ Epilepsie ist dies ebenfalls problemlos möglich. Allerdings können Lichteffekte in Diskotheken bei einer bekannten ⇡ Fotosensibilität ⇡ epileptische Anfälle auslösen, weshalb diejenigen Kinder und Jugendlichen mit einer Epilepsie, bei denen dies bekannt ist, entweder entsprechend vorsichtig sein oder auf einen Diskothekenbesuch verzichten müssen. Zusätzlich ist auf ausreichend ⇡ Schlaf und Meiden von ⇡ Alkohol in größeren Mengen zu achten. In einer ⇡ Diskothek ist erfahrungsgemäß das weiße Blitzlicht am gefährlichsten, weniger die bunten Lichtorgeln.

**Doose-Syndrom |** Dies ist eine andere Bezeichnung für ⇡ myoklonisch-astatische Epilepsie. Der deutsche ⇡ Neuropädiater Hermann Doose hat diese ⇡ Epilepsieform vor etwa 50 Jahren erstmals ausführlich beschrieben.

**Doppelbilder |** Doppelbilder bedeuten, dass man Dinge doppelt sieht. Doppelbilder können ebenso wie ⇡ Schwindel ein typisches Zeichen für eine ⇡ Überdosierung von Antiepileptika sein. Sofern Du irgendwann einmal Doppelbilder hast, sage sofort Deinen Eltern und Deinem Arzt Bescheid.

**Dosette |** Eine Dosette ist eine kleine Kassette zur übersichtlichen Aufbewahrung z. B. des Tages- oder Wochenbedarfs von ⇡ Medikamenten. Sie ist ein sehr bewährtes Hilfsmittel, um zu verhindern, dass man die Einnahme seiner Medikamente vergisst.

D

**Dosis** | Die Dosis ist die Menge zum Beispiel eines ↑ Antiepileptikums oder anderen ↑ Medikamentes, die zu einem bestimmten Zeitpunkt (morgens, mittags oder abends; Morgen-, Mittags- oder Abenddosis) oder innerhalb einer bestimmten Zeit (zum Beispiel an einem Tag = Tagesdosis) eingenommen wird. Die Dosis der verschiedenen Medikamente unterscheidet sich je nach ↑ Wirkstoff. Von manchen Medikamenten müssen nur geringe Mengen (zum Beispiel einige tausendstel Gramm oder Milligramm) eingenommen werden, von anderen unter Umständen auch mehr als ein Gramm am Tag. Entsprechend unterscheiden sich auch die Größe der Tabletten oder Kapseln. Die Größe hat nichts mit der Wirkstärke zu tun; eine kleine Tablette kann also stärker sein als eine große.

**Dostojewskij, Fjodor** (1821 – 1881) | Fjodor Dostojewskij war ein berühmter russischer Schriftsteller, der eine ↑ Epilepsie hatte. Nach der Schule ging er zur Armee und wurde zum Ingenieur ausgebildet. Das Leben als Soldat gefiel ihm aber nicht, weshalb er mit dem Schreiben anfing. Er schrieb viele Kurzgeschichten und Zeitschriftenartikel, aber am berühmtesten wurde er wegen seiner Bücher. Seine beiden bekanntesten Bücher sind »Der Idiot« und »Die Dämonen«. In seinen Büchern beschrieb er häufiger auch Menschen mit einer Epilepsie. Nach der Meinung vieler Fachleute war er einer der größten Schriftsteller, die jemals gelebt haben.

**Dravet-Syndrom** | Dies ist eine andere Bezeichnung für die ↑ schwere frühkindliche myoklonische Epilepsie. Charlotte Dravet ist eine französische Ärztin, die diese Epilepsieform erstmals beschrieben hat.

**Drogen** | ⇡Alkohol, Cola, Kaffee und Nikotin sind erlaubte (»legale«) Drogen, während Stoffe wie Ecstasy, Heroin oder Kokain zu den unerlaubten (»illegalen«) Drogen gehören. Den meisten von ihnen ist gemeinsam, dass ihre Inhaltsstoffe auf das ⇡Gehirn wirken und das Risiko ⇡epileptischer Anfälle erhöhen können. Bei Cola und Kaffee gilt dies nur für sehr große Mengen.

**Durchblutungsstörung** | Eine Durchblutungsstörung eines ⇡Organs wie zum Beispiel des ⇡Gehirns kann viele ⇡Ursachen haben. Das Herz kann zu schwach sein, die Schlagadern können verengt sein oder eine Fehlbildung aufweisen, und darüber hinaus gibt es zahlreiche andere mögliche Ursachen. Insgesamt sind bei Kindern und Jugendlichen im Gegensatz zu älteren Menschen Durchblutungsstörungen des Gehirns aber nur sehr selten Ursache einer ⇡Epilepsie.

**Duschen** | Wegen des viel geringeren Risikos zu ⇡Ertrinken im Vergleich zum ⇡Baden in einer Badewanne sollten Kinder und Jugendliche mit ⇡Epilepsie bevorzugt duschen. Auch beim Duschen solltest Du Dich – wie beim Baden – nicht einschließen.

**Dysplasie** | Dysplasie ist der medizinische Fachbegriff für eine Abweichung des Aufbaus eines Gewebes in einem ⇡Organ von der normalen Struktur, die auch als ⇡Anlagestörung oder ⇡Fehlbildung bezeichnet wird. Am ⇡Gehirn und im Zusammenhang mit einer ⇡Epilepsie sind solche Abweichungen besonders dann von Bedeutung, wenn sie die so genannte ⇡Hirnrinde betreffen. Man nennt diese auch ⇡kortikale Dysplasien, weil sie meist nur einen kleineren Teil der Hirnrinde betreffen, genauer ⇡fokale kortikale Dysplasien.

D

# E · e



**EEG-Ableitung** | Die Aufzeichnung der Spannungsschwankungen des ↑Gehirns wird als EEG-Ableitung oder ↑Elektroenzephalogramm (EEG) bezeichnet. Jede Linie zeigt die gemittelte ↑elektrische Aktivität eines bestimmten Abschnittes von der Oberfläche des Gehirns an. Während einer ↑EEG-Ableitung wird für kurze Zeit vor Deinen Augen ein Blitzlichtgerät angestellt, um nach einer ↑Fotosensibilität zu schauen. Außerdem wirst Du gebeten, für eine kurze Zeit tiefer und kräftiger als üblich zu atmen, was in der Fachsprache als ↑Hyperventilation bezeichnet wird. Das EEG hilft eine ↑Epilepsie zu erkennen, ihre Art zu erfassen und ist nützlich für die Gestaltung der Behandlung. Manchmal erfasst das EEG keine ↑epilepsietypische Aktivität, obwohl jemand eine ↑Epilepsie hat. In solchen Fällen können besondere EEG-Ableitungen wie beispielsweise ein ↑Schlafentzugs-EEG, ↑Schlaf-EEG, ↑mobiles Langzeit-EEG oder eine ↑Telemetrie sinnvoll sein.

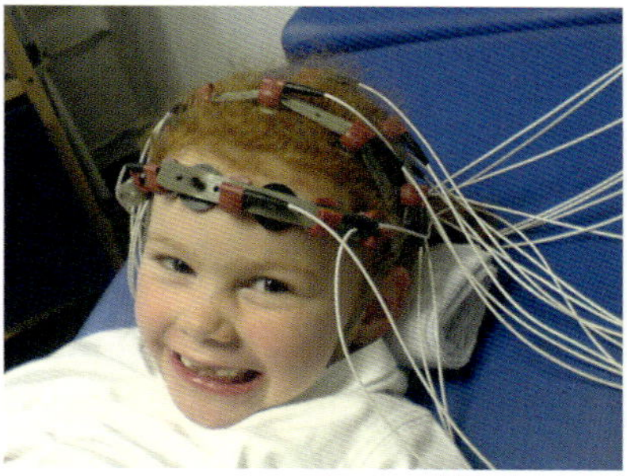

**EEG-Assistentin** | Eine EEG-Assistentin ist eine besonders ausgebildete Mitarbeiterin des Arztes mit viel Erfahrung bei der Ableitung eines ↑Elektroenzephalogramms oder EEGs. Sie sagt Dir während der Ableitung, was Du tun sollst (zum Beispiel die Augen öffnen und wieder schließen oder eine Zeit lang ganz tief atmen). Sie hat viel Kontakt mit anderen Kindern und Jugendlichen mit ↑Epilepsie und kann Dir daher häufig auch gute Tipps geben.

**EEG-Gerät** | Ein EEG-Gerät ist eine Maschine, die kleinste elektrische Spannungsschwankungen (↑ Potenziale) misst, welche von den ↑ Nervenzellen des ↑ Gehirns verursacht werden (↑ Elektroenzephalogramm). So genannte ↑ Elektroden am Ende dünner Drähte werden am Kopf befestigt, manchmal mit einem speziellen Kleber oder mit einem Gumminetz.

**EEG-Kurve** | Die Aufzeichnung der Spannungsschwankungen des Gehirns wird als EEG-Kurve oder ↑ Elektroenzephalogramm bezeichnet. Jede Linie auf der Kurve zeigt die gemittelte elektrische Aktivität



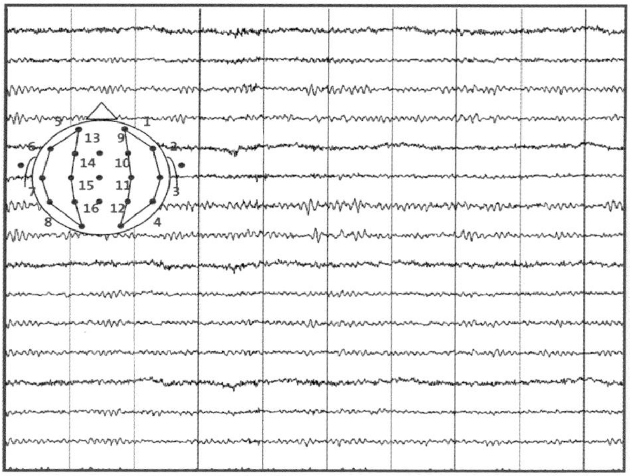


Normales EEG: In allen 16 Ableitekanälen (Zuordnung an der Kopfoberfläche siehe Schema) findet sich ein weitgehend regelmäßiges und ruhiges Muster.

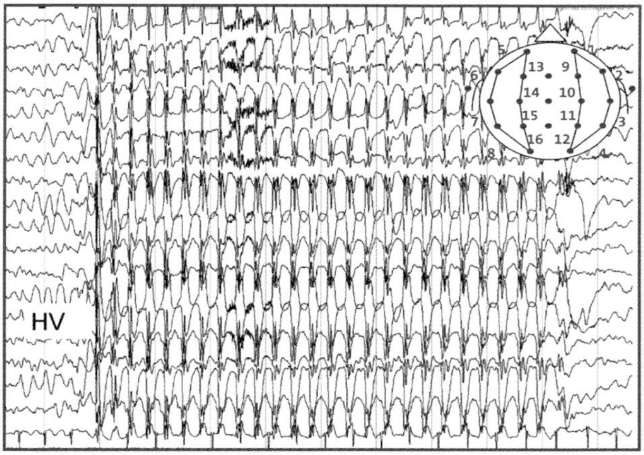


EEG bei einer ↑ Absence: Es finden sich über allen Ableitekanälen während der ↑ Hyperventilation (HV) gleichzeitig beginnende und endende Muster in Form einer Spitze und nachfolgenden Welle (Spike-wave; siehe auch die Abbildungen zu den EEG-Mustern auf der folgenden Seite).

eines bestimmten Abschnittes von der Oberfläche des ↑ Gehirns an. Manchmal erfasst das EEG keine ↑ epilepsietypische Aktivität, obwohl jemand eine ↑ Epilepsie hat. In solchen Fällen können Zusatzuntersuchungen wie beispielsweise ein ↑ Schlafentzugs-EEG, ↑ Schlaf-EEG, ↑ mobiles Langzeit-EEG oder eine ↑ Telemetrie sinnvoll sein.

E

**EEG-Muster** | Als EEG-Muster werden typische Veränderungen (↑ epilepsietypische Potenziale) bezeichnet, die es dem Arzt nicht

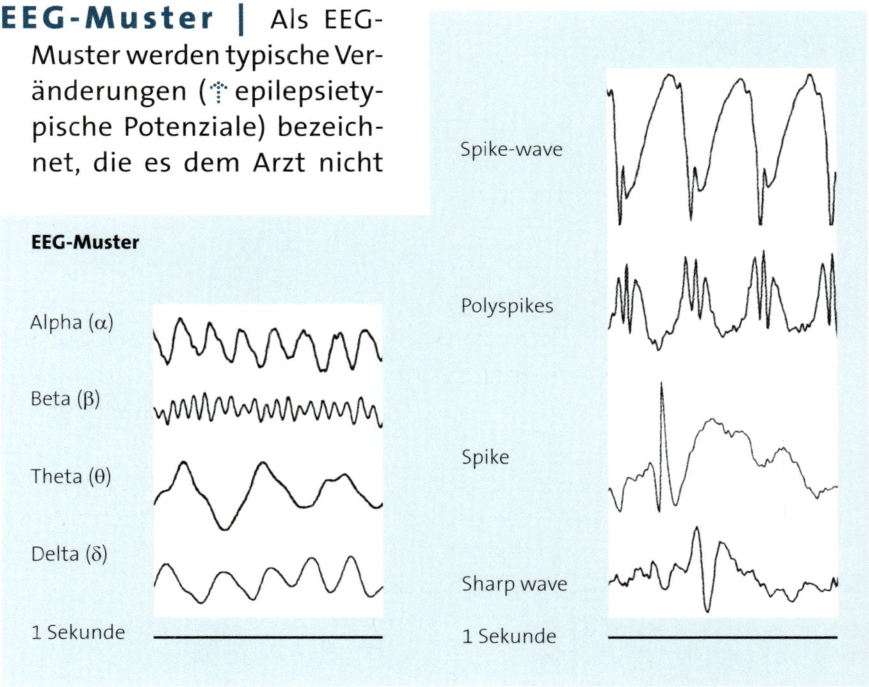


nur ermöglichen, eine ↑ Epilepsie festzustellen, sondern auch, um welche ↑ Epilepsieform es sich handelt. Daraus ergeben sich auch Rückschlüsse auf die erfahrungsgemäß am besten wirksamen ↑ Medikamente (↑ Antiepileptika). Unter anderem wird bei ↑ Epilepsie zwischen umschriebenen, nur an einer Stelle ableitbaren ↑ fokalen Veränderungen oder gleichzeitig über allen Stellen, ↑ generalisierten Veränderungen unterschieden.

**einfacher fiebergebundener Anfall / einfacher Fieberkrampf** | Ein einfacher oder unkomplizierter fiebergebundener Anfall oder kurz einfacher ↑Fieberkrampf ist bei Kindern bis zum sechsten Lebensjahr die häufigste Form eines so genannten ↑Gelegenheitsanfalls. Im Gegensatz zu einem ↑komplizierten fiebergebundenen Anfall bzw. Fieberkrampf entwickeln die weitaus meisten Kinder später keine ↑Epilepsie.

E

**einfacher fokaler Anfall (EFA)** | Bei einfachen fokalen Anfällen kommt es nicht zu einem Verlust des ↑Bewusstseins. Während des ↑Anfalls wissen die Betroffenen deswegen genau, was passiert. Dadurch unterscheiden sie sich von ↑komplexen fokalen Anfällen, von denen man selbst nichts oder nur den Anfang mitbekommt. Wie bei komplexen fokalen Anfällen ist auch bei einfachen fokalen Anfällen nur ein Teil des ↑Gehirns beteiligt. Es kommt zum Beispiel zu einer Störung im linken Arm, wenn der Anfall in dem Teil des Gehirns abläuft, der den linken Arm kontrolliert. Es gibt viele verschiedene Formen einfacher fokaler Anfälle. Es kann sein, dass es zu einem Zucken in einem Arm oder Bein kommt (↑fokal-motorischer Anfall), zu einem Taubheitsgefühl in einem Körperteil (↑fokal-sensibler Anfall) oder zu einem eigenartigen Geschmack oder Geruch (↑fokal-sensorischer Anfall). Die häufigste Form eines einfachen fokalen Anfalls ist eine ↑Aura.

**einfacher partieller Anfall (EPA)** | Dies ist eine andere Bezeichnung für ↑einfacher fokaler Anfall.

**Einnässen** | Bei manchen ↑Anfallsformen kann es zu einem Einnässen wegen ungewolltem Abgang von Urin kommen. Dies ist natürlich sehr unangenehm, besonders wenn es in der Öffentlichkeit passiert. Häufiger lässt sich dies durch eine bessere ↑Einstellung der medikamentösen Behandlung der ↑Epilepsie verbessern. Unabhängig davon ist es günstig, regelmäßig auf die Toilette zu gehen, damit die Blase nie zu voll ist.

**Einschlafmyoklonien** | Dies ist die medizinische Fachbezeichnung für gutartige Muskelzuckungen beim Einschlafen. Diese kurzen Zuckungen in Armen und Beinen treten fast bei jedem Mensch irgendwann einmal auf. Oft werden sie nicht von einem selbst, sondern von Eltern, Geschwistern oder Partnern bemerkt. Sie haben nichts mit ↑epileptischen Anfällen oder einer ↑Epilepsie zu tun, können aber damit verwechselt werden (↑ Differenzialdiagnose).

E

**Einstellen / Einstellung der Medikamente** | Als Einstellen von ↑Medikamenten wird der Beginn einer Behandlung zum Beispiel mit einem ↑Antiepileptikum bezeichnet, bis eine erste ↑Zieldosis erreicht ist oder die Wirkstoffmenge, welche im Blut gemessen wird, im ↑Referenzbereich liegt. Üblicherweise kann dann eine gute ↑Wirksamkeit und ↑Verträglichkeit des eingesetzten Antiepileptikums erwartet werden.

**Einstellung zur Epilepsie** | Die Einstellung, die man selbst zu seiner ↑Epilepsie hat, ist wichtig für die Behandlung und den Verlauf. Wie bei fast allen Krankheiten hat niemand schuld daran; man bekommt sie einfach und sollte versuchen, das Beste daraus zu machen. Auch mit einer Epilepsie kann man ein normales Leben führen, eine gute ↑Schulausbildung und später ↑Berufsausbildung haben, heiraten und Kinder bekommen! Es ist nicht zuletzt auch wichtig für Dein ↑Selbstvertrauen, dass Du die richtige Einstellung zu Deiner Epilepsie hast. Wenn Du selbst das nicht schaffst, kannst Du es auch nicht von Anderen erwarten. Auch viele ↑Vorurteile gegen Epilepsie hängen mit einer falschen Einstellung zusammen.

**elektrisch** | Als elektrisch bezeichnet man alles, was mit ↑Elektrizität beziehungsweise dem Fließen von Strom oder der Aufrechterhaltung einer Spannung einhergeht.

**elektrische Aktivität** | Als elektrische Aktivität bezeichnet man in der Medizin Abläufe in Zellen des Körpers, die mit elektrischem Strom zu tun haben. ⇡ Nervenzellen berühren sich untereinander nicht direkt, sondern stehen über chemische ⇡ Überträgerstoffe (so genannte Transmitter) miteinander in Verbindung. Wenn eine ⇡ Nervenzelle aktiv ist, sendet sie elektrische Impulse oder Signale aus bzw. »feuert«. Dies geht so vor sich, dass an ihrer Zellwand ein elektrischer Strom entlang läuft. Jede Zelle hat mit hunderten anderen Kontakt, erhält Informationen von diesen und sendet ihrerseits Informationen an sie. An den Endungen der Nervenzellen bewirkt dieser Strom, dass Überträgerstoffe freigesetzt werden, welche die Signale auf benachbarte Zellen übertragen. Die Arbeitsweise Deines ⇡ Gehirns ist also ziemlich kompliziert und erinnert sowohl an ein Elektrizitätswerk als auch an eine chemische Fabrik.



**Elektrizität** | Mit diesem Begriff bezeichnet man alle Dinge, die mit ⇡ elektrischen Spannungen oder elektrischem Strom zu tun haben. Ein Dir sicher gut bekanntes, beeindruckendes Beispiel für Elektrizität in der Natur ist ein Blitz bei einem ⇡ Gewitter. Vielleicht hast Du auch schon von Fischen wie dem Zitteraal oder Zitterrochen gehört, die sich mit hohen elektrischen Spannungen verteidigen oder ihre Beute lähmen. Aber Elektrizität – wenn auch in viel schwächerer Form – tritt auch in Deinem Körper auf. So beruht zum Beispiel die Tätigkeit Deiner zahllosen ⇡ Nervenzellen auf elektrischen Signalen.

**Elektrode** | Eine Elektrode ist ein ⇡ elektrischen Strom leitendes Teil zur Aufzeichnung von Spannungen und Spannungs-

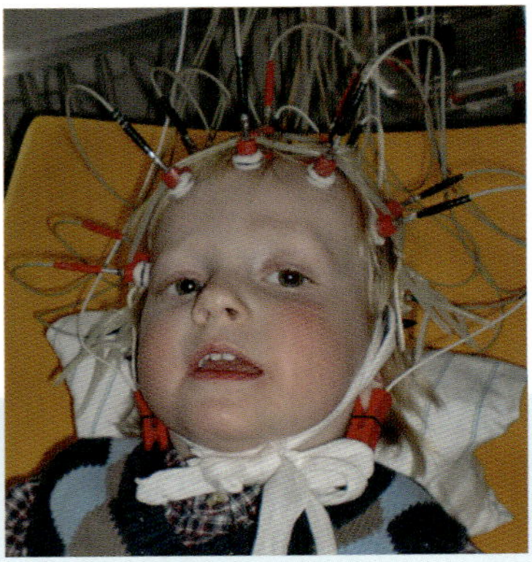

Hier siehst Du, wie das ⇡ EEG über Elektroden und Kabel vom Kopf eines kleinen Jungen abgeleitet wird.

schwankungen, zum Beispiel des ↑ Elektroenzephalogramms (EEGs) an der Kopfhaut. Das Anlegen von Elektroden bei einem EEG dauert etwa 20 Minuten und kann etwas langweilig sein. Es ist aber weder gefährlich noch schmerzhaft. Du kannst die Zeit nutzen, um mit der ↑ EEG-Assistentin zu sprechen, die Dir erklären kann, wie die Untersuchung abläuft und wie Du am besten mithelfen kannst.



**Elektroenzephalogramm (EEG)** | Dieses komplizierte Wort setzt sich aus den Fachwörtern »Elektro-« für elektrisch, »Enzephalo-« für Gehirn und »Gramm« für Aufzeichnung zusammen. Weil das Wort so lang ist, wird meist die Abkürzung EEG verwendet. Die Spannungsschwankungen, die durch die Tätigkeit der Nervenzellen im ↑ Gehirn ununterbrochen entstehen, werden durch auf der Kopfoberfläche verteilte ↑ Elektroden erfasst und zu dem ↑ EEG-Gerät geführt. Zur genauen Auswertung werden die Spannungsschwankungen für die verschiedenen Stellen an der Kopfoberfläche getrennt auf einem Stück Papier ausgedruckt oder auf einem Computerbildschirm dargestellt. Diese Ansicht oder den Papierausdruck nennt man auch ↑ EEG-Kurve. Bestimmte ↑ EEG-Muster sind für die Erkennung und Behandlung einer Epilepsie wichtig.

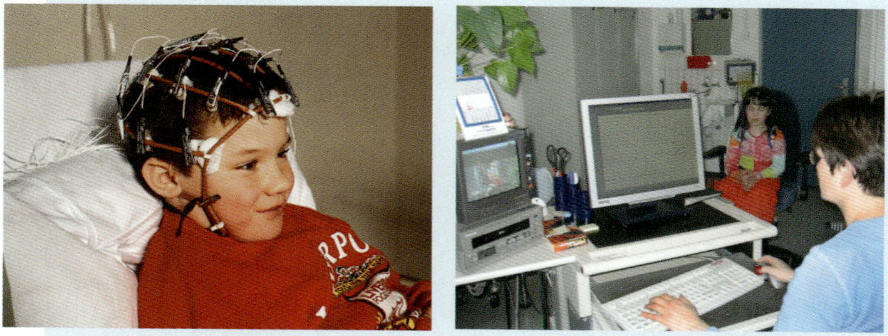

Links ist ein Junge zur ↑ EEG-Ableitung bereit. Die ↑ Elektroden sind auf seiner Kopfoberfläche verteilt und werden mit Gummibändern festgehalten. Rechts ist ein Mädchen während der Ableitung zu sehen. Im Vordergrund siehst Du die ↑ EEG-Assistentin und den Bildschirm.

Während einer EEG-Ableitung wird für kurze Zeit vor den Augen ein Blitzlichtgerät angestellt, um nach einer ↑ Fotosensibilität zu schauen. Außerdem wird man gebeten, für eine kurze Zeit tief und kräftig zu atmen, was auch als ↑ Hyperventilation bezeichnet wird.
Während eines EEGs tritt kein Strom von dem Gerät in das Gehirn über. Im Gegenteil ist es das Gehirn, dessen elektrische Spannungen aufgezeichnet und abgeleitet werden. Eine EEG-Untersuchung ist absolut schmerzlos. Das Gerät selbst ist nur ein Verstärker – es verstärkt oder vergrößert die geringen Spannungsschwankungen, so dass sie auf dem Ausdruck oder Bildschirm sichtbar sind.



**Empfindungsstörung** | Dies ist eine andere Bezeichnung für ↑ Wahrnehmungsstörung.

**Entzugsanfall** | Bei manchen ↑ Epilepsieformen kann man bei längerer ↑ Anfallsfreiheit in Absprache mit dem behandelnden Arzt versuchen, mit der Einnahme von ↑ Antiepileptika, die über längere Zeit eingenommen wurden, langsam aufzuhören (↑ Absetzen von ↑ Medikamenten). Der Körper hat sich jedoch an die Einnahme der Medikamente gewöhnt, weshalb ein gewisses Risiko besteht, dass die ↑ epileptischen Anfälle dann erneut auftreten. Diese Anfälle werden Entzugsanfälle genannt, weil sie auf den Entzug der Antiepileptika zurückgehen. Ein sehr rasches Absetzen der Medikamente innerhalb weniger Tage erhöht das Risiko deutlich. Wenn die Medikamente langsam, über einige Monate hinweg, abgesetzt werden, kommt es meistens nicht zu Entzugsanfällen. Darüber hinaus ist das Risiko auch abhängig von der ↑ Epilepsieform.

**Epilepsie** | Seit es Menschen auf der Erde gibt, gibt es auch Menschen mit Epilepsie. Das Wort »Epilepsie« geht auf ein griechisches Wort zurück und bedeutet »Ergriffenwerden«, »Gepacktwerden« oder »von etwas befallen oder erfasst sein«. Früher wurden Epilepsien auch als »Fallsucht« bezeichnet. Damals dachte man, dass es nur eine ↑ Anfallsform geben würde, bei dem die Menschen zu Boden stürzen und Krämpfe haben würden. Heute nennt man die-

se Anfallsform in der medizinischen Fachsprache ↑ generalisierten tonisch-klonischen Anfall.
Inzwischen weiß man viel besser Bescheid über Epilepsie und hat herausgefunden, dass es sehr viele verschiedene ↑ Anfallsformen und ↑ Epilepsieformen gibt, bei denen man nicht umfallen muss. Die früher übliche Bezeichnung »Fallsucht« wird deswegen auch schon lange nicht mehr benutzt.
Epilepsie ist ein Anzeichen dafür, dass ein Teil des ↑ Gehirns nicht immer richtig arbeitet. Bei der normalen Tätigkeit der ↑ Nervenzellen kommt es im Gehirn zu ganz schwachen ↑ elektrischen Spannungsschwankungen. So wie Überlandleitungen den elektrischen Strom in einer sehr geordneten Art und Weise über das ganze Land verteilen, so erfolgt dies innerhalb des Gehirns normalerweise durch die Nervenzellen. Wenn es jedoch zu einem ↑ epileptischen Anfall kommt, erfolgen die elektrischen Entladungen ungeordnet und heftig – ein wenig wie Blitze während eines Gewitters. Die Art der Anfälle, die ein Mensch hat, hängt davon ab, an welchem Ort im Gehirn das »Gewitter« abläuft.

Von einer Epilepsie wird gesprochen, wenn man mehrere epileptische Anfälle ohne jeweils erkennbare Erklärung dafür hat, warum es dazu gekommen ist. Selbst wenn sich Hinweise auf eine ↑ Ursache einer Epilepsie finden, erklären diese nicht, warum es zum Beispiel an einem bestimmten Tag zu einem Anfall kommt, an all den anderen aber nicht.

Nach einem einzelnen, erstmaligen Anfall wird nur dann eine beginnende Epilepsie angenommen, wenn sich zum Beispiel im ↑ Elektroenzephalogramm (EEG) oder bei der ↑ Magnetresonanztomographie Befunde ergeben, bei denen erfahrungsgemäß ein hohes Wiederholungsrisiko besteht. Ansonsten müssen in der Regel mindestens zwei Anfälle ohne erkennbare Auslöser im Abstand von mindestens einem Tag aufgetreten sein, bevor man von einer Epilepsie spricht. Etwa jeder zehnte Mensch hat im Verlauf seines Lebens irgendwann einmal einen einzelnen Anfall, ohne dass sich aber eine Epilepsie entwickelt.

Weltweit hat mindestens einer von 200 Menschen eine »aktive«, behandlungsbedürftige Epilepsie. Dies bedeutet, dass in Deutschland über 200 000 sowie in Österreich und der Schweiz jeweils etwa 20 000 Kinder und Jugendliche mit Epilepsie leben – mehr als

**Weltweit gibt es ungefähr 50 Millionen Menschen mit Epilepsie. Vergleiche dies mit der Einwohnerzahl Deutschlands – ungefähr 80 Millionen.**
**Epilepsie ist also wirklich sehr häufig.**

genug, um viele große Fußballstadien zu füllen! Zumindest in einer Stadt begegnet man wahrscheinlich jeden Tag mindestens einem Menschen mit Epilepsie, ob man nun davon weiß oder nicht. In den meisten Schulen gibt es mehr als einen Schüler mit Epilepsie. Epilepsie ist also recht häufig, weshalb umso schwerer zu verstehen ist, warum immer noch so viele Menschen so wenig darüber wissen.

Weltweit gibt es ungefähr 50 Millionen Menschen mit Epilepsie. Wenn Du dies mit den Einwohnerzahl Deutschlands – ungefähr 80 Millionen – oder Österreichs und der Schweiz – jeweils ungefähr 6 bis 7 Millionen – vergleichst, siehst Du, dass Epilepsie also wirklich sehr häufig ist!

E

**Epilepsieambulanz** | Epilepsieambulanzen sind spezielle Sprechstunden für Menschen mit ⇡ Epilepsie und ihre Angehörigen. Solche Ambulanzen finden sich für Kinder und Jugendliche mit Epilepsie in Kinderkliniken oder auch ⇡ Epilepsie-Zentren. Auch manche niedergelassenen Kinderärzte haben besondere Erfahrung in der Betreuung von Kindern und Jugendlichen mit Epilepsie. In Deutschland gibt es von der Stiftung Michael (Adresse siehe S. 65) oder im ⇡ Internet entsprechende Verzeichnisse von (Epilepsie-) ⇡ Schwerpunktpraxen. Andere Bezeichnungen für Epilepsieambulanzen lauten Anfallsambulanz, Anfallssprechstunde oder Epilepsiesprechstunde.

**Epilepsiechirurgie / epilepsiechirurgische Behandlung** | Bei einigen wenigen Kindern und Jugendlichen, deren ⇡ Epilepsie allein mit ⇡ Antiepileptika nicht erfolgreich behandelt werden kann, besteht die Möglichkeit einer chirurgischen Behandlung mit einer Operation am ⇡ Gehirn. Ob dies der Fall ist, wie hoch gegebenenfalls die Risiken einer Operation aber auch die Erfolgsaussichten sind, muss durch eine ausführliche Abklärung in einem spezialisierten Krankenhaus oder ⇡ Epilepsie-Zentrum geklärt werden.

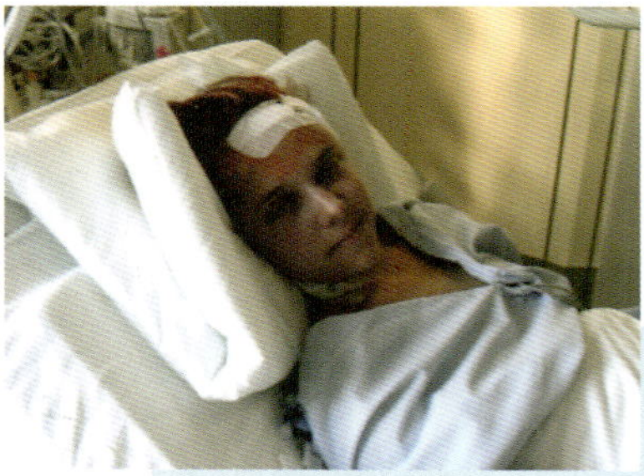

Dieses Mädchen hat die Operation gut überstanden.

**Epilepsieformen** | Es gibt nicht »die« ⇡ Epilepsie, sondern viele verschiedene Formen von Epilepsie: Besser verwendet man daher die Mehrzahl und spricht von den Epilepsien. Die Ärzte geben sich große Mühe, bei jedem Kind und Jugendlichen mit Epilepsie möglichst schnell herauszufinden, um welche Epilepsieform es sich handelt. Davon hängt nicht nur die Auswahl des richtigen ⇡ Medikamentes ab (⇡ Antiepileptikum). Die verschiedenen Epilepsieformen unterscheiden sich auch in ihrem Verlauf. Bei einigen Formen wie zum Beispiel den ⇡ gutartigen fokalen Epilepsien des Kindesalters oder der ⇡ kindlichen Absencenepilepsie kann man schon früh vorhersagen, dass es keine ernsthaften Probleme geben wird und man die Medikamente früher oder später wieder absetzen kann. Bei anderen Epilepsieformen wie zum Beispiel dem ⇡ Lennox-Gastaut-Syndrom, dem ⇡ West-Syndrom oder einer ⇡ Temporallappenepilepsie sieht es nicht so günstig aus.



**Epilepsie-Klinik / Epilepsie-Zentrum** | Epilepsie-Kliniken bzw. Epilepsie-Zentren sind spezielle Krankenhäuser zur Betreuung von Menschen mit ⇡ Epilepsie. Ein Team aus besonders erfahrenen Ärzten, ⇡ Neuropsychologen und anderen Spezialisten stellt sicher, dass wirklich alle Fragen im Zusammenhang mit einer Epilepsie beantwortet werden können und die bestmögliche Behandlung erfolgt. Die weitaus meisten Kinder und Jugendlichen mit Epilepsie brauchen nie oder nur ausnahmsweise einmal für kurze Zeit in ein Krankenhaus, eine Epilepsie-Klinik oder ein Epilepsie-Zentrum. Wenn Deine ⇡ Anfälle aber trotz regelmäßiger Einnahme von ⇡ Medikamenten nicht verschwinden oder sonstige Probleme bestehen, kann eine Untersuchung dort sinnvoll sein. Diese Kliniken haben auch ⇡ Epilepsieambulanzen, das heißt Du wirst wie einer Praxis untersucht und musst nicht dort übernachten.

**Epilepsie-Ligen** | In fast jedem Land der Erde gibt es eine so genannte Epilepsie-Liga oder -Fachgesellschaft. Dies sind die Landesverbände der Internationalen ⇡ Liga gegen Epilepsie (⇡ ILAE). Die Epilepsie-Ligen oder – Gesellschaften sorgen dafür, dass Menschen mit ⇡ Epilepsie möglichst gut geholfen werden kann und ⇡ Vorurteile abgebaut werden. Dazu werden unter anderem Kongresse und Informationsveranstaltungen für Ärzte und Laien durchgeführt und Informationsbroschüren und anderes Informationsmaterial für Menschen mit Epilepsie, ihre Eltern oder

andere interessierte Personen zur Verfügung gestellt. Es werden auch Forschungsvorhaben unterstützt, um mehr über Epilepsien herauszufinden und sie besser behandeln zu können.
Die Epilepsie-Ligen werden durch andere Organisationen wie ⇡ Selbsthilfegruppen für Eltern epilepsiekranker Kinder und Jugendlicher oder auch speziell für Jugendliche mit Epilepsie unterstützt.

E

**Epilepsie-Museum |** In dem kleinen Ort Kehl im Südwesten Deutschlands an der französischen Grenze in der Nähe von Straßburg gibt es neben dem dortigen ⇡ Epilepsie-Zentrum ein weltweit einzigartiges Epilepsie-Museum. Es hat inzwischen sechs Ausstellungsräume, über 500 Ausstellungsgegenstände und eine beachtliche Sammlung von Büchern über ⇡ Epilepsie. Man findet es in der Oberdorfstraße 8 in 77694 Kehl-Kork. Es ist sonntags in der Zeit zwischen 14 und 17 Uhr geöffnet und kostet keinen Eintritt. Anfragen sind unter der Telefon- und Faxnummer 01212 / 510 95 59 35 möglich, per E-Mail unter info@epilepsiemuseum.de.
Am besten ist natürlich, wenn Du Dir das Museum zum Beispiel mit Deinen Eltern einmal vor Ort ansiehst. Wenn sich dazu keine Gelegenheit ergibt, kannst Du Dir viele Dinge auch im ⇡ Internet (www.epilepsiemuseum.de) anschauen.

## Epilepsie-Organisationen und -Verbände als Informationsquellen

### Deutschland

**Deutsche Gesellschaft für Epileptologie (DGfE)**
(= Deutsche Sektion der Internationalen Liga gegen Epilepsie)
Geschäftsstelle: Petra Gehle
Reinhardtstraße 14 | D-10117 Berlin
Tel. (07 00) 13 14 13 00 oder (052 08) 95 09 40 (8-12 Uhr)
Fax (07 00) 13 14 13 99 oder (052 08) 95 09 42
E-Mail: p.gehle@dgfe.info | http://www.dgfe.info

**Informationszentrum Epilepsie (IZE)**
Petra Gehle
Postfach 10 09 68 | D-33509 Bielefeld
Tel. (07 00) 13 14 13 00 oder (052 08) 95 09 40 (8-12 Uhr)
Fax (07 00) 13 14 13 99 oder (052 08) 95 09 42
E-Mail: ize@izepilepsie.de

**Epilepsie Bundes-Elternverband (e.b.e.)**
Geschäftsstelle: Susanne Fey
Am Eickhof 23 | D-42111 Wuppertal
Tel. 02 02 / 298 84 65
E-Mail: kontakt@epilepsie-elternverband.de | http://www.epilepsie-elternverband.de

**Stiftung Michael**
Geschäftsstelle: Sabine Reith
Münzkamp 5 | D-22339 Hamburg
Tel. 040 / 538 85 40 | Fax 040 / 538 15 59
E-Mail: post@stiftung-michael.de | http://www.stiftung-michael.de

## Österreich

**Österreichische Sektion der Internationalen Liga gegen Epilepsie (ÖSILAE)**
1. Sekretär: PD Dr. med. Michael Feichtinger
Universitätsklinik Graz, Klinik für Neurologie
Auenbruggerplatz 29 | A-8036 Graz
Tel. (03 16) 385 31 37
Fax (03 16) 385 38 95
E-Mail: mi.feichtinger@meduni-graz.at oder oesektion-ILAE@meduni-wien.ac.at | http://www.medicalnet.at/oe.sektion-ILAE/

**Epilepsie Dachverband Österreich (EDÖ)**
Geschäftsstelle: Sabine Haydar
Wichtelgasse 55 / 17-20 | A-1170 Wien
Tel. und Fax (01) 489 52 78
Tel. (Mobil) 0664 125 47 88
E-Mail: epilepsie@aon.at | http://www.epilepsie.at

**Elterninitiative anfallkranker Kinder (EIAK)**
Zollergasse 16/9 | A-1070 Wien
Tel. 06 50 / 813 37 37
E-Mail: eiak@gmx.at | http://www.8ung.at/eiak

### Schweiz

**Schweizerische Liga gegen Epilepsie (SLgE)**
Geschäftsstelle: Daniela Erb
Seefeldstr. 84 | CH-8034 Zürich
Tel. 043 488 67 77 | Fax 043 488 67 78
E-Mail: info@epi.ch | http://www.epi.ch

**Schweizerischer Verein für Epilepsie (Epi-Suisse)**
Geschäftsstelle: Susann Egli
Seefeldstrasse 84 | CH-8008 Zürich
Tel. 043 488 68 80 | Fax 043 488 68 81
E-Mail: info@epi-suisse.ch | http://www.epi-suisse.ch

**Schweizerische Vereinigung der Eltern epilepsiekranker Kinder (ParEpi)**
Sozialberatung: Stefanie Glauber Dubs
Seefeldstrasse 84 | CH-8008 Zürich
Tel. 043 488 65 60 | Fax 043 488 68 81
E-Mail: parepi@bluewin.ch | http://www.parepi.ch

E

**Epilepsiesprechstunde** | Dies ist eine andere Bezeichnung für ⇡ Epilepsieambulanz.

**epilepsietypische Potenziale (ETP) / epileptiforme Potenziale** | Als epilepsietypisches ⇡ Potenzial oder epileptiformes Potenzial werden spezielle Veränderungen der Spannungsschwankungen im ⇡ Elektroenzephalogramm (EEG) bezeichnet, die gehäuft bei Menschen mit ⇡ Epilepsie vorkommen und auf eine erhöhte Bereitschaft für ⇡ epileptische Anfälle schließen lassen. Für sich alleine sind sie aber nicht beweisend für eine Epilepsie, und sie können auch einmal bei Menschen ohne Epilepsie auftreten. Beispiele sind Spikes (englisch = Spitzen), Polyspikes (englisch = Vielfachspitzen), ↑ Polyspike-wave-Komplexe (englisch = Abfolge von Vielfachspitzen und nachfolgender Welle), ↑ Spike-wave (englisch = Abfolge einer Spitze und nachfolgenden Welle), ↑ Spike-wave-Komplex (englisch = feste Abfolge einer Spitze und nachfolgenden Welle), ↑ Sharp wave (englisch = scharfe Welle oder Steilwelle) sowie Sharp-slow-wave (englisch = scharfe Welle und langsame Welle bzw. Steilwelle und langsame Welle).

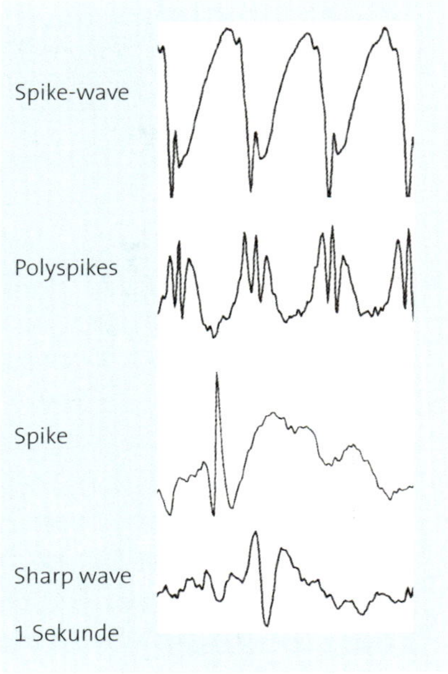




**Epileptiker / Epileptikerin** | Manchmal hört man die Bezeichnung Epileptiker oder Epileptikerin für Menschen mit ↑ Epilepsie. Meistens ist dies nicht böse gemeint, sondern soll wie die Bezeichnung Diabetiker oder Diabetikerin für Menschen mit einer Zuckerkrankheit nur eine Art Kurzfassung sein. Der Nachteil aller Kurzfassungen ist aber, dass dabei wichtige Informationen verloren gehen. Du hast viel mehr zu bieten als Deine Epilepsie, und sie ist auch nicht das Wichtigste in Deinem Leben.

**epileptische Entladungen** | Als epileptische Entladungen wird diejenige Aktivität von ↑ Nervenzellen bezeichnet, die typischerweise bei ↑ epileptischen Anfällen vorkommt. Damit es zu einem ↑ epileptischen Anfall kommt, reicht es nicht aus, dass eine oder einige Nervenzellen solche Entladungen zeigen. Dies muss bei sehr vielen Nervenzellen gleichzeitig der Fall sein. Die Entladungen sind häufig auf einen Teil des Gehirns begrenzt – so wie ein Kaminfeuer ein Feuer im Haus ist, ohne dass das ganze Haus brennt.

E

**epileptischer Anfall** | Zu einem epileptischen Anfall kommt es dann, wenn die ⇡ Nervenzellen in einem Teil des ⇡ Gehirns für eine kurze Zeit nicht mehr richtig funktionieren. Im Normalzustand, unabhängig davon ob wir wach sind oder schlafen, werden im Gehirn von den vielen tausend Millionen oder Milliarden Nervenzellen fast ununterbrochen geringste Mengen ⇡ elektrischer Aktivität ausgesandt.
Während des Anfalls gerät ein Teil der Nervenzellen vorübergehend außer Kontrolle. Sie schaukeln sich gewissermaßen gegenseitig zu starken, gleichzeitigen Entladungen auf und der davon betroffene Teil des Gehirns kann seine Aufgabe dann für eine kurze Zeit nicht mehr in der üblichen Weise erfüllen. Davon kann nur ein kleiner Teil des Gehirns oder aber auch mehr oder weniger das ganze Gehirn beteiligt sind. Dies erklärt auch, warum es viele verschiedene ⇡ Anfallsformen gibt.
Man selbst merkt von einem Anfall vorübergehende ungewöhnliche Erscheinungen, Empfindungen oder Wahrnehmungen. Es kann zu unwillkürlichen ⇡ Muskelzuckungen, einer kurzen Abwesenheit oder zu einem Hinstürzen kommen. Es ist auch möglich, dass man eigenartige Geräusche oder Musik hört oder bei einem Anfall etwas Komisches riecht oder schmeckt. Welche Zeichen auftreten hängt einfach davon ab, welche Teile des Gehirns an dem Anfall beteiligt sind.

**epileptischer Fieberanfall** | Dies ist eine andere Bezeichnung für ⇡ Fieberkrampf.

**epileptische Spasmen** | Epileptische Spasmen (= Verkrampfungen) sind kurze ⇡ tonische Anfälle, die am häufigsten bei einem ⇡ West-Syndrom vorkommen. Diese Anfälle wurden früher auch ⇡ »Blitz-Nick-Salaam-Anfälle« (abgekürzt BNS-Anfälle) oder wegen ihres bevorzugten Auftretens bei Säuglingen und Kleinkindern infantile Spasmen genannt. Der Kopf wird plötzlich heftig nach vorne gebeugt, Arme und Beine sehr rasch angehoben und die Arme vor der Brust zusammengeführt. Jeder einzelne Spasmus dauert nur eine Sekunde oder weniger, es kann aber innerhalb kurzer Zeit zu sehr vielen Spasmen hintereinander kommen. Eltern denken bei diesen Anfällen zunächst oft gar nicht an eine ↑ Epilepsie, sondern glauben beispielsweise, dass ihr Baby Blähungen oder sonstige Bauchschmerzen hat und sich deswegen so krümmt.

**erbliche Epilepsie** | Es gibt praktisch keine Epilepsieform, die direkt und regelmäßig von den Eltern an ihre Kinder vererbt wird. Eltern mit einer Epilepsie können allerdings an ihre Kinder eine im Vergleich zu anderen Menschen erhöhte Neigung vererben, epileptische Anfälle oder auch eine Epilepsie zu bekommen. Eine andere Bezeichnung für erbliche Epilepsie lautet ↑ idiopathische Epilepsie.

**Erhaltungsdosis** | Die Erhaltungsdosis ist die ↑ Dosis, die bei der Behandlung mit einem ↑ Antiepileptikum nach erfolgter ↑ Einstellung oder ↑ Umstellung zunächst einmal über längere Zeit eingenommen werden soll. Dies gilt natürlich nur bei ausreichend guter ↑ Wirksamkeit und ↑ Verträglichkeit. Bei Kindern und Jugendlichen mit ↑ Epilepsie wird die Erhaltungsdosis nach dem jeweiligen ↑ Körpergewicht berechnet. Entsprechend muss diese Dosis angepasst werden, wenn Du älter wirst und Dein Gewicht zunimmt.

**Ernährung** | Ernährung ist eine andere Bezeichnung für ↑ Essen und Trinken.

**Erschöpfung** | Zumindest nach einem lang dauernden, starken ↑ epileptischen Anfall ist eine vorübergehende Erschöpfung völlig normal. Diese betrifft sowohl die beteiligten ↑ Nervenzellen als auch den ganzen Körper. Deswegen kann es zum Beispiel sein, dass man nach einem ↑ generalisierten tonisch-klonischen Anfall zunächst noch nicht wieder normal denken und sprechen kann oder auch Muskelkater, eine starke ↑ Müdigkeit und ↑ Kopfschmerzen spürt. All dies geht rasch vorüber.

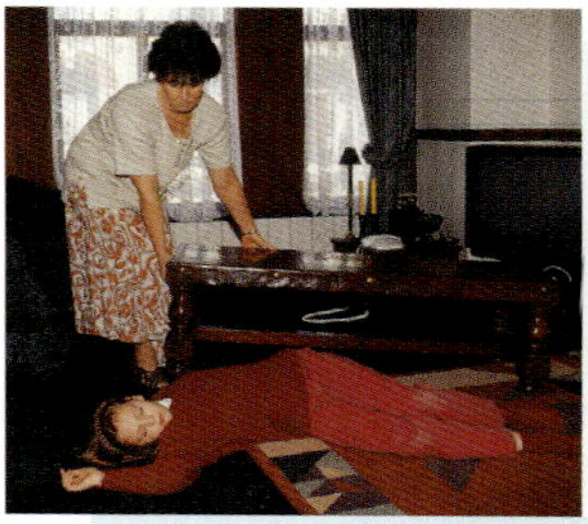 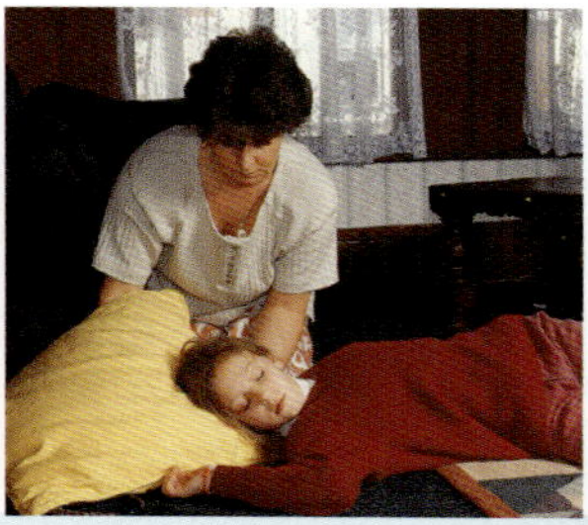 

E

Während eines Anfalls können Deine Eltern oder andere Menschen nicht allzu viel für Dich tun. Sie müssen abwarten und darauf achten, dass Du dich nicht verletzt. Hinterher können sie Dich auf ein Sofa oder ins Bett tragen.

**Erste Hilfe |** Es gibt einige Ratschläge, wie man einem Kind oder Jugendlichen bei einem konvulsiven Anfall helfen sollte: Entferne Gegenstände aus der Nähe, an denen sich das Kind oder der Jugendliche verletzen könnte. Auf dem Foto wird der Couchtisch zur Seite geschoben, so dass das Mädchen nicht mit seinem Kopf gegen eine harte oder scharfe Kante schlagen kann.

Sofern möglich, sollte man einen weichen Gegenstand unter den Kopf legen, so dass es beim Schlagen oder heftigen Bewegungen des Kopfes gegen den Boden nicht zu Verletzungen kommt. Auf dem Foto wird ein Kissen benutzt; genau so gut ist ein aufgewickeltes Kleidungsstück.

Man sollte nie versuchen, ein Kind oder einen Jugendlichen während eines Anfalls aufzuheben oder festzuhalten, sondern man sollte sich darauf beschränken, den Anfall seinen Lauf nehmen zu

**Wenn ein Anfall auf den anderen folgt, ohne dass das ☤ Bewusstsein wiedererlangt wird oder wenn ein Anfall länger als fünf Minuten dauert, handelt es sich um einen ☤ Notfall. Rufe sofort Hilfe.**

lassen und darauf zu achten, dass es zu keinen Verletzungen durch Anschlagen oder Stürze kommt.
Wenn der Anfall abgeklungen ist, kann das Kind beziehungsweise der Jugendliche unter Umständen auf ein Sofa oder ein Bett gelegt werden, am besten in der ↑ stabilen Seitenlage. Manchmal muss man das Kind beziehungsweise den Jugendlichen wegen seiner starken Müdigkeit nach einem Anfall tragen, oft ist aber auch nur ein leichtes Stützen erforderlich. Nach einem ↑ generalisierten tonisch-klonischen Anfall sollte man die Betroffenen ruhig zunächst einmal etwas schlafen oder zumindest gut ausruhen lassen.



**Zwinge während eines Anfalls niemals irgendwelche Gegenstände in den Mund bzw. zwischen die Zähne des Kranken.**

Fälschlicherweise denken manche Menschen immer noch, dass man dies tun sollte, um einen ↑ Zungenbiss zu verhindern. Bei einem Einzwängen von Gegenständen in den Mund kann man einen Zungenbiss aber fast nie verhindern, während es häufiger zum Abbrechen von Zähnen, die bei älteren Kindern und Jugendlichen nicht mehr nachwachsen, oder anderen Verletzungen kommt.

**Ertrinken |** Bedauerlicherweise kommt es nach wie vor immer noch vor, dass Kinder und Jugendliche während eines ↑ epileptischen Anfalls ertrinken. Dies kann sowohl beim Baden und ↑ Schwimmen im Meer, in einem See oder Schwimmbad als auch zuhause beim ↑ Baden in der Badewanne geschehen. Deswegen sollten Kinder und Jugendliche mit Epilepsie, die nicht seit mindestens einem Jahr anfallsfrei sind, nicht im Meer oder Seen schwimmen. Bei Fahrten in kleinen Schlauch- oder sonstigen Booten muss eine Schwimmweste getragen werden, die Bewusstlose über Wasser halten kann. Auch im Schwimmbad und zuhause sind entsprechende Vorsichtsmaßnahmen erforderlich, wie zum Beispiel im Schwimmbad das Tragen einer farbigen oder sonst auffälligen Badekappe, damit man Dich besser erkennt, die Aufsicht durch eine Begleitperson und die Information des Bademeisters. Zuhause ist ↑ Duschen dem Baden in einer Wanne vorzuziehen; im Badezimmer solltest Du Dich nach Möglichkeit nicht einschließen.

E

**Eslicarbazepin (ESL)** | Eslicarbazepin ist der Name für den ↑ Wirkstoff in einem ↑ Antiepileptikum zur Behandlung von ↑ Epilepsien bei Patienten mit ↑ fokalen Anfällen mit und ohne ↑ sekundäre Generalisierung ab dem 18. Lebensjahr in Kombination mit anderen ↑ Medikamenten; siehe auch die Tabelle auf S. 210.

**Essen und Trinken** | Bei einer ↑ Epilepsie muss man eigentlich beim Essen und Trinken kaum Besonderheiten beachten. Man sollte sich möglichst gesund und ausgewogen ernähren. Man sollte sowohl ausgeprägten Hunger und Durst aufgrund zu langer Abstände zwischen den Mahlzeiten ebenso vermeiden, wie auf einmal zu viel zu essen oder zu trinken. Auf das Problem ↑ Alkohol wurde an anderer Stelle bereits ausführlicher eingegangen. Eine Spezialernährung beziehungsweise ↑ Diät ist nur bei ganz wenigen Epilepsien im Rahmen von ↑ Stoffwechselkrankheiten erforderlich. Unabhängig davon gelingt es bei einigen ↑ schwer behandelbaren Epilepsien im Kindesalter, mit der ↑ ketogenen Diät eine Besserung zu erreichen.

**Ethosuximid** | Ethosuximid ist der Name für den ↑ Wirkstoff in einem ↑ Antiepileptikum zur Behandlung von ↑ Epilepsien. Ethosuximid ist Mittel der Wahl bei der ↑ kindlichen Absencenepilepsie. Sofern auch andere Anfallsformen auftreten, muss zusätzlich ein anderes Antiepileptikum gegeben werden; siehe auch die Tabellen auf S. 210 ff.

# F · f



**Facharzt** | Ein Facharzt ist ein Arzt, der nach seinem Medizinstudium noch eine mehrjährige Spezialausbildung in einem bestimmten Teilgebiet gemacht hat. Beispiele für Fachärzte sind ⇡ Kinderarzt – eventuell mit dem zusätzlichen Schwerpunkt ⇡ Neuropädiatrie –, ⇡ Nervenarzt (= Facharzt für ⇡ Neurologie und ⇡ Psychiatrie) und Neurologe.

**Fahrrad fahren** | Vielen Kindern und Jugendlichen mit einer ⇡ Epilepsie wird gesagt, dass sie deswegen nicht Fahrrad fahren dürften. Ein solches ⇡ Verbot ist jedoch oft unbegründet. Die meisten Kinder mit Epilepsie können ebenso Fahrrad fahren wie ⇡ Inline-Skates oder ⇡ Skateboard. Im Gegensatz zum ⇡ Auto fahren gibt es ja ohnehin keinen ⇡ Führerschein.
Solange Du nicht anfallsfrei bist, solltest Du allerdings nicht alleine auf viel befahrenen Straßen unterwegs sein. Außerdem solltest Du beim Fahrrad fahren immer einen Schutzhelm tragen, was auch Kinder und Jugendliche ohne Epilepsie sollen.
Die französische Radrennfahrerin Marion Clignet wurde trotz ihrer Epilepsie mehrfache Weltmeisterin und gewann bei Olympischen

Spielen eine Silbermedaille. Sie hat einmal gesagt, dass Epilepsie keine Entschuldigung dafür ist, sich nicht auf den Weg zu machen und die eigenen Träume wahr werden zu lassen.

**Familie** | Eine Familie, auf die man sich verlassen kann, ist für alle Menschen wichtig. Hat man ein Problem wie beispielsweise eine ⇡ Epilepsie, gilt dies erst recht. Bei jungen Kindern und Jugendlichen sind die Eltern am wichtigsten, bei älteren Jugendlichen spielen Geschwister oft eine wichtige Rolle. Auf seine Familie sollte man sich immer verlassen können, sie hilft einem, was auch immer geschieht.

F

**Familienanamnese** | Die Familienanamnese ist die Vorgeschichte einer Erkrankung (⇡ Anamnese) in einer Familie. Bei Kindern und Jugendlichen mit ⇡ Epilepsie kann es vorkommen, dass weitere Familienmitglieder, seien es Vater oder Mutter, Geschwister oder auch entferntere Verwandte wie Großvater oder Großmutter, Tanten oder Onkel ebenfalls eine Epilepsie haben oder hatten. Dann spricht man auch von einer positiven Familienanamnese.

**Famoses** | Famoses ist der Name für ein modulares ⇡ Schulungsprogramm Epilepsie für Familien. Dies ist ein Informationsprogramm für Familien mit Kindern, die eine ⇡ Epilepsie haben. Es wurde von einer Gruppe von Fachleuten aus Deutschland, Österreich und der Schweiz entwickelt und steht in zwei Fassungen für Kinder (zwischen acht und zwölf Jahren) beziehungsweise ihre Eltern zur Verfügung. Die Schulung will nicht nur Informationen und Wissen vermitteln, sondern auch dabei helfen, im Alltag besser mit der Epilepsie zurechtzukommen. Näheres einschließlich Termine, an denen das Programm möglicherweise auch in Eurer Gegend angeboten wird, erfahrt Ihr bei Frau Bettina Hahn (MOSES-Geschäftsstelle). Rußheider Weg 3, D-33604 Bielefeld, Fax 0521 / 2704800, E-Mail: moses.eurepa@t-online.de, Internet: http://www.famoses.de.

**febriler Anfall** | Dies ist eine andere Bezeichnung für ↑ Fieberkrampf.

**Fehlbildung** | Als Fehlbildung wird die von ↑ Geburt an vorhandene, nicht ordnungsgemäße Anlage z.B. eines Blutgefäßes, eines ↑ Organs oder von Teilen eines Organs bezeichnet. Manche Fehlbildungen sind völlig harmlos, andere können zum Beispiel am ↑ Gehirn Ursache einer schwer behandelbaren Epilepsie sein. Ein Beispiel dafür ist eine ↑ fokale kortikale Dysplasie.



**Felbamat (FBM)** | Felbamat ist der Name für den ↑ Wirkstoff in einem ↑ Antiepileptikum; s.a. die Tabelle auf S. 210ff. am Ende des Buches.

**Ferien** | Ferien sind die schulfreie Zeit, in der sich Lehrer und Schüler von der ↑ Schule und voneinander erholen können. Fast alle Kinder und Jugendlichen freuen sich auf die Ferien. Für Kinder mit ↑ Epilepsie gibt es bezüglich ihrer Ferienziele prinzipiell keine Einschränkungen. Allerdings solltest Du bei Reisen in Länder mit großer ↑ Zeitverschiebung oder starken Temperaturunterschieden vorsichtig sein und mit Deinem Arzt sprechen. Dies gilt auch bei für ↑ Reisen in manche Länder erforderlichen ↑ Impfungen oder Malariaschutz. Bei ↑ Flugreisen sind einige Auflagen zu beachten. In den Ferien sind auch die Vorsichtsmaßnahmen besonders für das ↑ Baden und ↑ Schwimmen, ↑ Sport und ↑ Fahrrad fahren zu beachten und für genügend ↑ Schlaf zu sorgen.

**Fernsehen |** Fernsehen gehört zum Alltag der meisten Kinder und Jugendlichen. Viele schauen zweifellos oft zu viel fern, weshalb zeitliche Begrenzungen bei Kindern und Jugendlichen mit und ohne ↑ Epilepsie sinnvoll sein können. Bei einer Epilepsie wird manchmal aus Sorge vor einer Auslösung oder Begünstigung von Anfällen generell vom Fernsehen abgeraten. Ein allgemeines Fernsehverbot ist aber weder angemessen noch sinnvoll. Fernsehenist für die weitaus meisten Kinder und Jugendlichen mit Epilepsie ungefährlich. Wenn Du wegen einer ↑ Fotosensibilität dazu neigst, beim Fernsehen Anfälle zu bekommen, ist es günstig, wenn Du etwas weiter entfernt vom Bildschirm sitzt (mindestens zwei Meter) und den Raum nicht völlig abdunkelst.

**fiebergebundener Anfall (FA) / Fieberkrampf (FK) |** Ein fiebergebundener Anfall oder kurz Fieberkrampf ist die häufigste Form eines ↑ Gelegenheitsanfalls bei Kindern im Alter zwischen drei Monaten und fünf Jahren. Fieberkrämpfe sind meist ↑ generalisierte tonisch-klonische Anfälle, die bei rasch ansteigendem Fieber auftreten. Bei etwa jedem dritten Kind kommt es zu einem oder mehreren weiteren Anfällen. Verständlicherweise erschrecken die Eltern wie bei anderen epileptischen Anfällen besonders beim ersten Mal sehr. Meistens handelt es sich aber nur um ein vorübergehendes Problem. Zu einer ↑ Epilepsie mit Anfällen auch ohne auslösendes Fieber kommt es nur bei einem sehr kleinen Teil der Kinder mit Fieberkrämpfen (3 % oder etwa jedes dreißigste Kind). Man unterscheidet allerdings zwischen ↑ einfachen Fieberkrämpfen und ↑ komplizierten Fieberkrämpfen, deren ↑ Prognose ungünstiger ist.

**Flackerlicht / Flickerlicht** | Dabei handelt es sich um flackerndes bzw. flickerndes, rasch in seiner Stärke wechselndes Licht (↑ Fotosensibilität), so wie dies z. B. in ↑ Diskotheken, beim Durchfahren einer Baumallee bei grellem Sonnenschein oder bei untergehender Sonne am Meer vorkommt, wenn die Wellen das Sonnenlicht »brechen« beziehungsweise unterbrechen.

**Flip & Flap** | Das ↑ Schulungsprogramm »Flip & Flap« ist für Kinder und Jugendliche mit ↑ Epilepsie und ihre Eltern entwickelt worden. Inhalte der Schulung für Kinder und Jugendliche sind unter anderem allgemeine Aufklärung und Informationen über Epilepsie, Einnahme von ↑ Medikamenten, Umgang mit ↑ Freunden und Freizeitgestaltung. In der Elternschulung werden die medizinische Grundlagen und Behandlung von Epilepsien erläutert, Strategien zur Bewältigung von ↑ Angst aufgezeigt und Hilfestellungen zum Umgang mit Epilepsie in der ↑ Familie gegeben. Des weiteren wird über den Umgang mit Epilepsie außerhalb der Familie diskutiert sowie Empfehlungen zu erkrankungsbedingten Einschränkungen gegeben. Weitere Informationen sind erhältlich bei Frau Diplom-Psychologin Esther Müller-Godeffroy (Universitätsklinikum Schleswig-Holstein, Campus Lübeck, Klinik für Kinder und Jugendmedizin, Tel. [04 51] 500 45 59; E-Mail: mueller-g@paedia.ukl.mu-luebeck.de; im Internet unter http://www.epilepsieschulung.de).

**Flugreisen** | Flugreisen sind auch für die weitaus meisten Kinder und Jugendlichen mit einer ↑ Epilepsie kein Problem und weder Du noch Deine Eltern müssen sich deswegen besondere Sorgen machen. Manche Fluggesellschaften halten ein ärztliches ↑ Attest für erforderlich oder zumindest sinnvoll. Es sollte Angaben über die ↑ Anfallsform, die ↑ Medikamente sowie eventuelle allgemeine Verhaltensregeln enthalten. Einzelne Gesellschaften verlangen auch eine spezielle Bescheinigung über eine Flugtauglichkeit. Gerade auch bei länger dauernden Flugreisen in die Ferne musst Du Deine Medikamente unbedingt in den gewohnten Abständen weiter einnehmen. Lass Dich wegen der Zeitverschiebung von Deinem Arzt beraten, wie Du die Tabletten einnehmen sollst, wenn die Tage deutlich länger (zum Bespiel bei einem Flug in die USA) oder kürzer werden (zum Beispiel bei einem Flug von den USA zurück nach Europa).

**fokal** | Dies ist eine andere Bezeichnung für ↑ herdförmig oder umschrieben.

**fokale kortikale Dysplasie** | Dies ist der Fachbegriff für umschriebene ↑ Fehlbildungen der ↑ Hirnrinde. Fokale kortikale Dysplasien sind eine relativ häufig Ursache einer ↑ schwer behandelbaren Epilepsie mit ↑ fokalen Anfällen. Sie lassen sich auch mit einer üblichen ↑ Magnetresonanztomographie oft nicht ohne weiteres erkennen. ⇡ Antiepileptika sind häufig nicht ausreichend wirksam. Je nachdem wo sie liegen, kommt eine ⇡ epilepsiechirurgische Behandlung in Frage.

**fokaler Anfall** | Das Wort »fokal« kommt von Fokus und bedeutet ⇡ Herd oder Zentrum. Bei einem fokalen Anfall ist nur ein Teil des ⇡ Gehirns beteiligt, je nachdem, von wo der Anfall ausgeht. Fokale Anfälle unterscheiden sich von ⇡ generalisierten Anfällen dadurch, dass nur ein Abschnitt einer Gehirnhälfte betroffen ist. Bei generalisierten Anfällen sind beide Hälften des Gehirns von Anfang an beteiligt. Zunächst fokale Anfälle können sich innerhalb von Sekunden oder auch Minuten ausweiten und schließlich das ganze Gehirn beteiligen – dann wird von ⇡ sekundär generalisierten Anfällen gesprochen. Fokale Anfälle werden manchmal auch partielle Anfälle genannt.
Es gibt zwei Hauptformen fokaler Anfälle, nämlich ⇡ einfache fokale Anfälle ohne Störung des ⇡ Bewusstseins und ⇡ komplexe fokale Anfälle mit Störung des Bewusstseins. Die wichtigsten Formen einfach-fokaler Anfälle sind ⇡ fokal-motorische Anfälle, ⇡ fokal-sensible Anfälle und ⇡ fokal-sensorische Anfälle, die in den nächsten drei Absätzen besprochen werden.

F

**fokal-motorischer Anfall** | Das Wort »fokal« kommt von Fokus (bedeutet ⇡ Herd oder Zentrum), und »motorisch« bedeutet »mit Bewegungen einhergehend«. Ein fokal-motorischer Anfall ist also ein von einem Herd ausgehender ⇡ epileptischer Anfall mit Bewegungen. Wenn es beispielsweise zu einer Störung derjenigen ⇡ Nervenzellen im ⇡ Gehirn kommt, die für die Bewegungen des linken Zeigefingers verantwortlich sind, dann kommt es bei einem Anfall zu unwillkürlichen Bewegungen oder ⇡ Zuckungen dieses Fingers. Genau so verhält es sich mit anderen Stellen des Körpers. Bei solchen Bewegungen handelt es sich dann um einen epileptischen Anfall. Ein fokal-motorischer Anfall ist ein Beispiel für einen ⇡ einfachen fokalen Anfall.

F

**fokal-sensibler Anfall** | Das Wort »fokal« kommt von Fokus (bedeutet ↑ Herd oder Zentrum), und »sensibel« bedeutet »mit Empfindungen einhergehend«. Ein fokal-sensibler Anfall ist also ein von einem Herd ausgehender ↑ epileptischer Anfall mit Empfindungen wie zum Beispiel einem Kribbeln. Wenn es in demjenigen Teil des ↑ Gehirns zu einer Störung kommt, der für die Empfindungen in einem Bein verantwortlich ist, dann geraten die Empfindungen in diesem Bein außer Kontrolle. Solche Empfindungen sind ein epileptischer Anfall. Ein fokal-sensibler Anfall ist ein Beispiel für einen ↑ einfachen fokalen Anfall.

**fokal-sensorischer Anfall** | Das Wort »fokal« kommt von Fokus (bedeutet ↑ Herd oder Zentrum), und »sensorisch« bedeutet »mit Sinneswahrnehmungen einhergehend«, also das Sehen, Riechen, Schmecken oder Hören betreffend. Ein fokal-sensorischer Anfall ist also ein von einem Herd ausgehender ↑ epileptischer Anfall mit Sinneswahrnehmungen«. Wenn es beispielsweise zu einer Störung derjenigen Stelle im ↑ Gehirn kommt, die für das Riechen verantwortlich ist, kann es zu angenehmen oder auch unangenehmen Geruchswahrnehmungen kommen. Sind die für das Sehen zuständigen Gehirnteile betroffen, kann man Blitze, eigenartige Farben oder auch andere Dinge sehen. Ein fokal-sensorischer Anfall ist ein Beispiel für einen ↑ einfachen fokalen Anfall.

**Fokus** | Dies ist eine andere Bezeichnung für ↑ Herd.

**Forellenphänomen / Forellenzeichen** | Nach einem ↑ generalisierten tonisch-klonischen (Grand-mal-)Anfall kann es durch die starke Anspannung zu kleinen, punktförmigen Einblutungen in die Haut um die Augen herum, am Hals oder auch am Oberkörper kommen, die an die Haut einer Forelle erinnern. Es kann auch sein, dass Dir solche Veränderungen einmal selbst morgens beim Waschen vor dem Spiegel auffallen, wenn es zum Beispiel in der Nacht zu einem Anfall gekommen ist, von dem Du sonst unter Umständen überhaupt nichts bemerkt hast.

**Forschung** | Bevor ein neues ⇡ Antiepileptikum in der Apotheke erhältlich ist und zur Behandlung von Menschen mit ⇡ Epilepsie zur Verfügung steht, vergehen in der Regel etwa zehn Jahre und es ist viel Geld für Forschung erforderlich. Viele Wissenschaftler und Ärzte auf der ganzen Welt arbeiten dauernd daran, neue ⇡ Wirkstoffe zu entwickeln. Viele dieser ⇡ Medikamente wurden in der Vergangenheit eher durch Zufall entdeckt, während einige das Ergebnis gezielter Überlegungen waren.

Sowohl die Forscher als auch die Zulassungsbehörden legen größten Wert darauf, dass ein Medikament so sicher wie irgend möglich ist, bevor es Kindern und Jugendlichen mit Epilepsie gegeben wird. Nach ⇡ Tierversuchen wird ein Medikament zunächst bei gesunden Freiwilligen untersucht, um festzustellen, welche ⇡ Nebenwirkungen es hat. Wenn derartige Untersuchungen erfolgreich waren, muss in umfangreichen ⇡ Studien, die ⇡ Wirksamkeit und ⇡ Verträglichkeit bei erwachsenen Menschen mit Epilepsie nachgewiesen werden. Diese Studien umfassen weit mehr als tausend Patienten und dauern mehrere Jahre. Erst wenn all diese Voraussetzungen erfüllt sind, kann ein Antiepileptikum Kindern und Jugendlichen mit einer Epilepsie verordnet werden.

Auch in Zukunft werden weitere neue Antiepileptika entwickelt werden, und mit jedem neuen Medikament werden die Behandlungsmöglichkeiten bei Epilepsie besser.

F

F

**Fotosensibilität** | Bei manchen Kindern und Jugendlichen führen bestimmte Lichtreize zu ↑epilepsietypischen Potenzialen im ↑Elektroenzephalogramm (EEG) oder sogar zu ↑Anfällen. Dies ist bei Mädchen häufiger der Fall als bei Jungen. Eine Fotosensibilität gibt sich im EEG durch entsprechende Veränderungen unter ↑Fotostimulation zu erkennen. Im Alltag können entsprechende Lichtreize auch vom ↑Fernsehen oder von ↑Computerspielen kommen, von den Lampen in einer ↑Diskothek oder jedem anderen flackernden bzw. in der Stärke rasch wechselnden Licht.
Dabei kommt es durch die Lichtreize in Abschnitten des Gehirns zu einer krankhaften Tätigkeit von ↑Nervenzellen, die wiederum ↑epileptische Anfälle auslösen kann. Wenn das EEG während der Lichtblitze so genannte ↑epilepsietypische Potenziale zeigt, wird dies Fotosensibilität genannt. Dies ist insgesamt gesehen bei den meisten ↑Epilepsieformen nicht sehr häufig und tritt auch bei Menschen ohne ↑Epilepsie auf. Bei Epilepsie ist eine Fotosensibilität in der Regel mit ↑generalisierten Anfällen verknüpft, ausnahmsweise kann es auch zu ↑fokalen Anfällen kommen. Nur bei sehr wenigen Kindern und Jugendlichen mit Epilepsie werden die Anfälle durch Lichtreize hervorgerufen.

**Fotostimulation** | Als Fotostimulation wird die Ableitung eines ↑Elektroenzephalogramms (EEGs) unter wiederholtem Blitzlicht bezeichnet. Mit der Fotostimulation soll eine ↑Fotosensibilität erfasst und die Aussagekraft einer ↑EEG-Ableitung erhöht werden. Dabei wird Dir eine Art Blitzlichtgerät vor die Augen gehalten, um zu überprüfen, ob Du für solche Lichtreize empfindlich bist. Die Reizung erfolgt mit verschieden

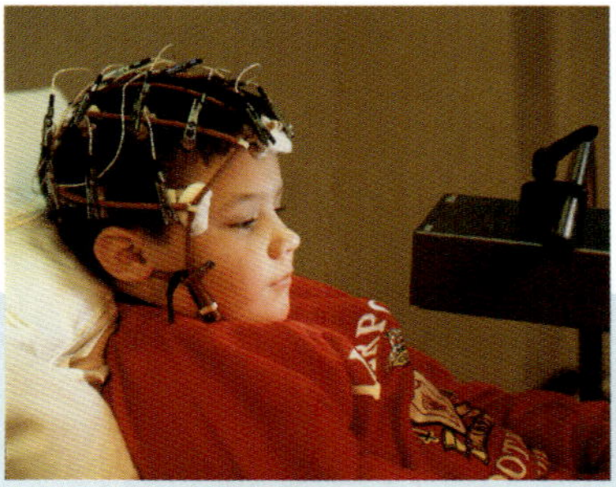

Hier siehst Du einen Jungen mit den ↑Elektroden auf dem Kopf vor einem Blitzlichtgerät zur Fotostimulation.

schnell aufeinander folgenden Blitzen und sowohl mit offenen als auch geschlossenen Augen.

**Freund / Freundin** | Echte Freunde oder Freundinnen halten immer zu einem und helfen einem besonders dann, wenn man einmal Probleme hat. Deine wirklich guten Freunde oder Freundinnen sollten über Deine ⇡ Epilepsie Bescheid wissen, auch damit sie bei einem möglicherweise einmal auftretenden ⇡ Anfall nicht unnötig erschrecken. Dies bedeutet aber nicht, dass man dies allen Jungen oder Mädchen, die man kennenlernt, sofort auf die Nase binden muss. Damit kannst Du Dir ruhig so lange Zeit lassen, bis Du sie etwas besser kennst.

**frontal** | Frontal bedeutet an der Stirn gelegen, vorne gelegen.

**Frontallappen** | Dies ist eine andere Bezeichnung für ⇡ Stirnlappen.

**Frontallappenanfall** | Ein Frontallappenanfall ist ein ⇡ epileptischer Anfall mit Ausgang vom ⇡ Stirnlappen des ⇡ Gehirns. Ein Frontallappenanfall kann sich zum Beispiel als ⇡ Adversiv-Anfall, ⇡ hypermotorischer Anfall oder ⇡ komplexer fokaler Anfall äußern.

**Frontallappenepilepsie (FLE)** | Eine Frontallappenepilepsie ist eine ⇡ Epilepsie mit vom Stirnlappen des ⇡ Gehirns ausgehenden ⇡ Anfällen. Epilepsien mit Ausgang vom Frontallappen sind meist durch Anfälle in der Nacht beziehungsweise aus dem ⇡ Schlaf heraus gekennzeichnet.

**Frühgeborene** | Als Frühgeborene werden Kinder bezeichnet, die vor Vollendung der 37. Woche der ⇡ Schwangerschaft auf die Welt gekommen sind. Bei Müttern mit ⇡ Epilepsie ist die Häufigkeit von Frühgeburten erhöht, und Frühgeborene haben auch bei einer Mutter ohne Epilepsie ein erhöhtes Risiko, an einer Epilepsie zu erkranken.

F

**frühkindliche Hirnschädigung** | Als frühkindliche Hirnschädigung wird eine in der frühen Kindheit erworbene Schädigung des ↑ Gehirns bezeichnet, zum Beispiel als Ursache einer ↑ Epilepsie. Oft wird dieser Begriff vorschnell und ohne ausreichend genaue Überprüfung anderer Möglichkeiten verwandt. Außerdem ist eine Unterteilung in vor der ↑ Geburt aufgetretene, um die Geburt herum aufgetretene und nach der Geburt aufgetretene Schädigungen sinnvoll.

**Führerschein** | Die meisten Jugendlichen freuen sich auf den Tag, an dem sie zum ersten Mal selbst ein Mofa, Motorrad oder Auto fahren dürfen, und dies ist nicht anders, wenn sie eine ↑ Epilepsie haben. Mit einer Epilepsie kannst Du den Führerschein erwerben, wenn Du in der Regel mindestens ein Jahr lang keinen Anfall mehr gehabt hast (↑ Anfallsfreiheit). Die genauen Richtlinien für die Fahrtauglichkeit kannst Du bei dem behandelnden Arzt oder der jeweiligen ↑ Epilepsie-Liga erfragen.

**Fußball spielen** | Fußball ist bei vielen Kindern und Jugendlichen beliebt. Dies gilt seit einiger Zeit nicht nur für Jungen, sondern zunehmend auch für Mädchen. Es ist sehr selten, dass man wegen einer ↑ Epilepsie davon abraten muss, Fußball zu spielen. Es gibt auch sehr bekannte Fußballspieler, die selbst Epilepsie haben (↑ Ronaldo) oder deren Kinder betroffen sind. Letzteres ist z. B. bei David Beckham der Fall.

# G · g



**Gabapentin (GBP)** | Gabapentin ist der Name für den ↑ Wirkstoff in einem ↑ Antiepileptikum zur Behandlung von Epilepsien als ↑ Monotherapie bei Patienten mit ↑ fokalen Anfällen mit und ohne ↑ sekundäre Generalisierung ab 12 Jahren sowie in Kombination mit anderen ↑ Medikamenten (↑ Kombinationstherapie) von Patienten mit fokalen Anfällen mit und ohne sekundäre Generalisierung ab 3 Jahren; siehe auch die Tabellen auf S. 210 ff. am Ende des Buches.

**Geburt** | Die Geburt ist eines der wichtigsten Ereignisse im Leben jedes Menschen. Auch wenn Du selbst daran keine Erinnerung hast, Deine Eltern und speziell Deine Mutter werden diesen Augenblick nie vergessen. Die Geburt am Ende der neunmonatigen ↑ Schwangerschaft ist allerdings nicht immer ganz einfach. ↑ Komplikationen unter der Geburt, welche zum Beispiel das ↑ Gehirn des Neugeborenen durch zu wenig ↑ Sauerstoff, ↑ Durchblutungsstörungen oder eine Einblutung schädigen, sind heute selten und damit auch selten alleinige Ursache für eine spätere ↑ Epilepsie. Diesbezüglich gefährdet sind ↑ Frühgeborene oder im Mutterleib erkrankte Kinder.

**Gedächtnis** | Als Gedächtnis wird die Fähigkeit bezeichnet, Informationen (zum Beispiel über neue Dinge, die Du in der Schule lernst) aufzunehmen, zu speichern und bei Bedarf (zum Beispiel bei einer Klassenarbeit) wieder abzugeben. Einige Bereiche des Gedächtnisses können sowohl durch die ↑ Ursache einer ↑ Epilepsie selbst als auch durch ↑ Anfälle oder ↑ Nebenwirkungen von ↑ Antiepileptika oder anderen ↑ Medikamenten beeinträchtigt werden. Bei Hinweisen auf ↑ Gedächtnisstörungen kann eine ↑ neuropsychologische Untersuchung sinnvoll sein.

**Gedächtnisstörung** | Viele Menschen, ob jung oder alt, klagen zumindest gelegentlich über Gedächtnisstörungen. Jeder von uns vergisst von Zeit zu Zeit einmal etwas, manchmal auch etwas Wichtiges. Das ist also nicht ungewöhnlich. Eine krankhafte Gedächtnisstörung liegt dann vor, wenn wir deswegen in unserem Alltag nicht mehr oder nicht mehr gut zurecht kommen. Bei ⇡ Epilepsie kommen Gedächtnisstörungen häufiger vor. Dies kann sowohl Folge von manchen ⇡ Ursachen einer Epilepsie als auch weiterhin auftretender ⇡ Anfälle und schließlich eine ⇡ Nebenwirkung der Behandlung mit ⇡ Antiepileptika sein. Um dies genau voneinander unterscheiden zu können, muss der Arzt oft mehrere Untersuchungen machen, oft auch ⇡ neuropsychologische Tests.

G

**Gehirn** | Das Gehirn ist unser kompliziertestes und wichtigstes Körperteil. Es kontrolliert nicht nur unser Denken und ⇡ Gedächtnis, sondern jede einzelne Handlung des Körpers. Wie klug man ist, wie man denkt, spricht, hört, sieht, fühlt oder sich bewegt – all diese Dinge hängen vom Gehirn ab. Es arbeitet rund um die Uhr 24 Stunden, tagaus, tagein. Das Gehirn setzt sich neben vielen Milliarden von ⇡ Nervenzellen auch aus anderen Zellen zusammen, die die Nervenzellen zum Beispiel stützen oder für die Durchblutung zuständig sind. Um eine Vorstellung zu bekommen, wie viele Nervenzellen im Gehirn sind, kannst Du Dir eine bis zum Rand mit Salz gefüllte Badewanne vorstellen. In Deinem Gehirn gibt es sogar noch mehr Nervenzellen als Salzkörner in dieser Badewanne!

> Jedes menschliche Gehirn hat bis zu 100 Milliarden (100.000.000.000) Nervenzellen. Diese Zahl entspricht ungefähr derjenigen der Sterne in der Milchstraße. Wenn Du pro Sekunde eine davon zählen würdest, würde dies ungefähr 3.000 Jahre dauern!

Wenn Du größer wirst, nimmt die Zahl der Zellen in Deinem Körper zu. Dies gilt allerdings nicht mehr für die Nervenzellen. Anstelle des-

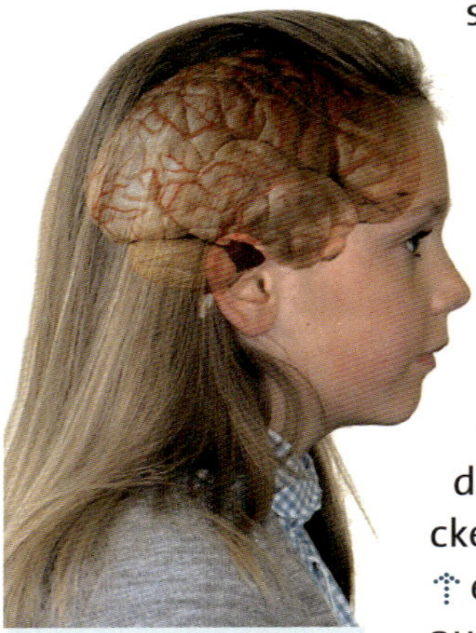

Der leistungsfähigste Computer der Welt!

sen wird jede Nervenzelle größer und baut mehr und mehr Verbindungen mit anderen Nervenzellen auf. Tatsächlich nimmt die Zahl der Nervenzellen mit zunehmendem Alter sogar leicht ab, weil einige wenige von ihnen jeden Tag absterben. Dies ist aber völlig bedeutungslos, weil es so unzählig viele davon gibt. Durch die Verbindungen können die Nervenzellen miteinander »sprechen« oder sich Nachrichten schicken. Sie tun dies, indem sie ganz schwache ↑ elektrische Signale entlang ihrer Fortsätze aussenden, die dann an den Verbindungsstellen zwischen verschiedenen Nervenzellen vorübergehend in ↑ chemische Überträgerstoffe (↑ Transmitter) umgewandelt wird. Es ist unmöglich, die Zahl der Verbindungen zwischen allen Nervenzellen in Deinem Gehirn zu zählen; es sind einfach zu viele. Es sind diese Verbindungen, die Dein Gehirn sehr viel leistungsfähiger machen als die größten und besten Computer, die bislang jemals entwickelt wurden.

Das schwerste Gehirn aller Lebewesen hat der Pottwal. Das schwerste jemals gewogene Gehirn war 9,2 kg schwer. Dies entspricht etwa einer Kiste Saft oder einer sehr schweren Einkaufstasche! Das schwerste jemals gewogene Gehirn eines Elefanten wog immerhin noch 7,5 kg. Dies ist mehr als fünfmal schwerer als das Gehirn eines erwachsenen Menschen. Das Gehirn eines erwachsenen Mannes wiegt etwa 1,4 kg. Das schwerste menschliche Gehirn wog über 2,4 kg.
Die Größe Deines Gehirns hat nichts damit zu tun, wie klug Du bist.

Wie bei jeder anderen komplizierten Sache kann es jedoch auch im Gehirn zu Fehlern kommen. Manchmal betreffen diese Fehler die elektrischen Signale, die ununterbrochen zwischen den Nervenzellen

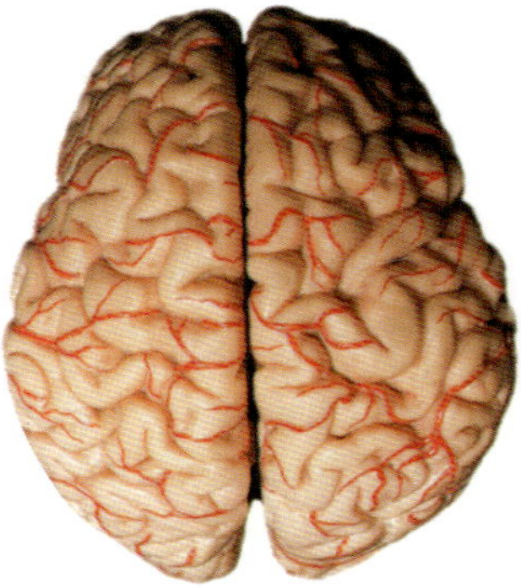

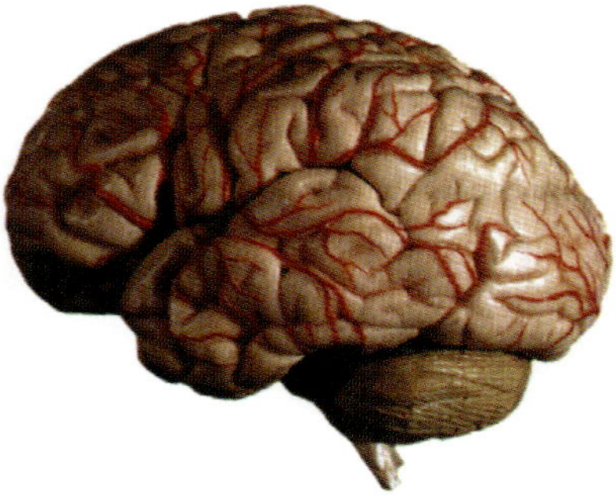

Links: Die beiden Hemisphären des Großhirns von oben gesehen. Rechts: Die linke Seite des Gehirns. Die linke Hemisphäre oder Seite Deines Gehirns kontrolliert die rechte Körperseite, und die rechte Hirnhälfte kontrolliert die linke Körperseite. Bei den meisten Menschen sind die Botschaften der linken Hirnhälfte stärker als die der rechten Hirnhälfte, weshalb etwa 9 von 10 Menschen Rechtshänder sind. Warum dies der Fall ist, weiß niemand genau.

ausgesendet werden. Wenn die Kontrolle darüber verloren geht, kann dies zu einem ⇡ epileptischen Anfall führen. Etwa jeder zehnte Mensch hat während seines Lebens mindestens einen Anfall. Die Art des epileptischen Anfalls hängt von der Art und der Stelle des Auftretens des Fehlers im Gehirn beziehungsweise den Entladungen der Nervenzellen ab. Das Gehirn ist in verschiedene Abschnitte unterteilt, von denen jeder eine andere Aufgabe hat.

**Wenn jemand einen Anfall hat, verfärbt sich der beteiligte Abschnitt des Gehirns rötlich. Ärzte haben dies beobachten können, wenn Menschen während Gehirnoperationen einen Anfall hatten. Die rötliche Verfärbung entsteht durch eine Zunahme der Durchblutung des Gehirns.**

Obwohl das Gehirn nur etwa ein Fünfzigstel unseres Gesamtgewichtes ausmacht, verbraucht es bis zu einem Viertel des Sauerstoffs, den der Körper benötigt. Da es so stark auf Sauerstoff angewiesen ist, ist es nicht überraschend, dass zu wenig oder zu viel Sauerstoff sehr unangenehme Auswirkungen auf unser Bewusstsein haben kann.

**Gehirnerschütterung** | Unter einer Gehirnerschütterung versteht man die leichteste Form eines ↑ Schädel-Hirn-Traumas. Eine Gehirnerschütterung heilt in der Regel innerhalb weniger Tage folgenlos aus; daher muss man auch keine ↑ Komplikationen wie etwa eine ↑ posttraumatische Epilepsie befürchten. In der Fachsprache handelt es sich um eine ↑ Commotio cerebri.

**Gehirnlappen** | Das ↑ Gehirn ist in vier große Abschnitte oder Lappen unterteilt. Diese werden in der Abbildung gezeigt, wobei gleichzeitig die Auswirkungen eines in diesem Hirnabschnitt ablaufenden ↑ fokalen Anfalls genannt werden.

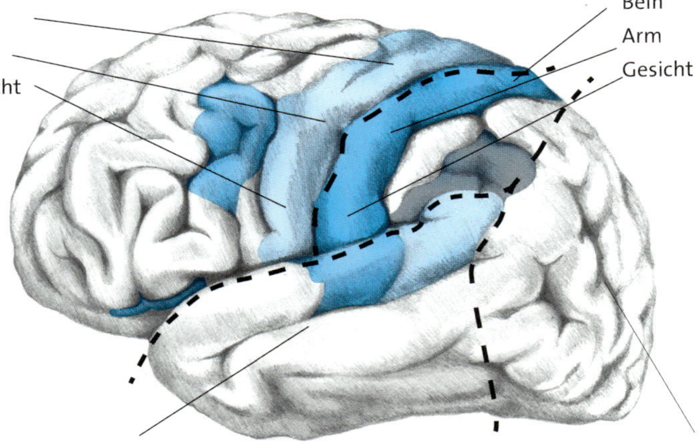


G

**Gehirnprellung oder -quetschung** | Eine Gehirnprellung oder -quetschung ist eine mittelschwere bis schwere Form eines ↑ Schädel-Hirn-Traumas. Sie kann zwar innerhalb von Wochen bis Monaten folgenlos ausheilen, oft kommt es aber zu ↑ Komplikationen wie einer ↑ posttraumatischen Epilepsie oder ↑ Gedächtnisstörungen. In der Fachsprache handelt es sich um eine Contusio cerebri.



**Geisteskrankheit** | Geisteskrankheit ist eine überholte Bezeichnung für eine ↑ psychiatrische Nervenkrankheit mit schweren Störungen des Denkens etwa in Form von wahnhaften Wahrnehmungen (»Halluzinationen«) oder Überzeugungen. Obwohl dies immer noch ein gelegentlich anzutreffendes ↑ Vorurteil ist, handelt es sich bei einer ↑ Epilepsie nicht um eine Geisteskrankheit.

**geistige Behinderung** | Eine geistige ↑ Behinderung ist eine angeborene oder in der Kindheit oder Jugend erworbene Beeinträchtigung der geistigen Leistungsfähigkeit, die mit Lern- und teilweise auch Verhaltensstörungen einhergeht. Das Ausmaß einer geistigen Behinderung lässt sich mit der Bestimmung des so genannten ↑ Intelligenzquotienten (IQ) abschätzen. Dieser zeigt bei geistiger Behinderung einen Wert von weniger als 70. Die weitaus meisten Kinder und Jugendlichen mit ↑ Epilepsie haben keine geistige Behinderung. Sie müssen auch nicht befürchten, dass ihre Epilepsie durch die ↑ epileptischen Anfällen dazu führt.

**Gelegenheitsanfall** | Ein Gelegenheitsanfall ist ein ↑ epileptischer Anfall aufgrund außergewöhnlicher Umstände oder Bedingungen, die den Anfall herbeigeführt haben. Solche Bedingungen sind zum Beispiel ↑ Schlafentzug oder – besonders bei Kindern bis zum sechsten Lebensjahr – fieberhafte Infekte (↑ Fieberkrampf). Andere Bezeichnungen für einen Gelegenheitsanfall sind akuter symptomatischer Anfall oder provozierter Anfall.

**Gen** | Ein Gen ist die Fachbezeichnung für eine einzelne Erbanlage. Jeder Mensch hat etwa 25 000 verschiedene Gene, von denen praktisch alle bekannt sind. Deine Gene sind zum Beispiel dafür verantwortlich, welche Augen- oder Haarfarbe Du hast. Bei mehr als 1500 Genen hat man eine Beziehung zu bestimmten Krankheiten festgestellt. Die Gene sind auf den ↑ Chromosomen angeordnet. Von einigen ↑ idiopathischen Epilepsien sind außer den beteiligten Chromosomen auch die für sie verantwortlichen Gene bekannt. Bei einem Großteil der ↑ Epilepsien von Kindern und Jugendlichen haben Gene einen mehr oder weniger starken Einfluss.



**generalisierter Anfall** | Bei dieser ↑ Anfallsform ist mehr oder weniger das ganze ↑ Gehirn von einer vorübergehenden ↑ elektrischen Störung betroffen. Menschen mit einem ↑ generalisierten Anfall sind immer bewusstlos und bekommen nicht mit, was während des ↑ Anfalles mit Ihnen passiert und was um sie herum los ist. Die wichtigsten Formen generalisierter Anfälle sind ↑ generalisierte tonisch-klonische Anfälle, Absencen, ↑ myoklonische Anfälle, ↑ atonische Anfälle und ↑ klonische Anfälle.
Generalisierte Anfälle unterscheiden sich von fokalen Anfällen dadurch, dass das ganze Gehirn oder zumindest gleichzeitig große Teile beider Hirnhälften beteiligt ist. Bei fokalen Anfällen sind dagegen nur einzelne Teile des Gehirns beteiligt.

**generalisierter tonisch-klonischer Anfall (GTKA)** | Diese ↑ Anfallsform wird manchmal auch noch »Grand-mal«-Anfall genannt, eine Bezeichnung, die französische Patienten ihren Ärzten im 19. Jahrhundert vorgeschlagen haben. Die meisten Menschen, die einmal etwas von ↑ Epilepsie gehört haben, denken dabei zunächst an einen generalisierten tonisch-klonischen Anfall. Ein generalisierter tonisch-klonischer Anfall kann mit einer Art Schrei beginnen, bevor man bewusstlos wird und hinfällt, sofern man nicht bereits liegt. Dabei wird man steif (↑ tonische Phase), bevor die Muskeln zu zucken beginnen (↑ klonische Phase). Die Dauer der Versteifung und ↑ Zuckungen liegt meist bei ein bis zwei Minuten, ausnahmsweise auch etwas länger. Bei den Muskelzuckungen ist es möglich, dass eine volle Harnblase sich unwillkürlich entleert. Selbst merkt man während dieser Zeit von dem Anfall nichts. Wenn man schließlich wieder zu sich kommt, ist man noch durcheinander und benommen. Es kann sein, dass man schlafen möchte, und man kann eine gewisse Zeit ↑ Kopfschmerzen und Muskelkater haben. Jemand, der einen solchen ↑ Anfall beobachtet, kann außerdem bemerken, dass die Lippen blau werden oder etwas blutiger Schaum aus dem Mund läuft, wenn es zu einem ↑ Zungenbiss gekommen ist. Dies kann sehr gefährlich aussehen, obwohl keine wirkliche Gefahr besteht. Ein anderer möglicher Hinweis auf einen solchen Anfall ist das ↑ Forellenphänomen oder Forellenzeichen.



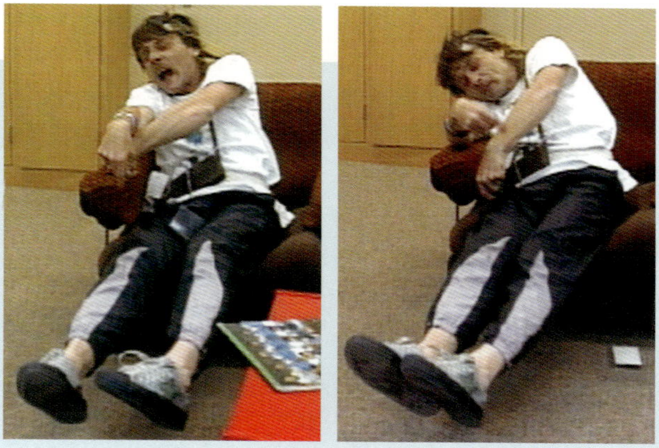

Jugendlicher mit einem generalisierten tonisch-klonischen Anfall in der ↑ tonischen Phase zu Beginn des Anfalls mit Ausstrecken der versteiften Arme und Beine (links) sowie in der ↑ klonischen Phase mit unwillkürlichen ↑ Muskelzuckungen (rechts).

**Generikum (Mehrzahl: Generika)** | Generika sind so genannte Nachahmer-Medikamente, die denselben ↑ Wirkstoff wie ein ↑ Originalpräparat enthalten, aber weniger kosten. Auch für die meisten ↑ Antiepileptika gibt es Generika. Ein Wechsel von einem Originalpräparat auf ein Generikum sollte ebenso wie ein Wechsel zwischen verschiedenen Generika nur in Absprache mit dem behandelnden ↑ Facharzt erfolgen. Bei erfolgreicher Einstellung mit ↑ Anfallsfreiheit und ohne ↑ Nebenwirkungen wird von einer derartigen ↑ Umstellung abgeraten.

**Gewichtsabnahme** | Eine ↑Epilepsie führt praktisch nie zu einer Gewichtsabnahme. Allerdings kann dies durch einige zur Behandlung eingesetzten ↑Antiepileptika der Fall sein. Besonders bei ↑Felbamat, ↑Topiramat und ↑Zonisamid ist an diese Möglichkeit zu denken. Wenn es zu einer deutlichen Gewichtsabnahme kommt, solltest Du oder Deine Eltern den behandelnden Arzt unbedingt darauf aufmerksam machen. Dabei musst Du auch immer bedenken, dass für Kinder und Jugendliche wegen des Wachstums schon ein über längere Zeit gleich bleibendes Körpergewicht nicht normal ist.

G

**Gewichtszunahme** | Eine ↑Epilepsie führt praktisch nie zu einer Gewichtszunahme. Allerdings kann dies durch einige zur Behandlung eingesetzten ↑Antiepileptika der Fall sein. Besonders bei ↑Carbamazepin, ↑Gabapentin, ↑Pregabalin und ↑Valproat beziehungsweise Valproinsäure ist an diese Möglichkeit zu denken. Wenn es zu einer deutlichen Gewichtszunahme kommt, solltest Du oder Deine Eltern den behandelnden Arzt unbedingt darauf aufmerksam machen.

**»Gewitter im Gehirn«** | Dies ist ein – sowohl von Laien als auch Ärzten – häufig gebrauchtes Bild für Epilepsie beziehungsweise einen epileptischen Anfall. Wie alle Vergleiche hinkt auch dieser und ist für viele ↑Anfallsformen viel zu »dramatisch«.

G

**Gleichgewicht** | Dein Gleichgewichtssinn ist dafür verantwortlich, dass Du auch mit geschlossenen Augen gehen kannst und zum Beispiel ein Gefühl dafür hast, wo oben und unten ist. Der Gleichgewichtssinn beruht auf einem Zusammenwirken vieler verschiedener Wahrnehmungen, unter anderem auch Sehen und Hören. Bei manchen ⇡ epileptischen Anfällen verliert man das Gleichgewicht. Auch eine zu hohe Dosis oder ⇡ Überdosierung von ⇡ Antiepileptika kann zu Störungen des Gleichgewichts führen. Sag also immer gleich Bescheid, wenn Du etwas derartiges zum Beispiel beim Balancieren bemerkst.

**Grand-Mal (GM) / Grand-Mal-Anfall (GMA)** | Grand mal kommt aus dem Französischen und bedeutet »großes Übel«. Ein Grand-Mal-Anfall ist ein »großer« ⇡ generalisierter epileptischer ⇡ Anfall. Die übliche Bezeichnung in der Fachsprache lautet ⇡ generalisierter tonisch-klonischer Anfall.

**großer Anfall** | Dies ist eine andere Bezeichnung für ⇡ Grand-Mal-Anfall oder ⇡ generalisierten tonisch-klonischen Anfall.

**Großhirn** | Das menschliche Gehirn hat drei größere Abschnitte – das Großhirn, das ⇡ Kleinhirn und den so genannten ⇡ Hirnstamm. Das Großhirn wird durch eine tiefe Furche in zwei auch als Hemisphären bezeichnete Hälften unterteilt, die nicht völlig voneinander getrennt sind. Sie werden nämlich durch ein dickes Nervenbündel in der Tiefe miteinander verbunden, das auch als Corpus callosum bezeichnet wird. Die linke Hemisphäre kontrolliert, was in der rechten Körperhälfte geschieht, während die rechte Hemisphäre für die linke Körperhälfte zuständig ist. Die zwei Hälften des Großhirns machen zwei Drittel des gesamten Gewichts des Gehirns aus. Jede Großhirnhälfte ist nochmals in vier Hauptabschnitte unterteilt, die man auch Lappen nennt: die Stirnlappen (in der medizinischen Fachsprache ↑ Frontallappen), die Scheitellappen (↑ Parietallappen), die Schläfenlappen (↑ Temporallappen) und die Hinterhauptlappen (↑ Okzipitallappen; siehe Abbildung auf S. 152). ↑ Fokale Anfälle können in jeder der beiden Hemisphären beginnen, wobei nur ein Teil, aber auch die ganze Hemisphäre beteiligt sein kann.



Obwohl über die Aufgaben der verschiedenen Hirnlappen immer noch nicht alles im Einzelnen bekannt ist, nimmt man an, dass die Stirnlappen neben anderen Funktionen für die Kontrolle von willkürlichen Bewegungen verantwortlich sind. Die Scheitellappen kontrollieren solche Dinge wie Berührungsempfinden und unwillkürliche Bewegungen, die Schläfenlappen unter anderem das Gedächtnis sowie Sprechen und Hören und die Hinterhauptlappen das Sehen. Kein Abschnitt des Gehirns ist allein für eine bestimmte Aufgabe verantwortlich. Alle Teile sind miteinander verbunden und teilen sich auch die Aufgaben untereinander. Das menschliche Gehirn gehört zu den geheimnisvollsten und wundervollstenDingen, die es in unserem Universum gibt.

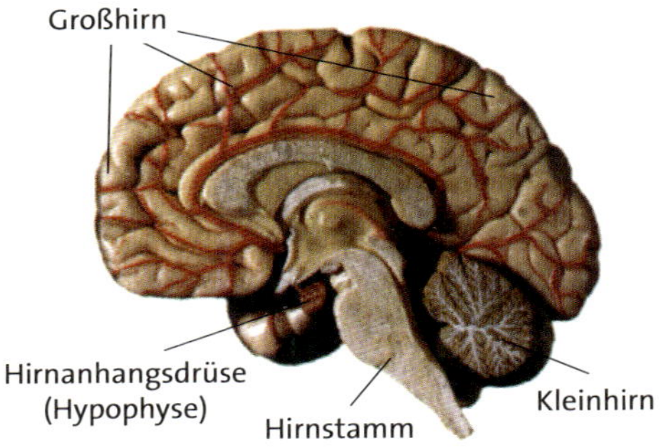


Schnitt durch das Gehirn mit Ansicht von der Mittellinie und Darstellung wichtiger Teile.

## gutartige fokale Epilepsien des Kindesalters |

Dies ist eine sehr lange Bezeichnung für eine Gruppe von ↑ Epilepsien, die auf die Kindheit und Jugend beschränkt sind. Wie der Name schon sagt, handelt es sich um gutartige Epilepsien. Sie gehen mit ⇡ fokalen Anfällen einher, sind meist gut behandelbar und heilen später von alleine aus. Die häufigste Form ist die ⇡ Rolando-Epilepsie. Weitere Formen sind unter anderem die ⇡ gutartige fokale Epilepsie des Kindesalters mit okzipitalen Paroxysmen und die gutartige fokale Epilepsie des Säuglingsalters.

**gutartige fokale Epilepsie des Kindesalters mit okzipitalen Paroxysmen |** Dies ist ein sehr langer Fachausdruck für eine zwischen dem zweiten und sechzehnten Lebensjahr beginnende ⇡ Epilepsieform. Sie hat ihren Namen aufgrund der sich im ⇡ EEG typischerweise bei geschlossenen Augen über dem Hinterhaupt zeigenden ⇡ Spitzenherde.
Es wird eine häufigere frühe und eine seltenere späte Verlaufsform unterschieden. Die frühe Verlaufsform wird auch ⇡ Panayiotopoulos-Syndrom genannt. Die spät, meist um das achte Lebensjahr beginnende, seltenere Form zeigt häufigere und meist kürzere Anfälle (bis 2 Minuten) vorwiegend am Tage mit abnormen Sehwahrnehmungen, gelegentlich auch mit nachfolgenden ⇡ komplexen fokalen oder ⇡ Halbseitenanfällen sowie migräneartigen Kopfschmerzen. Zur Behandlung wird meist ⇡ Sultiam eingesetzt, aber auch ⇡ Carbamazepin. Die Ausheilung kann mit der ⇡ Pubertät erwartet werden. Bei Hinzutreten komplexer fokale Anfälle können aber auch ungünstigere Verläufe vorkommen.

**gutartige fokale Epilepsie des Säuglingsalters |** Dies ist sehr langer Fachausdruck für eine gutartige ⇡ Epilepsieform bei Säuglingen mit ⇡ fokalen Anfällen.

**gutartige frühkindliche myoklonische Epilepsie |** Die ist eine seltene ⇡ Epilepsieform von Säuglingen mit ⇡ myoklonischen Anfällen. Ursächlich wird wegen meist weiterer ⇡ Epilepsien in der Familie in erster Linie von einer ⇡ Vererbung ausgegangen (⇡ idiopathische Epilepsien). Die Anfälle treten zwischen dem vierten Lebensmonat und dritten Lebensjahr auf und bestehen in ⇡ generalisierten ⇡ Myoklonien, die in ihrer

Stärke stark schwanken und zu jeder Tageszeit auftreten können. Jungen sind doppelt so häufig betroffen wie Mädchen. Die betroffenen Kinder sind körperlich und geistig im Gegensatz zur ↑ schweren frühkindlichen myoklonischen Epilepsie unauffällig.

**gutartige Myoklonien der frühen Kindheit |** Dies ist die medizinische Fachbezeichnung für gutartige Muskelzuckungen bei Kleinkindern im Wachzustand mit Beginn ab dem dritten Lebensmonat und spontanem Verschwinden bis zum Ende des zweiten Lebensjahres. Meist handelt es sich um kurze Beugebewegungen des Halses, die von Schüttelbewegungen des Kopfes und der rumpfnahen Muskulatur begleitet werden. Gutartige ↑ Myoklonien der frühen Kindheit haben nichts mit einer ↑ Epilepsie zu tun, können aber damit verwechselt werden (↑ Differenzialdiagnose).

**gutartige Schlafmyoklonien des Säuglingsalters |** Dies ist die medizinische Fachbezeichnung für gutartige Muskelzuckungen im Schlaf von Säuglingen, die schon kurz nach der Geburt beginnen können und sich meist um den sechsten Lebensmonat herum verlieren. Im Gegensatz zu epileptischen Myoklonien lassen sie sich durch Erwecken sofort unterbrechen. Gutartige Schlafmyoklonien des Säuglingsalters haben nichts mit einer ↑ Epilepsie zu tun, können aber damit verwechselt werden (↑ Differenzialdiagnose).

# H · h

H

**Haarausfall** | Haarausfall ist eine mögliche ⇡ Nebenwirkung des ⇡ Antiepileptikums ⇡ Valproat bzw. Valproinsäure. Wenn man das Medikament absetzt, wachsen die Haare wieder nach.

**Halbseitenanfälle** | Halbseitenanfälle sind ⇡ fokale epileptische Anfälle, die nur eine Körperhälfte betreffen beziehungsweise mit heftigeren ⇡ motorischen ⇡ Symptomen nur einer Körperhälfte einhergehen.

**Händel, Georg Friedrich** (1685 – 1759) | Georg Friedrich Händel war einer der besten und beliebtesten Musiker der Welt. Er wurde in Deutschland geboren. Obwohl seine Eltern bereits in der Kindheit seine Vorliebe für Musik bemerkten, wollte sein Vater eigentlich, dass er Rechtsanwalt wird. Händel wollte aber einfach nur Musik schreiben und spielen. Nach einem Aufenthalt in Italien wanderte er schließlich nach England aus, wo er seine Arbeit fortsetzte. Dieses große Genie mit einer ⇡ Epilepsie hat wundervolle Musik komponiert, die nach wie vor sehr beliebt ist.

**Handelsname** | Der Handelsname (oder Markenname) eines ⇡ Antiepileptikums oder anderen ⇡ Medikamentes ist ein Phantasiename oder ein Kunstwort, den die Firma auswählt, die das Medikament herstellt oder vertreibt. Bei ⇡ Originalpräparaten ist er meist ohne Beziehung zum ⇡ Wirkstoff, während ⇡ Generika oft nach dem Wirkstoff und nach der Herstellerfirma benannt sind.

**Handy** | Viele Kinder und Jugendliche haben ein eigenes Handy. Bei einer ↑ Epilepsie ist es nicht nur ungefährlich, sondern kann sogar sehr nützlich sein, um im ↑ Notfall Hilfe zu holen. Darüber hinaus kann man mit vielen Handys auch fotografieren und ↑ Videos aufnehmen und damit einen Anfall aufzeichnen, den man dann später dem Arzt oder anderen Menschen zeigen kann.

**Hauptmann, Alfred** (1881 – 1948) | Alfred Hauptmann war ein deutscher ↑ Nervenarzt. Er entdeckte 1912, dass das ↑ Medikament ↑ Phenobarbital, das er seinen Patienten mit ↑ Epilepsie eigentlich als Schlafmittel verschrieben hatte, gleichzeitig die Häufigkeit ihrer ↑ epileptischen Anfälle verminderte. Es war nach dem ↑ Kaliumbromid der erste wirkliche Durchbruch in der medikamentösen Behandlung der ↑ Epilepsien. Auch heute werden noch Kinder und Jugendliche mit Epilepsie erfolgreich mit Phenobarbital behandelt.

**Heilige Krankheit** | Im Altertum dachte man lange Zeit, ↑ Epilepsie sei eine irgendwie besondere Krankheit. Da man seinerzeit keine Ursache finden konnte, vermutete man lange Zeit Dämonen (böse Geister) oder auch göttliche Einflüsse dahinter und sprach zum Beispiel von der »Heiligen Krankheit«. Der griechische Arzt der Antike ↑ Hippokrates war vor etwa 2.500 Jahren der erste, der ausdrücklich darauf hinwies, dass eine Epilepsie weder göttlich noch heilig ist, sondern eine von vielen »normalen« Krankheiten.

**Heiliger Markus** | Der Heilige Markus schrieb einen Teil der Bibel. In Kapitel 9 (Verse 14–19) seiner Schriften im Neuen Testament gibt er eine sehr genaue Beschreibung eines ↑ generalisierten tonisch-klonischen Anfalls. Dies bedeutet, dass ↑ Epilepsien die Menschheit seit Jahrtausenden begleitet haben. Der Abschnitt in der Heiligen Schrift zeigt auch, wie wichtig es ist, sich nicht nur um ein Kind mit einer Epilepsie zu kümmern, sondern auch um dessen Eltern und Geschwister.

**Heilung** | Unter der Heilung einer Krankheit versteht man das Verschwinden der Krankheitszeichen (↑ Symptome) mit der Möglichkeit, eine Behandlung zu beenden. Während dies bei einer ↑ Epilepsie, die erst im Erwachsenenalter beginnt, nur sehr selten vorkommt, haben Kinder und Jugendliche diesbezüglich eine viel bessere Chance. Tatsächlich kommt es bei mehr als jedem zweiten von ihnen zu einer Heilung. Dies ist nur zu einem kleinen Teil auf die erfolgte Behandlung zurückzuführen. Viele Epilepsien von Kindern und Jugendlichen hören irgendwann einfach von alleine wieder auf und verschwinden genau so wie sie gekommen sind (↑ Ausheilen). Es kann also gut sein, dass Du die ↑ Medikamente gegen Deine Anfälle (↑ Antiepileptika) nur für einige Jahre einnehmen musst. Der Arzt wird rechtzeitig mit Dir und Deinen Eltern besprechen, wann der richtige Zeitpunkt für ein ↑ Absetzen der Medikamente gekommen ist. Allerdings kommt es bei etwa vier von zehn Kindern mit Epilepsie nicht zu einer Heilung.

**Herd** | Unter einem Herd versteht man in der Medizin eine umschriebene krankhafte Veränderung. Dies kann zum Beispiel ein vereiterter Zahn oder auch eine umschriebene Lungenentzündung sein. Bei einer ↑ Epilepsie bedeutet ein Herd, dass an einer bestimmten Stelle im ↑ Gehirn eine ursächliche Störung vorliegt, die nicht das ganze Gehirn und deswegen auch nicht alle ↑ Nervenzellen betrifft. In der Fachsprache wird der Herd auch Fokus genannt.

**Herdanfall** | Herdanfall ist eine andere Bezeichnung für ↑ fokalen Anfall.

**herdförmig** | Als herdförmig wird in der Medizin eine umschriebene krankhafte Veränderung bezeichnet. Bei einer herdförmigen ↑ Epilepsie betrifft die ursächliche Störung im ↑ Gehirn nur eine bestimmte Stelle und nicht alle ↑ Nervenzellen. In der Fachsprache wird dies auch ↑ fokal genannt.

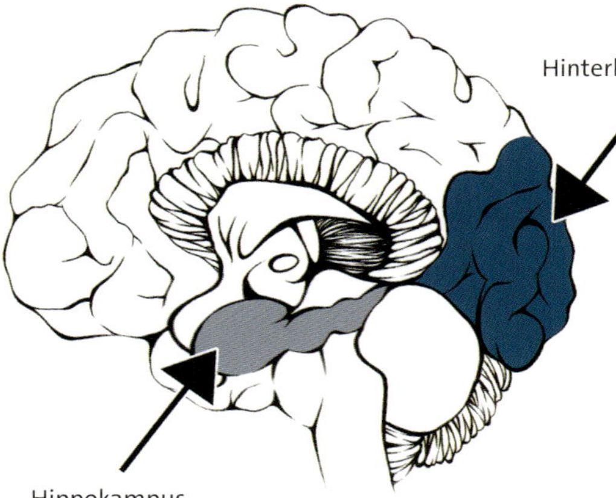


**Hinterhauptlappen** | Der Hinterhauptlappen ist der am weitesten hinten liegende ⇡Gehirnlappen. Die dort liegenden ⇡Nervenzellen sind in erster Linie für das Sehen verantwortlich. In der Fachsprache heißt der Hinterhauptlappen ⇡Okzipitallappen, von dort ausgehende ⇡epileptische Anfälle nennt man ⇡Okzipitallappenanfälle.

**Hinterhauptlappenepilepsie** | Dies ist eine andere Bezeichnung für ⇡Okzipitallappenepilepsie.

**Hippokampus** | Als Hippokampus wird ein etwa kleinfingergroßer Teil des ⇡Schläfen- oder Temporalpappens bezeichnet, Sein Name beruht darauf, dass er so aussieht wie ein Seepferdchen (Hippokampus = griechisch: Seepferdchen). Der Hippokampus spielt beim ⇡Lernen und für das ⇡Gedächtnis eine wichtige Rolle. Daneben ist er auch an der Entstehung ⇡komplexer fokaler Anfälle beteiligt. Wenn eine ⇡Temporallappenepilepsie mit ⇡Antiepileptika nicht erfolgreich behandelt werden kann, kann unter bestimmten Voraussetzungen eine ⇡epilepsiechirurgische Behandlung mit Entfernung des ⇡Hippokampus und einiger benachbarter Abschnitte des ⇡Gehirns in Frage kommen.

H

H

**Hippokrates, der griechische »Vater der Medizin«** (460 – 377 vor Christus) | Auf der griechischen Insel Kos unterrichtete der Arzt Hippokrates seine Schüler unter anderem über die ↑ Ursachen und Behandlungen von Krankheiten. Eine der Störungen, mit denen er sich intensiver beschäftigte, war die ↑ Epilepsie. Damals dachten viele Menschen, dass Epilepsie etwas mit der Stellung des Mondes zu tun hätte oder sogar eine göttliche oder ↑ heilige Krankheit sei. Hippokrates lehrte, dass beides falsch ist und Epilepsie genau so wenig heilig ist wie jede andere Krankheit. Er sagte auch, dass Epilepsie nichts mit einer Besessenheit durch den Teufel zu tun hat, was viele Menschen bis dahin geglaubt hatten. Er lehrte, dass Epilepsie dadurch entsteht, dass im ↑ Gehirn kurzzeitig etwas nicht richtig funktioniert. Hippokrates war der erste Mensch, der Epilepsien mit einer Störung des Gehirns in Zusammenhang brachte.

**Hirnrinde** | Die ↑ Nervenzellen an der Oberfläche des ↑ Gehirns werden zusammenfassend als Hirnrinde oder wegen ihres Aussehens auch als »graue Substanz«. bezeichnet. Die Hirnrinde ist beim Menschen nur einige Millimeter stark, darunter liegt die sehr viel dickere »weiße Substanz«, in der die zahllosen Nervenverbindungen über den ↑ Hirnstamm und das ↑ Rückenmark zu den verschiedenen Körperteilen und ↑ Organen sowie zurück von diesen zur Hirnrinde laufen.

**Hirnschädigung** | Es kommt nur ausnahmsweise vor, dass ↑ epileptische Anfälle zu einer Schädigung des ↑ Gehirns führen. Dies kann beispielsweise bei einem ↑ Status epilepticus mit ↑ generalisierten tonischklonischen Anfällen der Fall sein. ↑ Absencen führen selbst bei vielfachem Auftreten nicht zu einer Hirnschädigung und bei anderen ⇡ Anfallsformen ist dies höchstens nach vielen Jahren und sehr vielen Anfällen der Fall. Du und Deine Eltern müssen also nicht befürchten, dass es durch die ⇡ Epilepsie zu einer ⇡ geistigen Behinderung kommt.

**Hirnstamm** | Unterhalb des ⇡ Großhirns und vor dem ⇡ Kleinhirn liegt in der Mitte und an der Unterseite des ⇡ Gehirns der ⇡ Hirnstamm. Er verbindet das Groß- und Kleinhirn mit dem ⇡ Rückenmark und hat so wichtige Aufgaben wie die Kontrolle von Atmung und Herzschlag. In der Entwicklungsgeschichte des Menschen entstand der Hirnstamm als erster Abschnitt des Gehirns (er war auch schon bei den Affen der Urzeit vorhanden, die unsere entfernten Vorfahren sind).



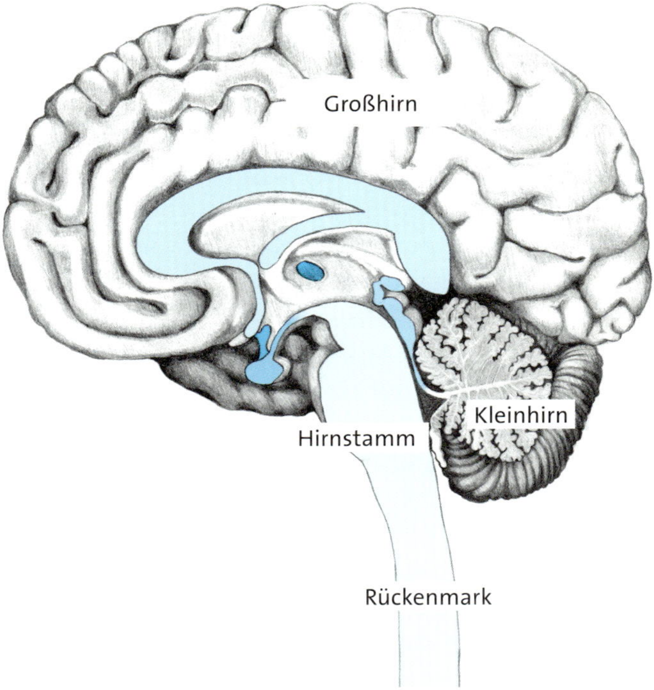

**Hirntumor** | Ein Hirntumor ist eine Geschwulst oder »Raumforderung« im ↑ Gehirn. Ein Tumor kann gutartig oder bösartig sein. Gutartig bedeutet, dass der Tumor nur sehr langsam wächst und sich nicht über das Blut an andere Stellen im Körper verteilt. Trotzdem kann er gefährlich sein, wenn er durch sein Wachstum auf Hirnteile drückt und deren Funktion so stört. Bei Kindern und Jugendlichen sind Hirntumore nur selten eine Ursache von ↑ epileptischen Anfällen oder einer ↑ Epilepsie. Durch eine ↑ Magnetresonanztomographie lässt sich die Möglichkeit eines Hirntumors im Zweifelsfall rasch ausschließen.



**Hormon** | Ein Hormon ist ein vom Körper selbst in bestimmten ↑ Organen (Hormondrüsen) gebildeter Stoff. Hormone werden in das Blut ausgeschüttet und haben verschiedene Aufgaben im Körper. Unter anderem gibt es Hormone, die das Wachstum oder die Entwicklung des Körpers beeinflussen, andere den Zuckergehalt im Blut oder den Wasserhaushalt.
Hormone können auch als ↑ Medikament dem Körper zugeführt werden. Das ist nötig, wenn eine Hormondrüse ungenügend arbeitet. Selten werden bestimmte Hormone auch zur Behandlung einer ↑ Epilepsie eingesetzt (↑ West-Syndrom). Schließlich besteht auch die ↑ Antibabypille aus Hormonen. Sowohl ↑ epileptische Anfälle als auch ↑ Antiepileptika können gelegentlich auch Auswirkungen auf Hormone haben. Dies ist bei der Anwendung der Antibabypille zu beachten, weil manche Antiepileptika die Zuverlässigkeit ihrer Wirkung vermindern können. Umgekehrt können Hormone auch die Wirksamkeit einzelner Antiepileptika (speziell ↑ Lamotrigin) und damit die Behandlung einer Epilepsie beeinflussen.

**hypermotorische Epilepsie** | Dies ist eine andere Bezeichnung für eine Form der ↑ Frontallappenepilepsie.

**hypermotorischer Anfall** | Dies ist eine andere Bezeichnung für eine Form eines ↑ Frontallappenanfalls.

**Hyperventilation (HV)** | Unter Hyperventilation versteht man ein vertieftes, verstärktes und länger dauerndes Atmen. Manche ⇡ Anfälle können durch Hyperventilation ausgelöst werden. Dies trifft besonders auf ⇡ Absencen zu, selten auch auf ⇡ fokale Anfälle oder ⇡ generalisierte tonisch-klonische Anfälle. Durch Hyperventilation wird vermehrt ⇡ Sauerstoff im Körper aufgenommen und mehr Kohlensäure ausgeatmet. Oft kann der Körper mit diesen Veränderungen nicht gut umgehen, man verspürt Schwindel oder es kann sogar zu einer ⇡ Hyperventilationstetanie kommen. Ganz anders ist es, wenn der Körper bei einer vermehrten Anstrengung wie zum Beispiel schnellem Laufen vermehrt Sauerstoff braucht. Dabei kann Dir nichts passieren; Du darfst und solltest auch mit einer ⇡ Epilepsie ⇡ Sport treiben und Dich körperlich anstrengen.

Während einer ⇡ EEG-Ableitung können jüngere Kinder gebeten werden, fest und schnell in ein Windrad oder Tuch zu blasen, das ihnen vor den Mund gehalten wird. Damit wird überprüft, ob es durch das vermehrte Atmen zu einer Veränderung im ⇡ EEG kommt. Kommt es durch das kräftige Blasen zu einer ⇡ Absence, hört das Kind automatisch auf, weil es während eines Anfalles ohne ⇡ Bewusstsein ist, und das Windrad oder Tuch bewegt sich nicht mehr.

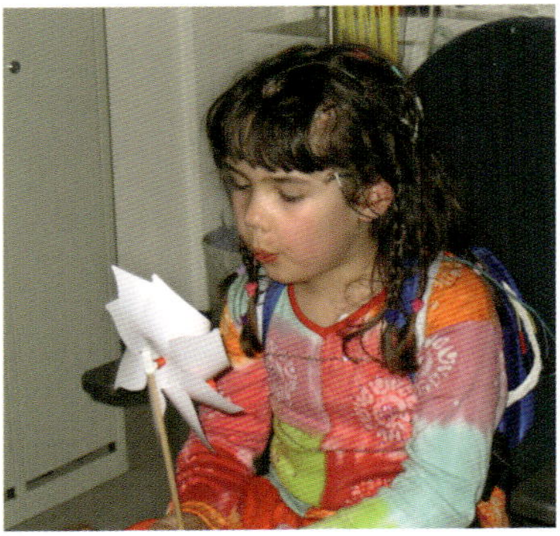

**Hyperventilationstetanie** | Dies ist die medizinische Fachbezeichnung für eine Verkrampfung des Körpers durch ⇡ Hyperventilation. Es handelt sich um nicht epileptisch bedingte Krämpfe mit typischer »Pfötchenstellung« der Hände. Eine Hyperventilationstetanie gehört zu den Erkrankungen, die mit einer ⇡ Epilepsie verwechselt werden können (⇡ Differenzialdiagnose).

H

# I · i

**idiopathisch** | Dieses Wort kommt aus dem Griechischen und bedeutet in der Medizin üblicherweise, dass der Arzt für eine Krankheit keine ↑ Ursache finden kann. Bei einer ↑ Epilepsie meint man damit allerdings ↑ erblich.

**idiopathische Epilepsie** | Anders als sonst in der Medizin wird dieser Begriff bei Epilepsien für ↑ erbliche oder vermutlich erbliche Formen ohne andere ↑ Ursache benutzt. Die Ärzte bemühen sich, bei jedem einzelnen Menschen mit Epilepsie herauszufinden, was bei ihm die ↑ Anfälle hervorruft. Wenn außer Hinweisen auf weitere, meist ähnliche ↑ Epilepsien in der Familie keine andere Ursache gefunden werden kann und sich im ↑ Elektroenzephalogramm (EEG) die für diese ↑ Epilepsieformen typischen Veränderungen finden, wird die Epilepsie idiopathisch genannt. Die meisten Kinder und Jugendlichen mit Epilepsie haben eine idiopathische Epilepsie. Wesentliche Vorteile von idiopathischen Epilepsien bestehen im Vergleich zu symptomatischen Epilepsien darin, dass sie durch ↑ Antiepileptika meist gut behandelbar sind

| Idiopathische Epilepsien mit fokalen Anfällen | Idiopathische Epilepsien mit generalisierten Anfällen |
|---|---|
| Gutartige kindliche Epilepsie mit okzipitalen Paroxysmen (Panayiotopoulos-Syndrom) | kindliche Absencenepilepsie |
| Rolando-Epilepsie | juvenile Absencenepilepsie |
| | juvenile myoklonische Epilepsie |
| | Aufwach-Grand-Mal-Epilepsie |

Idiopathische Epilepsien können mit ↑ fokalen oder ↑ generalisierten epileptischen Anfällen einhergehen. In der **Tabelle** sind die häufigsten Formen zusammengestellt.

und oft mit zunehmendem Alter von alleine ↑ ausheilen. Viele idiopathische Epilepsien müssen deswegen auch nur über eine gewisse Zeit behandelt werden.

**ILAE** | Dies ist die Abkürzung für »International League Against Epilepsy« oder Internationale ↑ Liga gegen Epilepsie. Dabei handelt es sich um eine weltweite Organisation, die Ärzten und anderen Fachleuten bei der besseren Behandlung von ↑ Epilepsien hilft.

**iktal** | Dies ist der medizinische Fachbegriff für die Zeit während eines ↑ epileptischen Anfalls. Er ist abgeleitet vom lateinischen Wort ictus = Schlag. Meistens bekommst Du von dieser Zeit nichts mit, sondern Deine Eltern oder Freunde erzählen Dir hinterher, was passiert ist.

**Impfungen** | Impfungen werden zur gezielten Stärkung der Abwehrfunktionen des Körpers gegen Krankheitserreger durchgeführt. Impfstoffe bestehen aus abgetöteten oder auch lebenden Bakterien oder Viren beziehungsweise Teilen davon. Auf deren Gabe reagiert unser Körper mit der Bildung von Abwehrzellen und Abwehrstoffen. Dadurch besteht bei einem späteren Kontakt mit den entsprechenden Erregern ein Schutz, der den Ausbruch der Krankheiten verhindert oder ihren Verlauf zumindest abschwächt. Dieser Schutz kann lebenslang anhalten, gegen manche Erreger sind jedoch von Zeit zu Zeit Auffrischimpfungen erforderlich. Kinder und Jugendliche mit ↑ Epilepsie sollten grundsätzlich den üblichen Impfschutz erhalten. Bei Kindern sind dabei besonders Impfungen gegen Keuchhusten,

Masern und Mumps von Bedeutung, weil diese Krankheiten ihrerseits zu Hirnschädigungen einschließlich einer Epilepsie führen können. Auch fast alle anderen Impfungen wie gegen Kinderlähmung (»Polio«) oder Wundstarrkrampf (»Tetanus«) werden meist gut vertragen. Bei Kindern mit ⇡ Fieberkrämpfen in der Vorgeschichte kann bei solchen Impfungen, die häufiger mit Fieber einhergehen, vorsorglich eine Gabe fiebersenkender ⇡ Medikamente erfolgen.

**Impuls** | Antrieb, Anregung, Anreiz; im ⇡ Nervensystem: ⇡ elektrische Erregung, zum Beispiel von ⇡ Nervenzellen.

**Impulsiv-Petit-Mal (IPM)** | Dies ist eine andere Bezeichnung für ⇡ juvenile myoklonische Epilepsie.

**Indikation** | Dies ist die medizinische Fachbezeichnung, ob bei einer bestimmten Krankheit die Anwendung beziehungsweise der Einsatz einer bestimmten medizinischen Maßnahme wie zum Beispiel eines bestimmten ⇡ Medikamentes angebracht ist. Die Indikationen für ⇡ Antiepileptika sind in ihrer ⇡ Zulassung noch genauer festgelegt, beispielsweise die ⇡ Anfallsformen, der Altersbereich oder die Frage, ob das Medikament zur alleinigen Behandlung (⇡ Monotherapie) oder nur zusätzlich zu anderen (⇡ Kombinationstherapie) eingesetzt werden kann.

**infantile Spasmen** | Dies ist eine andere Bezeichnung für ⇡ epileptische Spasmen oder auch ⇡ Blitz-Nick-Salaam-Anfälle beziehungsweise ⇡ West-Syndrom.

**Inlineskates** | Trotz einer ⇡ Epilepsie kannst Du in aller Regel Inlineskates

Auch mit Deiner Epilepsie kannst Du mit Inlinekates fahren!

fahren. Wie beim ↑Fahrrad fahren solltest Du immer einen Helm und Gelenkschutz tragen und auf viel befahrenen Straßen nicht alleine unterwegs sein, solange Du nicht anfallsfrei bist.

**Intelligenz** | Unter Intelligenz versteht man die ganze geistige Leistungsfähigkeit des ↑Gehirns. Oft wird Intelligenz mit dem Wissen und Können gleichgesetzt, das wir in der Schule erlernen. Dies ist aber nur ein Teil der Intelligenz. Sie umfasst auch den Umgang mit unseren Gefühlen, unser Verhalten, unsere Urteilsfähigkeit und die Begabung, Lösungen für Probleme zu finden. Eine ↑Epilepsie hat in aller Regel keine Auswirkungen auf Deine Intelligenz.

**Intelligenzquotient (IQ)** | Der so genannte Intelligenzquotient ist ein Maß für die ↑Intelligenz. Die weitaus meisten Kinder und Jugendlichen mit einer ↑Epilepsie haben eine normale Intelligenz und einen normalen Intelligenzquotienten. Bei einigen liegt eine Beeinträchtigung der geistigen Leistungsfähigkeit, eine Intelligenzminderung mit einem verminderten Intelligenzquotienten vor. Es gibt aber auch Kinder und Jugendliche mit Epilepsie und einem überdurchschnittlich hohen Intelligenzquotienten.

**Interaktionen** | Dies ist der medizinische Fachbegriff für ↑Wechselwirkungen zwischen ↑Medikamenten.

**interiktal** | Dies ist der medizinische Fachbegriff für die Zeit zwischen ↑epileptischen Anfällen, also der Zeit, in der alles in Ordnung ist.

**Internationale Liga gegen Epilepsie** | Bei der Internationalen ↑Liga gegen Epilepsie (englisch »International League Against Epilepsy« oder kurz ILAE) handelt es sich um eine weltweite Organisation, die Ärzten und anderen Fachleuten bei der Erforschung der Ursachen sowie besseren Behandlung von

Menschen mit ↑Epilepsie hilft. Die Internationale Liga gegen Epilepsie arbeitet mit dem ↑Internationalen Büro für Epilepsie zusammen.

**Internationales Büro für Epilepsie** | Das Internationale Büro für Epilepsie oder kurz IBE tritt als eine nichtärztliche Organisation weltweit dafür eintritt, das Verständnis für ↑Epilepsie in der Öffentlichkeit zu verbessern. Das Internationale Büro für Epilepsie arbeitet eng mit der ↑Internationalen Liga gegen Epilepsie zusammen.

**Internet** | Das Internet ist ein weltweiter Zusammenschluss von Tausenden kleineren, eigenständigen Computernetzwerken. Von den verschiedenen Diensten des Internets werden das World Wide Web (englisch für weltweites Netz; kurz www oder Web) und die E-Mail, die elektronische Post, am häufigsten genutzt. Das Web besteht aus unzähligen Websites (site = englisch: Ort, Platz). Jede Website enthält wiederum unterschiedlich viele Seiten als grundlegende Informationseinheit. Die Einstiegsseite einer Website heißt Homepage und bietet gewöhnlich eine Inhaltsübersicht. Im Gegensatz zu einer Buchseite kann die Größe und der Inhalt einer Webseite praktisch unbegrenzt sein. Bei großen Webseiten passt nicht der ganze Inhalt, sondern nur ein Ausschnitt auf den Bildschirm, bzw. in das Web-Browser-Fenster (to browse = englisch für blättern). Eine Anfrage zu ↑Epilepsie mit der Suchmaschine »Google« ergibt mehrere Hunderttausend Angebote. In einem solchen gigantischen Informationsberg das Gesuchte zu finden, ist nicht einfach. Im Gegensatz zu beispielsweise Buch- oder Zeitschriftenverlagen überprüft im Internet niemand den Inhalt. Die Qualität ist entsprechend unterschiedlich und reicht von grobem Unfug bis zu hervorragenden Angeboten. Bei den nachfolgend zusammengestellten Adressen oder Websites lohnt es sich, einmal hereinzuschauen

## Einige empfehlenswerte Internet-Websites für Kinder und Jugendliche mit Epilepsie

- http://www.epilepsiemuseum.de
- http://www.epi-surfer.de
- http://www.eyie.org (allerdings in englischer Sprache)
- http://www.famoses.de

## Einige empfehlenswerte Internet-Websites für Eltern von Kindern und Jugendlichen mit Epilepsie

- http://www.anfallskind.de
- http://www.epi.ch
- http://www.epikurier.de
- http://www.epilepsie.at
- http://www.epilepsie-beratung.de
- http://www.epilepsie.de oder www.epilepsie.sh
- http://www.epilepsie-elternverband.de
- http://www.epilepsie-ig.at
- http://www.epilepsie-informationen.de
- http://www.epilepsie-netz.de
- http://www.epilepsie-online.de
- http://www.epilepsiebayern.de
- http://www.epilepsiecity.de/
- http://www.epilepsiemuseum.de
- http://www.epilepsien.de
- http://www.famoses.de
- http://www.izepilepsie.de
- http://www.junger-treffpunkt-epilepsie.de
- http://www.kompetenznetz-epilepsie.de.tt/
- http://www.parepi.ch
- http://www.scheunpflug.com/eeh/
- http://www.stiftung-michael.de
- http://www.swissepi.ch
- http://www.8ung.at/eiak/

**Internet-Forum** | Ein Internetforum ist eine im ⇡Internet betriebene Diskussionsplattform, auf der die Nutzer offen oder – nach vorheriger Anmeldung und Registrierung – in geschlossenen Gruppen Meinungen zu bestimmten Fragen und Themen austauschen beziehungsweise ⇡»chatten« können. Eine andere Bezeichnung für Internet-Forum ist Online-Forum.

**Einige empfehlenswerte Internet-Foren für Kinder und Jugendliche mit Epilepsie**

- http://www.epilepsie-jugend.de/ *(bislang allerdings wenig aktiv!)*
- http://www.www.eyie.org (englisch)

**Einige empfehlenswerte Internet-Foren für Eltern von Kindern und Jugendlichen mit Epilepsie**

- http://epilepsie-beratung.de/forum/forum.php
- http://www.epilepsie-dollbergen.de
- http://www.epilepsie-online.de/forum
- http://www.epilepsie-netz.de/9/Forum.htm
- http://www.epilepsie-selbsthilfegruppe-hamburg.de/forum_g.htm
- http://www.epilepsiecity.de/
- http://www.epilepsieforum.de
- http://forum.epilepsie-netz.de/
- http://f7.parsimony.net/forum8055/

**intramuskulär (i. m.)** | Dies ist die medizinische Fachbezeichnung für die Gabe eines ⇡Medikaments durch Einspritzen in Muskeln. Im ⇡Notfall kann es sein, dass man Dir einmal ein ⇡Antiepileptikum intramuskulär gibt.

**intravenös (i. v.)** | Dies die medizinische Fachbezeichnung für die Gabe eines ⇡Medikaments durch Einspritzen in eine ⇡Vene. Im ⇡Notfall kann es sein, dass man Dir einmal ein ⇡Antiepileptikum intravenös gibt.

# J · j

**Jackson-Anfall** | Der englische ↑Neurologe John Hughlings ↑Jackson fand schon vor über hundert Jahren heraus, dass einige ↑Epilepsien mit unwillkürlichen Zuckungen in einem bestimmten Körperabschnitt beginnen und sich von dort aus auf andere Körperteile ausbreiten können. Andere Ärzte bestätigten seine Beobachtungen und nannten diese Anfälle »Jackson-Anfälle«. Jackson-Anfälle gehen vom ↑Stirnlappen aus, beginnen meist in den Fingern und breiten sich dann über die Hand und den Arm in das Gesicht oder auch eine ganze Körperseite aus. Es handelt sich um ↑fokal-motorische Anfälle.

**Jackson, John Hughlings** (1835 – 1911) | John Hughlings Jackson war ein englischer ↑Neurologe, der vor mehr als hundert Jahren lebte. Er interessierte sich unter anderem auch deshalb für ↑Epilepsie, weil seine eigene Frau besonders bei Entspannung ohne erkennbaren Grund anfing, mit dem Daumen zu zucken. Er bemerkte, dass es sich dabei um ↑fokale epileptische Anfälle handelte, und so begann er, Informationen über andere Menschen zu sammeln, die das gleiche Problem hatten. Später fand man heraus, dass die Ursache der Anfälle seiner Frau eine umschriebene ↑Durchblutungsstörung im ↑Gehirn war.

**Janz-Syndrom** | Eine andere Bezeichnung für ↑juvenile myoklonische Epilepsie. Der deutsche ↑Neurologe Dieter Janz hat diese ↑Epilepsieform vor etwa 50 Jahren erstmals ausführlich beschrieben.

**juvenile Absencenepilepsie (JAE)** | Juvenil bedeutet jugendlich oder in der Jugend auftretend. Die juvenile Absencenepilepsie ist eine ↑ Epilepsieform, die am häufigsten zwischen dem 7. und 17. Lebensjahr, meist um das 12. Lebensjahr herum beginnt. Im Vergleich zur ↑ kindlichen Absencenepilepsie treten die ↑ Absencen weniger häufig am Tag auf, dafür kommen aber bei drei von vier Jugendlichen zusätzlich meist morgendliche ↑ generalisierte tonisch-klonische Anfälle vor. Die juvenile Absencenepilepsie ist eine ↑ idiopathische Epilepsie. Im ↑ Elektroenzephalogramm (EEG) finden sich auch zwischen den Anfällen oft typische Veränderungen (↑ Spike-wave-Komplexe). Der Verlauf ist in der Regel sehr gut; bei 80 bis 90 Prozent der Jugendlichen mit Absencen als einziger ↑ Anfallsform kommt es zur ↑ Anfallsfreiheit.



**juvenile myoklonische Epilepsie (JME)** | Juvenil bedeutet jugendlich/in der Jugend auftretend. Die juvenile myoklonische Epilepsie ist eine zwischen dem 8. und 22. Lebensjahr, meist um das 15. bis 17. Lebensjahr herum beginnende ↑ Epilepsieform, bei der es neben typischen ↑ myoklonischen Anfällen oft auch zu ↑ Absencen und ↑ generalisierten tonisch-klonischen Anfällen kommt. Die myoklonischen Anfälle äußern sich als kurze, unwillkürliche Zuckungen in den Armen. Sie treten meist morgens in den ersten beiden Stunden nach dem Erwachen auf und führen beispielsweise dazu, dass man beim Zähneputzen plötzlich die Zahnbürste oder beim Frühstück ein Besteckteil von sich schleudert. Weil man dabei nicht das ↑ Bewusstsein verliert und die Störungen nur sehr kurz sind, kommt oft niemand auf die Idee, dass es sich um eine Epilepsie handelt. Andere Bezeichnungen für diese Epilepsieform sind Janz-Syndrom oder Impulsiv-Petit-Mal. Die juvenile myoklonische Epilepsie ist eine ↑ idiopathische Epilepsie. Im ↑ Elektroenzephalogramm (EEG) finden sich auch zwischen den Anfällen ofttypische Veränderungen (↑ Polyspike-wave-Komplexe). Der Verlauf ist in der Regel sehr gut; fast immer kommt es unter regelmäßiger Einnahme von ↑ Antiepileptika und Vermeiden von Anfallsauslösern (insbesondere ↑ Schlafmangel) zur ↑ Anfallsfreiheit. Auch dann muss die medikamentöse Behandlung aber bis weit in das Erwachsenenalter fortgeführt werden, und ein ↑ Absetzen der ↑ Medikamente kommt leider nicht in Frage.

# K · k

**Kaliumbromid** | Kaliumbromid ist der Name für den ↑Wirkstoff in einem ↑Antiepileptikum zur Behandlung von ↑generalisierten tonisch-klonischen Anfällen und ↑myoklonischen Anfällen im Kindesalter alleine oder in Kombination mit anderen ↑Medikamenten; siehe auch die Tabelle auf S. 210 ff. am Ende des Buches.

K

**Kernspintomographie / Kernspintomogramm (KST)** | Kernspintomographie ist eine andere Bezeichnung für ↑Magnetresonanztomographie.

**ketogene Diät** | Die ketogene ↑Diät besteht aus einer Ernährung, die besonders reich an Fetten und Ölen ist. Eine ketogene Diät wird manchmal empfohlen, wenn ↑Anfälle durch ↑Medikamente nicht ausreichend kontrolliert werden können. Die Kinder dürfen sich dann nur noch nach dieser strengen Diät ernähren. Sie ist manchmal erfolgreich, wird von vielen Kindern aber nicht als besonders angenehm empfunden, weil sie zum Beispiel auf Eis und Süßigkeiten verzichten müssen.

Im Gegensatz zu anderen Diäten darf man bei der ketogenen Diät Fleisch und Fett essen.

K

**Kindergarten** | Die weitaus meisten Kinder mit einer ↑ Epilepsie können problemlos einen Kindergarten besuchen. Wichtig ist, dass die Erzieherinnen genau Bescheid wissen, um welche ↑ Anfallsart es sich handelt, welche ↑ Antiepileptika das Kind nimmt, welche ↑ Erste-Hilfe-Maßnahmen sinnvoll sind und wann die Eltern angerufen werden sollen.

**kindliche Absencenepilepsie (KAE)** | Die kindliche Absencenepilepsie ist eine ↑ altersgebundene ↑ idiopathische Epilepsie. Sie beginnt meist im Grundschulalter, weshalb auch von einer Absencenepilepsie des Schulalters gesprochen wird. Vor einer Behandlung treten mehrmals täglich zahlreiche ↑ Absencen auf, vorwiegend in den Morgenstunden und bei Müdigkeit. Wegen der oft zu beobachtenden Anfallshäufung sprechen Ärzte auch von einer Pyknolepsie (pyknos = griechisch: dicht). Während oder nach der Pubertät können sich zusätzlich ↑ generalisierte tonisch-klonische Anfälle entwickeln. Mädchen sind etwa doppelt so häufig betroffen wie Jungen.

Die Kinder sind abgesehen von den Anfällen meist völlig unauffällig. Bei jedem dritten bis vierten Kind mit dieser ↑ Epilepsie gibt es in der Familie zumindest einen weiteren Angehörigen mit einer Epilepsie. Im ↑ Elektroenzephalogramm (EEG) findet sich ein typisches Muster mit in jeder Sekunde jeweils dreimal hintereinander auftretenden Spitzen (englisch = spikes) und langsamen Wellen (englisch = waves), weshalb auch von einem Spike-wave- (abgekürzt SW-)Muster oder ↑ Spike-wave-Komplexen gesprochen wird. Etwa jedes fünfte Kind mit kindlicher Absencenepilepsie zeigt auch eine ↑ Fotosensibilität. Das beste ↑ Antiepileptikum zur Behandlung dieser ↑ Epilepsieform ist Ethosuximid. Der Verlauf ist meistens sehr günstig; nach einer ausreichend langen ↑ Anfallsfreiheit können die ↑ Medikamente wieder langsam abgesetzt werden, ohne dass es zu erneuten Anfällen kommt. Eine kindliche Absencenepilepsie ist heilt also in der Regel folgenlos aus.

**Kino** | Ein Kinobesuch ist für die weitaus meisten Kinder und Jugendlichen mit einer ↑ Epilepsie kein Problem. Das gilt selbst dann, wenn bei Dir eine so genannte ↑ Fotosensibilität vorliegt.

**Klassenfahrt** | Deine ↑ Epilepsie ist in aller Regel kein Grund, dass Du nicht an einer Klassenfahrt teilnehmen kannst. Die begleitenden ↑ Lehrer sollten Bescheid wissen und können mit Deinen Eltern besprechen, ob es irgendwelche Besonderheiten gibt, auf die sie achten sollen.

**kleiner Anfall** | Dies ist eine andere Bezeichnung für ↑ Petit-Mal-Anfall.

**Kleinhirn (KH)** | Das Kleinhirn liegt unterhalb der hinteren Abschnitte der beiden Hälften des ↑ Großhirns (Abbildung auf S. 95). Es stellt unter anderem sicher, dass alle vom ↑ Gehirn organisierten Bewegungen aufeinander abgestimmt ablaufen. Das heißt in der erster Linie, dass sie in der richtigen Weise und zum richtigen Zeitpunkt erfolgen. Neben der Kontrolle unserer Bewegungen spielt es auch eine Rolle beim Gleichgewicht und ↑ Lernen. Wahrscheinlich gibt es keine vom Kleinhirn ausgehenden ↑ epileptischen Anfälle.

K

**Klettern** | Wenn Du eine ⇡ Epilepsie hast, ist Klettern keine allzu gute Idee. Zwischen niedrigen Gegenständen herumzuklettern ist kein Problem, aber ein Klettern auf hohe Bäume oder im Gebirge kann gefährlich sein. Wenn Du bei einem ⇡ epileptischen Anfall auf einem Baum oder einer hohen Leiter bewusstlos wirst, gibt es nur eine Möglichkeit der Weiterbewegung für Dich, und diese geht nach unten! Du kannst Dir selbst leicht vorstellen, was dies für Folgen haben kann. Es ist viel besser, nicht zu klettern, als mit gebrochenen Knochen oder vielleicht sogar schweren ⇡ Kopfverletzungen ins Krankenhaus zu müssen.

**Klinik** | Klinik ist eine andere Bezeichnung für Krankenhaus.

**klinisch-neurologischer Befund** | Dies ist eine andere Bezeichnung für ⇡ körperlichen Untersuchungsbefund.

**klonisch** | Klonisch ist der medizinische Fachbegriff für weitgehend regelmäßige, rasch aufeinander folgende ⇡ Muskelzuckungen, die auch zu entsprechenden Bewegungen von Armen und Beinen beziehungsweise des Körpers führen.

**klonische Phase** | Die klonische Phase ist der Teil eines ↑ epileptischen Anfalls, bei dem es zu rasch aufeinander folgenden ↑ Muskelzuckungen mit entsprechenden unwillkürlichen Bewegungen von Armen und Beinen beziehungsweise des Körpers kommt.

**klonischer Anfall** | Das Wort klonisch kommt von »Klonus«, womit ein abwechselndes Anspannen und Entspannen von Muskeln gemeint ist. Bei einem klonischen ↑ Anfall spannen sich die Muskeln des Körpers an, entspannen sich, spannen sich erneut an und so weiter. Dies führt zu einem wiederholten Zucken oder Krampfen. Klonische Anfälle sind Beispiele für einen ↑ konvulsiven Anfall. Ein klonischer Anfall ist ein Beispiel für einen ↑ generalisierten Anfall.



**Knochenbrüche** | Unsere Knochen sind sehr stark und halten viel aus. Dennoch erleidet fast jeder Mensch in seinem Leben mindestens einmal einen Knochenbruch. Bei Kindern und Jugendlichen mit ↑ Epilepsie ist das Risiko verständlicherweise erhöht. Allerdings hängt es stark davon ab, welche ↑ Epilepsieform man hat und ob eine ↑ Anfallsfreiheit erreicht werden konnte oder nicht. Wenn Du beispielsweise eine ↑ kindliche Absencenepilepsie hast, musst Du nicht befürchten, Dir Deine Knochen häufiger zu brechen als Deine Freunde.

**Kombinationstherapie** | Eine Kombinationstherapie ist die Behandlung einer Erkrankung mit mehr als einem ↑ Medikament. Sofern möglich, versucht der Arzt mit einem Medikament auszukommen. Das ist einfacher und übersichtlicher und bei irgendwelchen Problemen muss man nicht überlegen, an welchem Mittel es liegt. Allerdings ist dies nicht immer möglich, sondern manchmal müssen mehrere Medikamente gleichzeitig eingenommen werden. Wenn man alle unterschiedlichen ↑ Epilepsieformen von Kindern und Erwachsenen zusammenfasst, können etwa 70 Prozent mit einem ↑ Antiepileptikum alleine erfolgreich behandelt werden, bei den verbleibenden 30 Prozent ist die gleichzeitige Einnahmemehrerer ↑ Antiepileptika erforderlich. Erfreulicherweise ist dies aber bei

Kindern und Jugendlichen seltener nötig als bei Erwachsenen. Andere Bezeichnungen für eine Kombinationstherapie sind Add-on-Therapie, Zusatztherapie oder Zweiertherapie.



**komplexer fokaler Anfall (KFA)** | Zu einem solchen ↑Anfall kommt es, wenn die ↑Nervenzellen in einem Teil des ↑Gehirns, meist dem ↑Schläfenlappen, vorübergehend nicht so funktionieren wie sie eigentlich sollen. Ein komplexer fokaler Anfall wird manchmal auch als komplexer partieller Anfall oder Temporallappenanfall bezeichnet. Komplexe fokale Anfälle können aber auch vom ↑Stirnlappen oder anderen ↑Gehirnlappen ausgehen.

Im Gegensatz zu einem ↑generalisierten Anfall ist nur ein Teil des Gehirns und nicht das ganze Gehirn am Anfall beteiligt. Ein komplexer fokaler Anfall kann jedoch in einem Teil des Gehirns beginnen und sich dann auf das ganze Gehirn ausbreiten. Wenn dies passiert, wird von einem ↑sekundär generalisierten Anfall gesprochen. Von einem ↑einfachen fokalen Anfall unterscheidet sich ein komplexer fokaler Anfall dadurch, dass das ↑Bewusstsein gestört ist und man selbst von dem Anfall höchstens den Anfang mitbekommt.

Wenn Du eine ↑Epilepsie mit komplexen fokalen Anfällen hast, hast Du am Anfang möglicherweise ein komisches Gefühl in der Magengegend oder im anderswo im Bauch, das dann nach oben

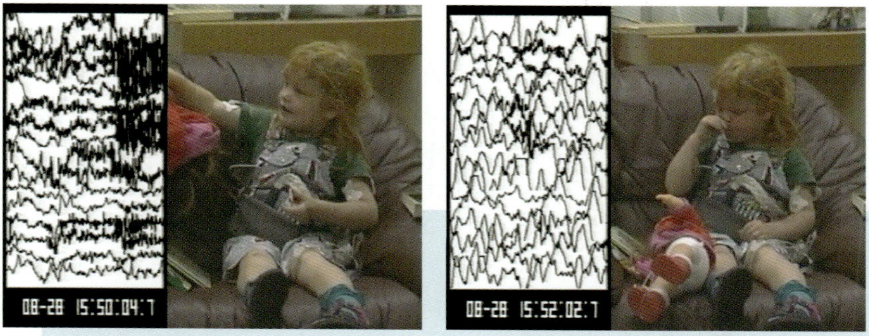


Komplexer fokaler Anfall. Im Anfall mit Innehalten bzw. Nasereiben.

zum Mund hinaufsteigt. Du kannst einen komischen Geschmack im Mund haben, einen eigenartigen Geruch wahrnehmen oder sogar den Eindruck haben, ein vertrautes Lied oder Musikstück zu hören. Derartige Gefühle und Eindrücke werden auch als ↑Aura bezeichnet, sind aber schon Anfälle bzw. Teile von Anfällen. Von dem eigentlichen Anfall bekommst Du selbst nichts mit. Hinterher erzählt man Dir zum Beispiel, Du hättest Dich eigenartig verhalten, indem Du mit der Zunge über Deine Lippen fahren oder an Deinen Kleidern herumhantieren würdest. Du kannst auch ohne erkennbaren Grund herumlaufen und verwirrt oder benommen erscheinen. Diese Anfälle dauern meistens ein bis zwei Minuten, hinterher kann es aber sein, dass man einige Zeit braucht, bis man wieder »voll da« ist.

**komplexer partieller Anfall (KPA)** | Dies ist eine andere Bezeichnung für ↑komplexer fokaler Anfall.

**Komplikation** | Eine Komplikation ist eine Erschwerung oder ein Folgeproblem. Bei einer ↑Epilepsie können Komplikationen zum Beispiel in anfallsbedingten ↑Verletzungen oder einem ↑Status epilepticus bestehen.

**komplizierter fiebergebundener Anfall / komplizierter Fieberkrampf** | Dies ist ein ↑fiebergebundener Anfall oder Fieberkrampf, der sich von einem ↑einfachen Fieberkrampf durch folgende Merkmale unterscheidet: ↑Anfallsdauer über 15 Minuten, mehrmaliges Auftreten an einem Tag oder in einem Fieberschub, herdförmige Zeichen wie zum Beispiel vorübergehende Lähmungen und Hinweise auf eine vorbestehende Schädigung des ↑Gehirns sowie ↑epilepsietypische Veränderungen im ↑Elektroenzephalogramm (EEG) nach oder zwischen den Anfällen.

**Kontrastmittel** | Ein Kontrastmittel ist ein Mittel zur besseren Auflösung oder Darstellung bei der ↑bildgebenden Diagnostik, zum Beispiel bei der ↑ Computertomographie oder ↑ Magnetresonanztomographie des ↑ Gehirns.

K

**konvulsiver Anfall** | Bei einem konvulsiven ↑ Anfall geraten die Muskeln des Körpers vorübergehend außer Kontrolle und es kommt zu einem »Krampfen«. Die Muskeln werden meistens zunächst steif und zucken dann unkontrolliert, zuerst schneller und dann langsamer. Dabei können alle Muskeln des Körpers beteiligt sein, also sowohl an den Armen und Beinen als auch im Gesicht. Das Krampfen dauert meist ein bis zwei Minuten, sehr selten auch länger. Auf Menschen, die dies noch nie gesehen haben, kann ein konvulsiver Anfall sehr beängstigend wirken, weshalb auch die ↑ Anfallsdauer oft überschätzt wird. Wenn man selbst einen derartigen Anfall hat, ist man bewusstlos und fühlt überhaupt nichts. Man hat während des Anfalls auch keine Schmerzen, höchstens hinterher wegen einem ↑ Zungenbiss oder anderen Verletzung. Wenn die Harnblase voll ist und die Muskeln der Harnblase sich bei einem Anfall zusammenziehen, kommt es manchmal zu einem unwillkürlichen ↑ Einnässen.
Die häufigste Art konvulsiver Anfälle sind ↑ generalisierte tonisch-klonische Anfälle, die kurz auch als ↑ Grand-Mal-Anfälle genannt werden. Es gibt jedoch auch konvulsive Anfälle, die nicht den ganzen Körper beteiligen. So können sie nur einen Arm oder eine Körperhälfte betreffen, und man verliert dabei nicht immer das ↑ Bewusstsein. Beispiele dafür sind ein ↑ fokal-motorischer Anfall oder ↑ Jackson-Anfall.
Nicht alle Kinder und Jugendlichen mit Epilepsie haben auch konvulsive Anfälle. Beispiel für ↑ nichtkonvulsive Anfälle sind ↑ Absencen, ↑ fokal-sensible Anfälle oder ↑ komplex-fokale Anfälle.

**Konzentrationsstörung** | Viele Menschen haben ab und zu leichtere Konzentrationsstörungen, zum Beispiel wenn sie müde sind. Konzentrationsstörungen sind auch ein Merkmal des so genannten ↑ Aufmerksamkeitsdefizit-Hyperaktivitätssyndroms (ADHS). Kinder und Jugendliche mit ↑ Epilepsie und gleichzeitig auch einem ADHS können sowohl aufgrund ihrer Epilepsie, des ADHS als auch durch ⇡Nebenwirkungen der ⇡Antiepileptika Konzentrationsstörungen haben. Es ist dann nicht gerade einfach herauszufinden, woran es liegt.

**Kopfschmerzen** | Fast alle Menschen haben ab und zu einmal Kopfschmerzen. Aus unterschiedlichen Gründen kann man mit ⇡Epilepsie häufiger Kopfschmerzen haben. So kann es nach einem ⇡fokalen oder ⇡generalisierten tonisch-klonischen Anfall zu stärkeren Kopfschmerzen kommen, die manchmal sogar einen Hinweis auf den Ort des Anfallsbeginns im ⇡Gehirn geben können. Glücklicherweise verlieren sich diese nach einer Ruhepause oder Schlaf wieder. Bei manchen ⇡Antiepileptika sind Kopfschmerzen auch eine mögliche ⇡Nebenwirkung.

K

**Kopfverletzung** | Es gibt verschiedene Formen von Kopfverletzungen. Die meisten Kopfverletzungen von Kindern und Jugendlichen mit und ohne ⇡Epilepsie sind ⇡Prellungen des Schädelknochens ohne Beteiligung des ⇡Gehirns. Auch bei dem berühmten ⇡»Loch im Kopf« handelt es sich nur um eine harmlose Platzwunde der recht dicken Kopfhaut und selbst die meisten Brüche von Schädelknochen lassen das Gehirn in Ruhe. Unter den Kopfverletzungen mit Beteiligung des Gehirns sind die ⇡Gehirnerschütterung (Commotio cerebri) und die ⇡Gehirnprellung oder -quetschung (Contusio cerebri) am häufigsten.

**Körpergewicht** | Eine ⇡Epilepsie hat praktisch nie Auswirkungen auf das Körpergewicht. Allerdings kann dies bei einigen zur Behandlung eingesetzten ⇡Antiepileptika der Fall sein. Manche führen eher zu einer ⇡Gewichtsabnahme, andere zu einer

↑ Gewichtszunahme. Wenn es zu deutlichern Veränderungen des Körpergewichts kommt, solltest Du oder Deine Eltern den behandelnden Arzt unbedingt darauf aufmerksam machen.

**körperliche Untersuchung / körperlicher Untersuchungsbefund** | Die körperliche Untersuchung ist Teil jeder normalen Untersuchung durch einen Arzt. Dies ist bei einer ↑ Epilepsie nicht anders als bei anderen Krankheiten. Bei den meisten Kindern und Jugendlichen mit Epilepsie finden sich keine Auffälligkeiten. Andere Bezeichnungen für die körperliche Untersuchung durch einen ↑ Neurologen oder ↑ Neuropädiater sind klinisch-neurologischer Befund oder neurologischer Status.



**kortikale Dysplasie** | Dies ist der Fachbegriff für eine Gruppe von ↑ Fehlbildungen der ↑ Hirnrinde, die meistens umschrieben ausgeprägt sind (↑ fokale kortikale Dysplasie) und Ursache einer schwer behandelbaren ↑ Epilepsie sein können.

**Krampfanfall** | Dies ist eine Ersatzbezeichnung für ↑ epileptischen Anfall. Allerdings gehen nicht alle Anfälle mit einem Krampfen oder ↑ Zuckungen einher.

**Krampfleiden** | Dies ist eine Ersatzbezeichnung für ↑ Epilepsie. Allerdings kommt es nicht bei allen Epilepsien zu einem Krampfen oder ↑ Zuckungen.

**Krampfschwelle** | ↑ Anfallsschwelle.

**Krampfspitze** | ↑ Spike oder ↑ Sharp wave.

**Krampfwelle** | ↑ Sharp wave, ↑ Spike and slow wave oder ↑ Spike-wave-Komplex.

**Kreislaufkollaps** | Ein Kreislaufkollaps wird in der medizinischen Fachsprache als ↑ Synkope bezeichnet.

**Kribbelgefühl im Bauch** | Ein eigenartiges Kribbelgefühl im Bauch (meist in der Magengegend), das oft mit einem Wärmegefühl verbunden ist und sich häufiger langsam vom Bauch noch oben zum Mund hin bewegt, ist eine häufige Form eines ⇡ einfachen fokalen Anfalls. Dabei ist das ⇡ Bewusstsein erhalten, das heißt, man bekommt alles um sich herum mit und kann auf Fragen normal antworten. Meistens bleibt es aber nicht bei diesem Kribbelgefühl, sondern nach kurzer Zeit geht das Bewusstsein verloren und der Anfall in einen ⇡ komplexen fokalen über. Wenn das Kribbelgefühl das Vorzeichen eines stärkeren Anfalls ist, wird es ⇡ Aura genannt.

K

**kryptogene Epilepsie** | Dies ist eine andere Bezeichnung für eine ⇡ vermutlich symptomatische Epilepsie.

# L · l

**Laboruntersuchungen** | Dies ist eine andere Bezeichnung für ⇡ Blutuntersuchungen.

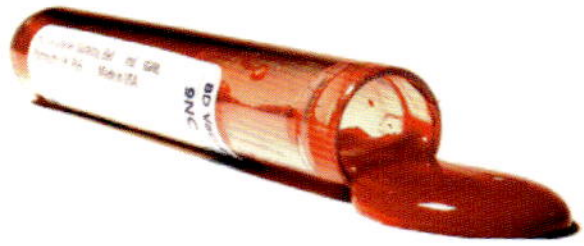

L

**Lacosamid (LCM)** | Lacosamid ist der Name für den ⇡ Wirkstoff in einem ⇡ Antiepileptikum zur Behandlung von ⇡ fokalen Anfällen mit und ohne sekundäre ⇡ Generalisierung ab dem 16. Lebensjahr (in der Schweiz ab dem 18. Lebensjahr) in Kombination mit anderen ⇡ Medikamenten; siehe auch die Tabellen auf S. 210 ff.

**Lamotrigin (LTG)** | Lamotrigin ist der Name für den ⇡ Wirkstoff in einem ⇡ Antiepileptikum zur Behandlung von ⇡ fokalen Anfällen mit oder ohne ⇡ sekundär generalisierten tonisch-klonischen Anfällen und ⇡ primär generalisierten tonisch-klonischen Anfällen ab dem 12. Lebensjahr alleine oder in Kombination mit anderen ⇡ Medikamenten sowie als ⇡ Zusatztherapie zur Behandlung von fokalen Anfällen mit oder ohne sekundär generalisierten tonisch-klonischen Anfällen und primär generalisierten tonisch-klonischen Anfällen zwischen 2 und 12 Jahren. Wird in diesem Altersabschnitt eine Kontrolle der Epilepsie durch eine zusätzliche Einnahme von Lamotrigin erreicht, so können die anderen Antiepileptika abgesetzt und Lamotrigin als ⇡ Monotherapie weitergeführt werden; siehe auch die Tabellen auf S. 210 ff. am Ende des Buches.

**Langzeit-EEG** | Ein Langzeit-EEG ist ein ⇡ Elektroenzephalogramm (EEG), das über eine längere Zeit als die bei einem ⇡ Standard-EEG üblichen 20 bis 30 Minuten abgeleitet wird. Beispiele sind ein ⇡ Schlaf-EEG, ⇡ Schlafentzugs-EEG oder ⇡ mobiles Langzeit-EEG.

**Läsion** | Als Läsion (nach dem lateinischen Wort laesio = Störung, Verletzung) bezeichnet man in der Medizin eine nicht weiter gekennzeichnete umschriebene Veränderung. Am Gehirn kann eine Läsion zum Beispiel in den Folgen einer ↑ Durchblutungsstörung, Einblutung in das Gehirn, Narbenbildung nach Verletzung oder Entzündungskrankheit bestehen.

**Lebensqualität** | Mit diesem Begriff werden alle Bereiche des täglichen Lebens zusammengefasst, die zum Ausdruck bringen, ob man ein normales und erfülltes Leben führt. Bei Kindern und Jugendlichen mit Epilepsie zählt dazu nicht nur, ob und welche ↑ epileptischen Anfälle noch auftreten und ob die ↑ Medikamente gut vertragen werden. Die Lebensqualität fasst zusammen, wie gut Du insgesamt mit Deiner Umgebung zurechtkommst und wie wohl Du Dich fühlst. Dies beinhaltet die Bereiche ↑ Familie, ↑ Schule, ↑ Freunde beziehungsweise Freundinnen und ↑ Freizeit ebenso wie Fragen der ↑ Selbstständigkeit und Selbstzufriedenheit.
Ein Schweizer ↑ Neurologe hat einmal sehr schön das Ziel einer Epilepsienhandlung in einem Maximum an ↑ Anfallsfreiheit bei einem Minimum an ↑ Nebenwirkungen und einem Optimum der Lebensqualität beschrieben.

**Leber** | Die Leber ist gewissermaßen die chemische Fabrik Deines Körpers. Sie wandelt nicht nur mit der Nahrung über den Darm aufgenommene Nährstoffe um, sondern baut u. a. auch ↑ Medikamente ab und entgiftet Deinen Körper von Abfallstoffen. Diese werden dann mit dem Blut zu den ↑ Nieren geschickt.

**Lehrer** | Deine Lehrer sollten über Deine ↑ Epilepsie Bescheid wissen, zumindest solange nicht auszuschließen ist, dass Du einen ↑ epileptischen Anfall in der ↑ Schule bekommen kannst. Wenn Deine Lehrer nichts von der Epilepsie wissen, können sie nicht ruhig und angemessen reagieren und rufen zum Beispiel unnötigerweise sofort einen Krankenwagen, anstelle einige Minuten abzuwarten, bei Bedarf Deine Eltern anzurufen und Dir vernünftig zu helfen.

Für interessierte Lehrer gibt es auch spezielle Informationen über die Epilepsie bei Kindern und wie Lehrer damit umgehen sollten in Büchern (siehe Schaudwet, S. 218) oder Broschüren, die zum Beispiel beim Informationszentrum Epilepsie der Deutschen Gesellschaft für Epileptologie (Adresse siehe S. 64) angefordert werden können.

L

**Lennox-Gastaut-Syndrom (LGS)** | Diese seltene ↑Epilepsieform beginnt üblicherweise zwischen dem ersten und fünften Lebensjahr, nur sehr selten jenseits des achten Lebensjahres. Kinder und Jugendliche mit einem Lennox-Gastaut-Syndrom haben verschiedene ↑Anfallsformen, was unter anderem ein Grund dafür ist, dass ihre ↑Epilepsie schwer zu behandeln ist. Die auftretenden Anfallsformen schließen ↑atonische, ↑myoklonische, ↑tonische und ↑tonisch-klonische Anfälle ein. Bei dieser Epilepsieform kommt es häufiger zu einem ↑Status epilepticus. Kinder mit dieser Epilepsieform haben in aller Regel Schwierigkeiten beim ↑Lernen und müssen eine Sonderschule besuchen. Ihren Namen hat diese Epilepsieform von dem US-amerikanischen ↑Neurologen William G. Lennox (1884– 1960) und dem französischen Neurologen Henri Gastaut (1915 –1995), die sie zwischen 1950 und 1966 erstmals systematisch beschrieben haben.

**Lernen / Lernbehinderung / Lernstörung** | Alle Menschen müssen lernen, so lange sie leben. Das gilt auch für Deine Großeltern, wenn sie sich zum Beispiel die Namen der Enkelkinder oder Adressen und Telefonnummern merken müssen, wenn jemand umzieht. Man lernt allerdings mit Abstand am besten in der Kindheit und Jugend.

Die meisten Kinder und Jugendlichen mit ↑Epilepsie haben keine Probleme mit dem Lernen. Sollte dies doch der Fall sein, sollte eine ↑neuropsychologische Untersuchung erfolgen, um genau herauszufinden, welche Probleme vorliegen und ob man etwas dagegen tun kann. Eine Lernbehinderung kann auch gemeinsam mit einer körperlichen ↑ Behinderung vorkommen.

**Levetiracetam (LEV)** | Levetiracetam ist der Name für den ↑ Wirkstoff in einem ↑ Antiepileptikum zur Behandlung von ↑ Epilepsien mit ↑ fokalen Anfällen mit oder ohne ↑ sekundäre Generalisierung (↑ Kombinationstherapie ab 4 Jahren und ↑ Monotherapie ab 16 Jahren) sowie ↑ myoklonischen Anfällen bei ↑ juveniler myoklonischer Epilepsie und ↑ primär generalisierten tonisch-klonischen Anfällen bei ↑ idiopathisch generalisierter Epilepsie (↑ Kombinationstherapie ab 12 Jahren); siehe auch die Tabellen auf S. 210 ff.

**Liga gegen Epilepsie** | Dies ist eine andere Bezeichnung für ↑ Epilepsie-Liga.

**»Loch im Kopf«** | Als »Loch im Kopf« werden ↑ Kopfplatzwunden bezeichnet. Die meisten dieser Verletzungen sind Folge von Stürzen oder sonstigen ↑ Unfällen. In der Regel ist nur die Kopfhaut beteiligt, nicht aber der Schädelknochen und erst recht nicht das ↑ Gehirn. Durch ein »Loch im Kopf« wird eine ↑ Epilepsie also weder verursacht noch in ihrem Verlauf ungünstig beeinflusst.

**Longterm-Monitoring (LTM)** | Longterm-Monitoring ist die manchmal auch im Deutschen verwendete Bezeichnung für Langzeitableitung oder Langzeitüberwachung. Bei einer ↑ Epilepsie sind damit Ableitungen des ↑ Elektroenzephalogramms (EEGs) über Stunden oder sogar mehrere Tage gemeint (↑ Langzeit-EEG).

**Lorazepam (LZP)** | Lorazepam ist der Name für den ↑ Wirkstoff in einem ↑ Medikament, das manchmal zur Notfallbehandlung von ↑ epileptischen Anfällen eingesetzt wird.

L

# M · m



**Magnetresonanztomographie / Magnetresonanztomogramm** (MRT; nach den englischen Worten magnetic resonance imaging auch MRI) | Bei der Magnetresonanztomographie (manchmal auch als Kernspintomographie bezeichnet) werden sehr genaue Bilder des ↑ Gehirns angefertigt. Diese Methode benötigt im Gegensatz zur ↑ Computertomographie keine Röntgenstrahlen, ist völlig ungefährlich, tut nicht weh und kann bei Bedarf beliebig oft wiederholt werden. Nur sehr selten ist die ↑ intravenöse Gabe eines ↑ Kontrastmittels erforderlich. Während einer Magnetresonanztomographie liegt man mit dem Rücken auf einer Liege, und der Kopf wird in die Öffnung des röhrenförmigen Geräts eingeschoben. Man muss dabei für einige Minuten still liegen und darf sich nicht bewegen, bis die Messungen vorbei sind. Durch das dauernde An- und Abschalten starker Magnete entsteht ein relativ lautes, hämmerndes Geräusch, das störend sein kann, aber völlig harmlos ist. Manchmal bekommt man des-

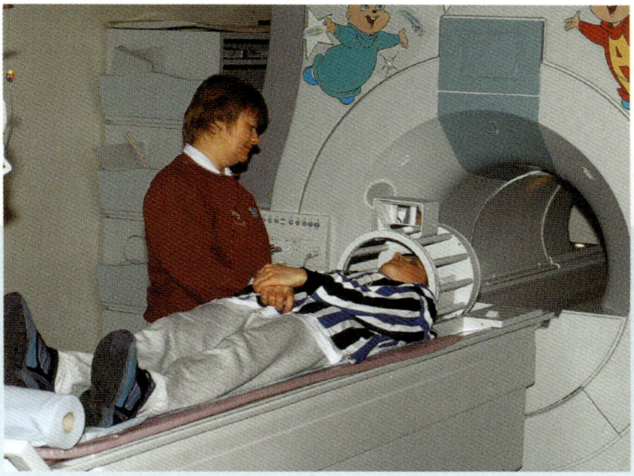

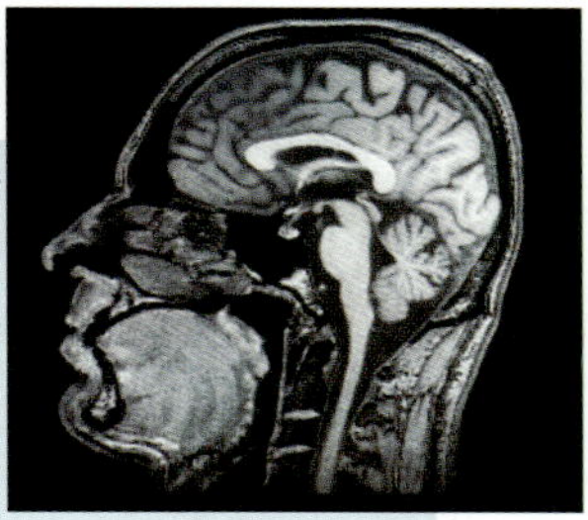

Ein Jugendlicher wird auf eine Liege in die Öffnung des Magnetresonanztomographiegerätes geschoben (links). Rechts ist beispielhaft ein Untersuchungsergebnis zu sehen.

wegen einen Kopfhörer mit Musik aufgesetzt. Auf den mit der Magnetresonanztomographie von Computern errechneten Bildern kann man sehr genau erkennen, ob irgendwelche Veränderungen im Gehirn vorliegen, die ↑Anfälle beziehungsweise eine ↑Epilepsie verursachen. Wenn solche Veränderungen festgestellt werden können, lassen sie sich manchmal auch durch eine Operation entfernen (↑Epilepsiechirurgie), wodurch die Anfälle aufhören. Sehr oft wird allerdings nichts Besonderes gefunden.
Heute wird bei allen Kindern und Jugendlichen mit einer ↑symptomatischen oder vermutlich symptomatischen Epilepsie eine Magnetresonanztomographie durchgeführt und bei Bedarf im weiteren Verlauf auch wiederholt. So wie alle anderen Computer schon nach wenigen Jahren veraltet sind und durch neue ersetzt werden müssen, verbessert sich auch die Technik und Aussagekraft der Magnetresonanztomographie laufend. Bei ↑idiopathischen Epilepsien oder ↑gutartigen fokalen Epilepsien ist eine Magnetresonanztomographie oft nicht erforderlich.



**Manga** | Ein Manga ist eine Sonderform eines ↑Comic. In Japan werden beide Worte gleichberechtigt verwendet. Zunächst waren dies nur Comics aus Japan, inzwischen wird der Begriff aber auch für Comics im japanischen Stil aus anderen Ländern verwendet. Als Manga zum Thema Epilepsie gibt es den kleinen Band »Epilepsie? – Bleib cool!« (siehe S. 214).

**Medikamente** | Medikamente sind Arzneimittel zur Heilung, Vorbeugung oder Linderung einer Krankheit. Bis vor etwa 150 Jahren standen für eine ↑Epilepsie dazu nur einige pflanzliche Wirkstoffe zur Verfügung, von denen man heute weiß, dass sie – wenn überhaupt – höchstens eine sehr schwache ↑Wirksamkeit haben. Einige der heute eingesetzten Medikamente stehen schon seit Jahrzehnten

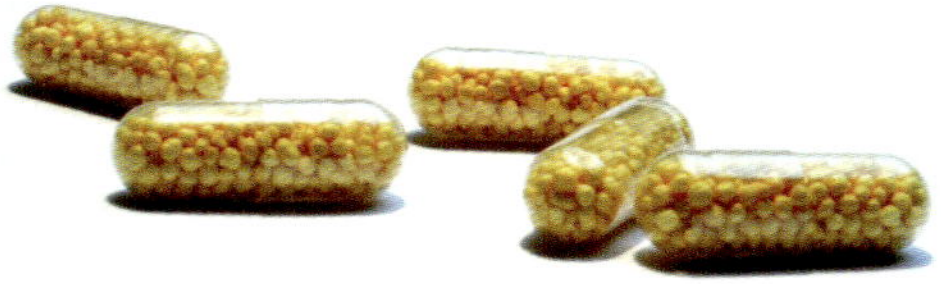

zur Verfügung, ↑ Kaliumbromid sogar schon seit 150 und ↑ Phenobarbital seit 100 Jahren. In den letzten 20 Jahren wurden aber auch viele neue Medikamente gegen ↑ Epilepsie entwickelt. Diese werden auch ↑ Antiepileptika oder Antikonvulsiva genannt.

**Medikamentenvorrat** | Es ist eine gute Idee, immer einen ausreichenden Vorrat von den ↑ Medikamenten zu haben, die man über eine längere Zeit einnehmen muss. Das gilt auch und besonders für ↑ Antiepileptika, bei denen es sehr wichtig ist, dass eine ↑ ununterbrochene Einnahme erfolgt. Deshalb solltest Du Dir zusammen mit Deinen Eltern einen Vorrat anlegen. Es kann auch sinnvoll sein, dass Du zum Beispiel in Deiner Schul- oder Sporttasche ebenfalls Reservetabletten hast. Solltest Du häufiger bei Deinen Großeltern oder Freunden sein und unter Umständen auch übernachten, sollte auch dort sicherheitshalber ein Päckchen mit einigen Deiner Tabletten sein.



**medikamentöse Einstellung** | Als medikamentöse Einstellung bezeichnet man den Beginn einer Behandlung mit ↑ Medikamenten wie zum Beispiel ↑ Antiepileptika. Dabei achtet der Arzt darauf, welche ↑ Anfallsform beziehungsweise ↑ Epilepsie vorliegt, wie alt Du bist und welche sonstigen Besonderheiten noch zu beachten sind.
Bei manchen Medikamenten kann eine Einstellung relativ rasch erfolgen, bei anderen dauert dies mehrere Wochen.

**medikamentöse Umstellung** | Als medikamentöse Umstellung bezeichnet man den Austausch eines oder mehrerer ↑ Medikamente wie zum Beispiel ↑ Antiepileptika. Meist wird dabei das neue Medikament zunächst zusätzlich eingenommen und erst nach einiger Zeit wird damit begonnen, das oder die bisherigen Medikamente langsam abzusetzen. Für eine medikamentöse Umstellung muss man sich ausreichend Zeit nehmen.

**Menstruation** | Mädchen bekommen meist zwischen dem 12. und 14. Lebensjahr ihre Menstruation oder monatliche Regelblutung. Mädchen mit einer Neigung zu einer ↑ Epilepsie können dann kurz vor Beginn der Blutung oder zu deren Beginn häufiger Anfälle haben. Es spricht vieles dafür, dass diese Anfallshäufung etwas mit Veränderungen der ↑ Hormone im Körper zu tun hat. Zusätzlich könnte es auch an der Veränderung des Flüssigkeitsgleichgewichtes im Körper liegen, die dann Auswirkungen auf das ↑ Gehirn hat.

M

**Mesuximid (MSM)** | Mesuximid ist der Name für den ↑ Wirkstoff in einem ↑ Antiepileptikum zur Behandlung von ↑ Epilepsien mit ↑ Absencen und ↑ komplexen-fokalen Anfällen, deren Behandlung mit anderen Antiepileptika nicht zum gewünschten Erfolg geführt hat; siehe auch die Tabellen auf S. 210 ff. am Ende des Buches.

**Midazolam (MDZ)** | Midazolam ist der Name für den ↑ Wirkstoff in einem ↑ Medikament, das manchmal zur Notfallbehandlung von ↑ epileptischen Anfällen eingesetzt wird.

**Migräne** | Migräne ist eine häufige Form von anfallsweise auftretenden ↑ Kopfschmerzen. Migräne ist sehr viel häufiger als ↑ Epilepsie. Man geht davon aus, dass etwa 2,5 Prozent aller Kinder und 5–10 Prozent aller Jugendlichen unter Migräne leiden. Migräne und Epilepsie kommen bei einem Menschen überzufällig gleichzeitig vor. Migräneanfälle können in ↑ epileptische Anfälle übergehen und nach epileptischen Anfällen kann es zu migräneartigen Kopfschmerzen kommen. Manche ↑ Antiepileptika (↑ Topiramat und ↑ Valproat bzw. Valproinsäure) wirken sowohl gegen Mirgäneanfälle als auch gegen epileptische Anfälle.

**Militärdiensttauglichkeit** | Andere, in der Schweiz gebräuchliche Bezeichnung für ↑ Wehrdiensttauglichkeit.

**mobiles Kassetten-EEG** | Ein mobiles Kassetten-EEG ist eine heute nur noch selten angewandte Methode eines ⇡ mobilen Langzeit-EEGs, bei dem die Speicherung des ⇡ Elektroenzephalogramms auf einer Tonbandkassette erfolgt. Die früheren Kassetten sind inzwischen von digitalen Datenträgern abgelöst worden.

**mobiles Langzeit-EEG** | Manchmal zeigt ein übliches ⇡ Elektroenzephalogramm (EEG; ⇡ Standard-EEG) nichts Besonderes. Wenn der Arzt weitere Untersuchungen für erforderlich hält, kann es sinnvoll sein, ein mobiles Langzeit-EEG durchzuführen. Dabei handelt es sich um ein EEG, das abgeleitet wird, während man sich normal bewegen und sein alltägliches Leben weiterführen kann.
Man muss sich also nicht hinsetzen oder hinlegen und ruhig verhalten, wie dies bei einem üblichen ⇡ Standard-EEG der Fall ist. Über der Kopfhaut werden ⇡ Elektroden (Plättchen am Ende dünner Kabel) befestigt und über weitere Kabel mit einem kleinen Aufzeichnungsgerät verbunden, mit dem man herumlaufen kann.
Das EEG wird während des ganzen Tages und der ganzen Nacht auf einem Datenträger aufgezeichnet. Dabei spielt es keine Rolle, ob man in die Schule geht, spielt oder fernsieht.
Am Ende der Ableitung wird die Aufzeichnung von einem Computer abgespielt. Auf dem Bildschirm des Computers kann man die EEG-

Die Aufzeichnungen des mobilen Langzeit-EEGs werden in einem Computer ausgewertet.

Kurven sehen und eventuell ↑epilepsietypische Potenziale sowie unbemerkt oder bemerkt aufgetretene ↑Anfälle erkennen. Diese Information kann dem Arzt helfen herauszufinden, um welche Form von epileptischen Anfällen es sich genau handelt und welche Behandlung erforderlich ist.

**Monitoring |** Als Monitoring bezeichnet man in der Medizin eine länger dauernde Überwachung; bei einer ↑Epilepsie z.B. zur Aufzeichnung eines ↑epileptischen Anfalls mit ↑Elektroenzephalogramm (EEG) und ↑Video. Ein besonders genaues Monitoring wird im Rahmen einer ↑prächirurgischen Abklärung durchgeführt.



**Monotherapie |** Als Monotherapie wird die Behandlung mit nur einer Methode bezeichnet, bei einer ↑Epilepsie die Behandlung mit nur einem ↑Antiepileptikum. Bei den weitaus meisten ↑Epilepsieformen von Kindern und Jugendlichen ist dies möglich. Es gibt aber auch Ausnahmen wie das ↑Lennox-Gastaut-Syndrom oder das ↑West-Syndrom, bei denen oft eine ↑Kombinationstherapie erforderlich ist.

**Moped / Mopedführerschein |** Ein Moped oder Mofa ist ein Motorfahrrad. Ob Du überhaupt fahren darfst und die Richtlinien, wie Du einen ↑Führerschein für ein Moped bekommst, kannst Du bei Deinem behandelnden Arzt erfragen.

**Müdigkeit |** Müdigkeit ist normalerweise Folge von zu wenig ↑Schlaf. Daneben können Kinder und Jugendliche mit ↑Epilepsie auch nach manchen ↑Anfallsformen oder als ↑Nebenwirkung mancher ↑Medikamente (↑Antiepileptika) vermehrt müde sein.

**Muskelkater** | Als Muskelkater bezeichnet man vorübergehende Schmerzen in den Muskeln nach einer starken Beanspruchung. Als Ursache für die Schmerzen werden sowohl feine Risse in den Muskelfasern als auch chemische Veränderungen verantwortlich gemacht. Muskelkater kann zum Beispiel nach ausgiebigem ↑ Sport auftreten, aber auch nach einem heftigeren ↑ epileptischen Anfall mit starken ↑ Muskelzuckungen. Es kann vorkommen, dass ein Muskelkater am Morgen ein Hinweis auf einen Anfall während des Schlafs in der vorangegangenen Nacht ist.



**Muskelzuckung** | Damit Du dich bewegen oder mit Deiner Hand etwas greifen kannst, müssen Deine Muskeln sich zusammenziehen. Die Zuckung einer einzelnen Muskelfaser reicht dafür aber nicht aus, sondern sehr viele Muskelfasern und meist mehrere Muskeln müssen dies gleichzeitig tun. Für eine normale Bewegung steuert Dein Gehirn die Dauer und Abfolge der einzelnen Zuckungen. Um beispielsweise Fahrrad fahren zu können, müssen gleichzeitig viele Bewegungen an Armen und Beinen erfolgen und Du musst Dein ↑ Gleichgewicht halten. Darüber musst Du aber nicht mehr nachdenken und sozusagen aufeinanderfolgende Kommandos geben, sondern das Gehirn macht dies ohne Dein Zutun von alleine. Muskelzuckungen sind also etwas völlig Normales und ohne Muskelzuckungen könnten wir uns nicht bewegen.

**Myoklonien** | Als Myoklonien werden ungewollt (»unwillkürlich«) auftretende, mehr oder weniger heftige ↑ Muskelzuckungen bezeichnet. Myoklonien können ein Zeichen ↑ epileptischer Anfälle sein (↑ myoklonischer Anfall) und kommen zum Beispiel bei der ↑ juvenilen myoklonischen Epilepsie oder der ↑ myoklonisch-astatischen Epilepsie vor. Myoklonien können aber auch andere Ursachen haben und müssen auch kein Zeichen einer Erkrankung sein. Fast jeder Mensch hat zum Beispiel abends beim Einschlafen harmlose leichte Myoklonien (↑ Einschlafmyoklonien), und bei kleinen Kindern gibt es die ↑ gutartigen Myoklonien der frühen Kindheit, die ebenfalls nichts mit einer Epilepsie zu tun haben.

**myoklonisch** | »Myo« steht für Muskel und »klonisch« für ↑ Zuckungen; entsprechend bedeutet myoklonisch mit (unwillkürlichen) ↑ Muskelzuckungen einhergehend.

**myoklonisch-astatische Epilepsie** | ↑ Myoklonisch bedeutet mit (unwillkürlichen) ↑ Muskelzuckungen einhergehend und ↑ astatisch steht für mit Hinfallen verbunden. Eine myoklonisch-astatische Epilepsie ist eine in der Vorschulzeit beginnende Form der Epilepsie mit myoklonisch-astatischen Anfällen bei allen Kindern auch anderen Anfallsformen und bei etwa der Hälfte einem günstigen Verlauf. Eine andere Bezeichnung für diese Erkrankung lautet ↑ Doose-Syndrom.

**myoklonischer Anfall** | Bei einem myoklonischen Anfall kommt es zu ↑ epileptisch bedingten ↑ Myoklonien. Meistens beginnen die Myoklonien in den Armen, und sehr oft treten sie morgens kurz nach dem Aufwachen auf. Diese Zuckungen können auch dazu führen, dass man hinfällt. Bei einem myoklonischen Anfall kann es zu einem kurzen Verlust des ↑ Bewusstseins kommen, der sich jedoch wegen der sehr kurzen ↑ Anfallsdauer praktisch nicht bemerkbar macht. Ein myoklonischer Anfall ist eine Form ↑ generalisierter Anfälle.

# N · n



**Napoleon** (1762–1821) | Napoleon Bonaparte war ein genialer französischer Feldherr, der einmal über einen Großteil Europas herrschte. Er wurde auf Korsika geboren und hatte als General und später Oberbefehlshaber der französischen Armee viel Erfolg, weil er sehr klug war und Menschen sehr gut führen konnte.

Er führte seine Soldaten in Schlachten gegen die Armeen des damaligen Preußen (heute Teil von Deutschland), Österreichs und Italiens und erzielte große Siege. 1804 ließ er sich zum Kaiser von Frankreich krönen.

Nach vielen erfolgreichen Jahren wurde seine Armee schließlich in Russland besiegt – allerdings nicht durch Soldaten, sondern durch das extrem kalte Wetter. Seine Truppen waren nicht mehr fähig zu kämpfen, auch weil sie an Kälte und Hunger nicht gewöhnt waren. 1815 endete seine Regierungszeit, nachdem er in der Schlacht von Waterloo von den Engländern endgültig geschlagen wurde.

Auch Napoleon soll eine ↑ Epilepsie gehabt haben; er ist ein gutes Beispiel dafür, wie Menschen mit einer Epilepsie zur absoluten Spitze aufsteigen können.

**Narkolepsie** | Dies ist die medizinische Fachbezeichnung für eine Krankheit, bei der man unter anderem auch kurz das ↑ Bewusstsein verlieren und hinfallen kann. Das Hauptproblem ist aber eine verstärkte Einschlafneigung. Die Narkolepsie gehört zu den Erkrankungen, die mit einer ↑ Epilepsie verwechselt werden können (↑ Differenzialdiagnose).

**Natrium** | Natrium ist ein kleiner, aber dennoch sehr wichtiger Stoff, ohne den wir nicht leben könnten. Natrium ist in fast allen Zellen Deines Körpers enthalten und kommt auch in der Natur vielfältig vor. Zum Beispiel besteht Kochsalz zur Hälfte aus Natrium und auch Mineralwasser enthält Natrium. Eine wichtige Eigenschaft der kleinen Natriumteilchen ist, dass sie ↑ elektrisch geladen sind. Deswegen spielen sie auch eine wichtige Rolle beim normalen Funktionieren der ↑ Nervenzellen in Deinem ↑ Gehirn. Neben Natrium spielen auch noch eine Reihe anderer vergleichbarer Teilchen eine Rolle, unter anderem Kalium und Kalzium.

Kochsalz besteht zu 50 % aus Natrium.

N

**Natriumkanal** | Als Natriumkanal bezeichnet man in der medizinischen Fachsprache die Durchtrittsstelle für ↑ elektrisch geladene Natriumteilchen durch die Wand von Nervenzellen. Wie bei einem Kanal, der zwei Meere verbindet, verbindet der Natriumkanal die Innen- und Außenseite von ↑ Nervenzellen und wie bei einem Kanal zwischen Meeren ist auch dieser Kanal nicht immer offen. Das ist deswegen wichtig, weil normalerweise außerhalb der Nervenzelle sehr viel mehr Natriumteilchen sind als innerhalb. Nur wenn der Kanal offen ist, können Natriumteilchen in die Zelle strömen, wodurch die Nervenzelle funktionieren oder »arbeiten« kann. Die Arbeit von Nervenzellen besteht darin, Signale an andere Nervenzellen zu übertragen. Da Du in Deinem ↑ Gehirn viele Milliarden Nervenzellen hast, kannst Du Dir sicher vorstellen, dass dies ziemlich kompliziert ist. Bisher hat man es auch mit den allermodernsten ↑ Computern noch nicht geschafft, diese Leistung unseres Gehirns zu übertreffen. Bei einem ↑ epileptischen Anfall ist oft die Steuerung des Natriumkanals gestört und viele ↑ Antiepileptika wirken über eine Beeinflussung des Natriumkanals.

N

**Nebenwirkungen (NW)** | Nebenwirkungen von ↑Medikamenten sind meist unerwünschte, störende und unter Umständen schädliche Wirkungen. Obwohl Medikamente zur Heilung und Linderung von Krankheiten und Beschwerden gedacht sind, können sie auch selbst die Ursache von Problemen sein. Zum Beispiel kann Penicillin, das oft zur Behandlung von Entzündungen gegeben wird, bei manchen Menschen einen ↑allergischen Hautausschlag hervorrufen. Die meisten Nebenwirkungen stören oder sind unerwünscht; deswegen werden sie auch Störwirkungen oder unerwünschte Wirkungen genannt. Ausnahmsweise kann eine Nebenwirkung auch erwünscht sein, wenn man zum Beispiel übergewichtig ist durch ein Medikament abnimmt.

Wie andere Medikamente können auch ↑Antiepileptika Nebenwirkungen haben. Du und Deine Eltern sollten über mögliche Nebenwirkungen Bescheid wissen, so dass bei auftauchenden Problemen rasch gehandelt werden kann. Glücklicherweise sind die meisten Nebenwirkungen recht harmlos, und viele Kinder und Jugendliche bemerken überhaupt keine Nebenwirkungen. Beispiele sind ↑Haarausfall, ↑Hautausschlag, ↑Gewichtsabnahme, ↑Gewichtszunahme, ↑Gleichgewichtsstörungen, ↑Konzentrationsstörungen, ↑Müdigkeit oder ein unwillkürliches »Augenrucken« (↑Nystagmus). Wenn Du dich unter Medikamenten zum Beispiel müde und verlangsamt oder auch eigenartig »reizbar« fühlst, Schwierigkeiten beim Konzentrieren oder Lernen hast, kann dies unter Umständen ebenso wie Bauchschmerzen oder ein juckender Hautausschlag eine Nebenwirkung sein. Mache bitte sofort Deine Eltern darauf aufmerksam, die sich gegebenenfalls auch rasch mit Deinem behandelnden Arzt in Verbindung setzen müssen.

**In keinem Fall solltest Du ohne Rücksprache mit dem behandelnden Arzt die Einnahme der Medikamente unterbrechen!**

**neonatale Anfälle** | Dies ist eine andere Bezeichnung für ↑Neugeborenenanfälle.

**Nervenarzt** | Ein Nervenarzt ist ein Arzt für ↑Neurologie und ↑Psychiatrie für erwachsene Patienten.

**Nervensystem** | Das Nervensystem verbindet alle ↑Nervenzellen Deines Körpers miteinander. Die Nerven von Armen und Beinen sowie Bauch und Brustkorb sammeln sich im ↑Rückenmark, von wo aus ihre ↑elektrischen Botschaften zum ↑Gehirn geschickt werden beziehungsweise Botschaften des Gehirns an Arme und Beine weitergegeben werden. Die Nervenzellen werden in der medizinischen Fachsprache auch Neurone genannt. Das Nervensystem des Körpers wird in zwei Abschnitte unterteilt – das zentrale Nervensystem und das periphere Nervensystem. Das zentrale Nervensystem oder ZNS besteht neben dem Gehirn und Rückenmark auch noch aus den Sehnerven. Das Gehirn ist für Dinge wie ↑Gedächtnis, Denken, Empfinden und Verstehen verantwortlich. Es empfängt Botschaften von Nerven außerhalb des Gehirns und verarbeitet sie, bevor es eine Rückmeldung gibt. Das periphere Nervensystem liegt außerhalb des Gehirns und Rückenmarks. Beim peripheren Nervensystem werden nochmals drei größere Teile unterschieden

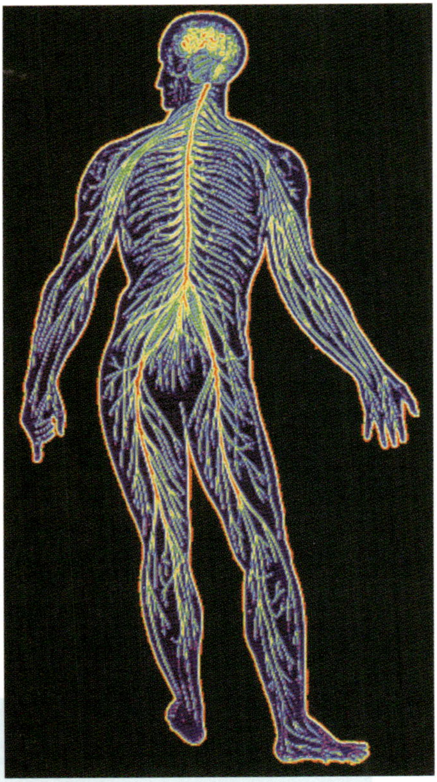

Das Zentralnervensystem besteht aus dem ↑Gehirn und ↑Rückenmark. Aus dem Rückenmark gehen 31 Nervenpaare ab. Diese bringen Informationen des Zentralnervensystems zu den verschiedenen Abschnitten des Körpers und von dort aus auch wieder zurück zum Gehirn.

N

– das motorische Nervensystem, das sensible beziehungsweise sensorische Nervensystem und das autonome Nervensystem. Das motorische Nervensystem ist für die Bewegungen der Muskulatur verantwortlich. Wenn wir beispielsweise gehen, senden Nervenzellen des Gehirns und Rückenmarks den Muskeln der Beine Botschaften. Gleichzeitig werden von Nervenzellen in den Muskeln Botschaften zurück zum Gehirn geschickt, wo sie ununterbrochen verarbeitet werden. Dabei sendet das Gehirn immer wieder neue Botschaften aus, die sicherstellen, dass die Muskeln richtig bewegt werden. Das sensible beziehungsweise sensorische Nervensystem verarbeitet Berührungs- und Schmerzempfindungen sowie andere Wahrnehmungen. Zum Beispiel verarbeitet das Gehirn Botschaften, die vom Auge geschickt werden, um das Sehen von klaren Bildern zu ermöglichen, oder Botschaften von den Ohren, um ein eindeutiges Hören zu ermöglichen. Gleiches gilt für das Riechen oder das Wahrnehmen von Berührungen und das Erfreuen an einem guten Essen.



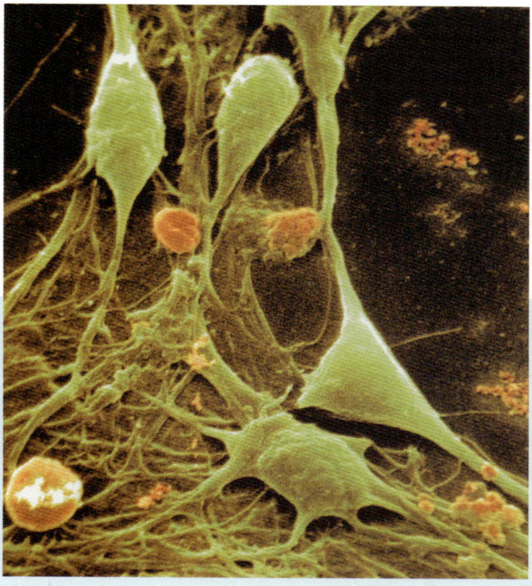

Dies ist ein stark (fast 1.000-mal) vergrößertes Bild von Neuronen der Rinde des Großhirns, dem außen liegenden Teil des Gehirns. Man kann sowohl den Zellkörper jedes Neurons als auch sein Axon sehen. Auch ein Netz kleiner Dendriten ist erkennbar.

Das autonome Nervensystem ist für die sozusagen automatisch ablaufenden Vorgänge des Körpers verantwortlich. Im ⇡ Schlaf stellt es beispielsweise sicher, dass wir weiter atmen und hält uns somit am Leben. Wenn wir essen, stellt das autonome Nervensystem an unseren Därmen sicher, dass wir alle lebensnotwendigen Stoffe aus der Nahrung aufnehmen. Das autonome Nervensystem ist auch dafür verantwortlich, dass wir schwitzen, wenn es uns zu heiß ist, frieren, wenn es uns zu kalt ist und unser Herz schneller schlägt, wenn wir erschrecken, rennen oder uns ärgern.

Zu epileptischen ⇡ Anfällen kommt es, wenn die Nervenzellen im Gehirn ihre Botschaften nicht mehr normal weitergeben, sondern zunehmend viele Zellen sich gewissermaßen gegenseitig »aufschaukeln«. Weil letztlich alle Abläufe des Körpers durch unser Nervensystem kontrolliert werden, ist es eigentlich nicht erstaunlich, dass es bei einem epileptischen Anfall im Gehirn zu einem vorübergehenden Verlust der Kontrolle über Körperabläufe kommt.



**Nervenzelle** | Der menschliche Körper besteht aus kleinsten Teilen, die auch Zellen genannt werden. Als Nervenzellen (in der Fachsprache: Neurone) werden die Zellen des ⇡ Nervensystems bezeichnet, die mit der eigentlichen Aufgabe zu tun haben, also dem Aussenden, Empfangen und Verarbeiten von schwachen elektrischen ⇡ Impulsen als Grundlage unseres Denkens, Empfindens und Handels. Außer den Nervenzellen gibt es im Nervensystem wie in jedem anderen ⇡ Organ unseres Körpers auch Zellen, die zum Beispiel für die Durchblutung und Ernährung verantwortlich sind oder eine Stützfunktion haben. Nervenzellen sind so klein, dass sie ohne Mikroskop nicht zu erkennen sind. Die Nervenzellen haben einen als Zellkörper bezeichneten Hauptteil sowie einen langen und mehrere kurze Fortsätze, die wie Kabel funktionieren. Über den langen Fortsatz (in der Fachsprache auch Axon bezeichnet) sendet die Nervenzelle Nachrichten an andere Nervenzellen aus. Die kurzen Fortsätze (in der Fachsprache auch als Dendriten bezeichnet) dienen als eine Art Antenne zum Empfang der Impulse anderer Zellen. Diese zahlreichen Verbindung der Nervenzellen untereinan-

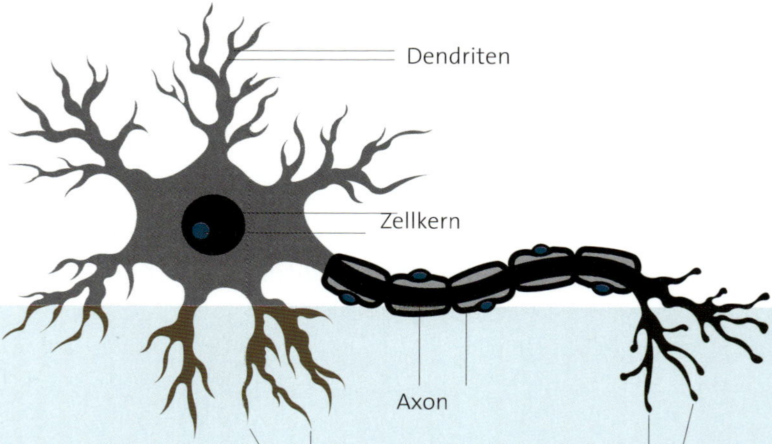


N

derführen zu einem unvorstellbar komplizierten Netzwerk. Dieses Netzwerk ermöglicht, dass die Botschaften einer Nervenzelle von vielen anderen empfangen werden können. Die schwachen elektrischen Impulse als Grundlage der Botschaften werden in den einzelnen Nervenzellen fortgeleitet und durch ↑ chemische ↑ Botenstoffe von einer Nervenzelle auf die andere übertragen.

**Eine durchschnittliche Nervenzelle des Gehirns hat zwischen 1.000 und 10.000 Verbindungen mit anderen Nervenzellen. Es gibt so viele Verbindungen zwischen all den Zellen in Deinem Gehirn, dass es 32 Millionen Jahre dauern würde, wenn Du jede Sekunde eine davon zählen würdest!**

Ein neugeborenes Baby hat mehr Nervenzellen in seinem Gehirn als ein Professor! Der Grund dafür, dass das Gehirn eines Erwachsenen dennoch größer ist als das eines Kindes, liegt darin, dass es im Laufe der Jahre mit anderen Arten von durchblutenden, ernäh-

renden und unterstützenden Zellen aufgefüllt wird, nicht jedoch mit Nervenzellen.
Während des ganzen Lebens kommt es im Gehirn zum Verlust von Nervenzellen, und im Gegensatz zu den Zellen in anderen Körperabschnitten wachsen diese nicht nach. Erwachsene verlieren jeden Tag Tausende von Nervenzellen ihres Gehirns; glücklicherweise haben wir Menschen bei unserer ↑ Geburt so viele davon, dass dies ohne Auswirkung bleibt.



**Neugeborenenanfälle** | Neugeborenenanfälle sind ↑ epileptische Anfälle, die bei Neugeborenen auftreten, das heißt also in den ersten vier Wochen nach der ↑ Geburt. Bei Neugeborenen gibt es viel mehr unterschiedliche ↑ Anfallsformen als bei älteren Kindern und Jugendlichen. Oft zeigen diese Anfälle aber noch nicht die für ältere Kinder und Jugendliche typischen, üblicherweise erkennbaren Zeichen und Abläufe. So können sie beispielsweise nur einem kurzen Abweichen der Augen nach einer Seite, einem Zucken oder Flattern der Augenlider, Schmatz-, Schluck-, Kau- oder Saugbewegungen, einem Rudern oder Strampeln der Arme oder Beine, einer kurzen Atempause, Blässe der Haut oder vermehrtem Speichelfluss bestehen.

**Neurochirurg** | Dies ist die Bezeichnung für einen Arzt, der am ↑ Gehirn oder ↑ Nervensystem operiert. Die Möglichkeit der operativen Behandlung einer ↑ Epilepsie besteht zwar nur bei wenigen Kindern und Jugendlichen. Bei diesen sollte aber frühzeitig (zum Beispiel vor Beginn einer Berufsausbildung) daran gedacht werden (↑ Epilepsiechirurgie).

**Neurologe** | Ein Neurologe ist ein Arzt mit spezieller Ausbildung und Erfahrung in der Behandlung von Krankheiten des ↑ Gehirns und des ↑ Nervensystems. Manche dieser Ärzte haben ein besonderes Interesse an ↑ Epilepsie und beraten andere Ärzte im Krankenhaus oder auch Hausärzte, wie sie Menschen mit einer Epilepsie am besten behandeln sollen. Neurologen behandeln in erster Linie

Erwachsene. Kinder und Jugendliche sollten von einem Arzt für Kinder- und Jugendmedizin oder ⇡ Neuropädiater betreut werden.

**Neurologie** | Neurologie ist die Lehre von den Krankheiten des ⇡ Gehirns, ⇡ Rückenmarks, peripheren ⇡ Nervensystems und der ⇡ Muskulatur. Ein Arzt für Neurologie wird auch ⇡ Neurologe genannt.

N

**neurologischer Status** | Dies ist eine andere Bezeichnung für den ⇡ körperlichen Untersuchungsbefund im Bereich des ⇡ Nervensystems und der Muskulatur.

**Neuron** | Dies ist eine andere Bezeichnung für ⇡ Nervenzelle.

**Neuropädiater** | Ein Neuropädiater ist ein Kinderarzt beziehungsweise Arzt für Kinder- und Jugendmedizin mit einer speziellen Ausbildung und Erfahrung in der Behandlung von Krankheiten und Störungen des ⇡ Nervensystems bei Kindern und Jugendlichen. Viele dieser Ärzte haben ein besonderes Interesse an ⇡ Epilepsie und sind Experten in der Behandlung von Kindern und Jugendlichen mit ⇡ epileptischen Anfällen. In manchen Ländern wie beispielsweise der Schweiz gibt es die Bezeichnung Neuropädiater bereits längere Zeit, in Deutschland ist dies erst seit wenigen Jahren der Fall.

Hier sieht man links einen Neuropädiater (Dr. Richard Appleton, einer der beiden Verfasser dieses Buches) mit einer Familie, bei der eines der drei Kinder eine Epilepsie hat. Besonders zu Beginn einer Behandlung, aber auch später kann es von Zeit zu Zeit nützlich sein, wenn mehrere Familienmitglieder mit zum Arzt kommen.

**Neuropädiatrie** | Neuropädiatrie ist Lehre von den Krankheiten des ↑ Gehirns und des ↑ Nervensystems bei Kindern und Jugendlichen. Ein Arzt für Neuropädiatrie wird auch ↑ Neuropädiater, Kindernervenarzt oder Kinderneurologe genannt.

**Neuropsychologe** | Ein Neuropsychologe ist ein ↑ Neurologe oder ↑ Psychologe mit zusätzlicher Ausbildung zur Untersuchung der Zusammenhänge zwischen dem ↑ Gehirn und Verhaltensweisen wie Wahrnehmung, Lernfähigkeit, Sprachverarbeitung und ↑ Gedächtnis. Er überprüft die Leistungsfähigkeit der verschiedenen Abschnitte des Gehirns, meist durch eine ↑ neuropsychologische Testung.



**neuropsychologische Testung / neuropsychologische Untersuchung** | Eine neuropsychologische Testung oder Untersuchung ist die Überprüfung der Leistungsfähigkeit des ↑ Gehirns mit bestimmten Aufgaben, die unter anderem die Wahrnehmung, Lernfähigkeit, Sprachverarbeitung und das ↑ Gedächtnis überprüfen. Von diesen Aufgaben weiß man, wie rasch und vollständig sie normalerweise gelöst werden und kann durch einen Vergleich der Ergebnisse feststellen, ob eine Störung vorliegt und wie stark diese ist.
Solltest Du nennenswerte Schwierigkeiten mit dem Lernen in der Schule haben, kann eine neuropsychologische Untersuchung Dir und Deinen Eltern helfen, die Ursachen besser zu verstehen und entsprechende Hilfen einzuleiten.

**Neurostatus** | Dies ist eine andere Bezeichnung für ↑ körperlichen Untersuchungsbefund.

**nichtepileptischer Anfall** | Ein nichtepileptischer Anfall ist ein ↑ Anfall, der wie ein ↑ epileptischer Anfall aussieht, jedoch entweder eine andere körperliche oder eine ↑ psychische Ursache hat. Ein körperlich bedingter nichtepileptischer Anfall kann zum Beispiel Folge einer Kreislaufstörung sein. Ein psychisch bedingter nichtepileptischer Anfall ist oft unbewusster Ausdruck von ↑ Angst oder sonstiger Probleme (↑ psychogener Anfall). Bei nichtepileptischen Anfällen können fast alle Anzeichen epileptischer Anfälle vorliegen, weshalb sie manchmal nur sehr schwer von epileptischen Anfällen zu unterscheiden sind. Auch psychisch bedingte nichtepileptische Anfälle sind »echte« Anfälle und oft ebenso schwierig zu behandeln.



**nichtkonvulsiver Anfall** | Dies ist ein ↑ epileptischer Anfall ohne stärkere Bewegungen oder Muskelzuckungen. Beispiele für nichtkonvulsive Anfälle sind ↑ Absencen, ↑ fokal-sensible Anfälle, ↑ fokal-sensorische Anfälle oder ↑ komplex-fokale Anfälle.

**Niedergeschlagen / Niedergeschlagenheit** | Wenn eine Epilepsie diagnostiziert wurde, kommt es meist verständlicherweise zunächst zu einer Niedergeschlagenheit. Niemand ist gerne krank, und erst recht freut man sich nicht über eine Krankheit, die einen über Jahre oder sogar Jahrzehnte begleitet und einen noch dazu zeitweise so »außer Gefecht« setzt, dass man nichts davon mitbekommt. Das Gefühl, den ↑ epileptischen Anfällen mehr oder weniger machtlos ausgeliefert zu sein, kann eine Belastung sein, an die man sich zuerst einmal gewöhnen muss.

**Nieren** | Die Nieren zählen zu den wichtigsten ↑ Organen Deines Körpers. In den Nieren wird das Blut »gewaschen« und die überflüssigen Stoffe werden im Urin ausgeschieden. Dies geschieht auch mit ↑ Antiepileptika, weshalb Du mindestens zweimal am Tag neue Tabletten einnehmen musst.

**Nikotin** | Nikotin ist einer der gesundheitsschädlichen Stoffe, den der Körper neben Rußpartikeln und Kohlenmonoxid beim ↑ Rauchen aufnimmt. Allerdings haben weder Nikotin noch andere beim Rauchen aufgenommen Stoffe einen nennenswerten Einfluss auf die Häufigkeit oder Schwere epileptischer Anfälle (siehe auch ↑ Rauchen).

**Nitrazepam (NZP)** | Nitrazepam ist der Name für den ↑ Wirkstoff in einem heute nur noch selten eingesetzten ↑ Antiepileptikum zur Behandlung des ↑ Lennox-Gastaut-Syndroms oder ↑ West-Syndrom; siehe auch die Tabellen auf S. 210 ff. am Ende des Buches.

**Noncompliance** | Noncompliance ist der Fachbegriff für mangelnde oder fehlende ↑ Compliance. Unregelmäßig oder vorübergehend überhaupt nicht eingenommene ↑ Antiepileptika sind ein häufiger Grund für unnötige und manchmal sogar gefährliche ↑ Anfallsrezidive.

N

**nonkonvulsiver Anfall** | Dies ist eine andere Bezeichnung für einen ↑ nichtkonvulsiven Anfall.

**Notfall** | Ein Notfall liegt bei einer ↑ Epilepsie dann vor, wenn es zu einem ungewöhnlich schweren oder langen ↑ epileptischen Anfall kommt oder wenn es bei einem Anfall zu einer Verletzung oder anderen ↑ Komplikation gekommen ist, die sofort versorgt werden muss. Ein Notarzt ist ein Arzt, der zu einem ↑ Notfall gerufen wird, wenn es nicht möglich ist, dass man selbst zu seinem Haus- oder ↑ Facharzt geht oder dass dieser vorbeikommt. Bei einer bekannten ↑ Epilepsie und einem »üblichen« Anfall ist es nicht erforderlich, den Notarzt zu rufen.

**Die wichtigsten Gründe, einen Arzt oder Krankenwagen zu rufen:**

- Erster Anfall beziehungsweise Anfall bei jemandem, bei dem keine Epilepsie bekannt ist.
- Zweiter Anfall innerhalb einer halben Stunde, ohne das Bewusstsein zu erlangen (Ausnahme: Absencen und Myoklonien).

- Anfallsdauer mehr als fünf Minuten oder mehr als zwei Minuten länger als bei dem Betreffenden sonst üblich.
- Über mehr als eine halbe Stunde anhaltende Verwirrtheit nach einem Anfall.
- Schwere Verletzungen aufgrund des Anfalls.
- Sonstige Besonderheiten wie Schwangerschaft oder Begleitkrankheiten.



**Notfallausweis** | In einem Notfallausweis kannst Du oder Deine Eltern Informationen darüber eintragen, welche ↑ Epilepsieform und ↑ Anfallsformen Du hast, welche ↑ Antiepileptika Du benötigst und wer bei einem ↑ epileptischen Anfall benachrichtigt werden soll. Diese Angaben können auch auf einer einfachen Karte stehen oder zum Beispiel als ↑ SOS-Talisman in einem Arm- oder Halsband eingetragen sein.

**Notfallmedikament** | Bei einem ↑ Notfall kann es erforderlich sein, dass Dir Deine Eltern oder andere Menschen ein rasch wirksames ↑ Antiepileptikum verabreichen. Dazu sind in erster Linie so genannte Benzodiazepine wie Diazepam, Lorazepam oder Midazolam geeignet. Diazepam (z.B. Sterolid oder Valium) kann kleinen Kindern z. B. als so genannte ↑ Rektiole in den Darm gegeben werden, für ältere Kinder und Jugendliche stehen ↑ Lorazepam (z. B. Tavor oder Tavor expidet bzw. Temesta oder Temesta expidet [in der Schweiz]) oder Midazolam (z. B. Dormicum ) auch als Tabletten und manchmal auch als Nasenspray zur Verfügung (siehe auch Tabelle S. 210 ff.).

**nüchtern** | Üblicherweise ist mit nüchtern gemeint, dass man keinen Alkohol getrunken hat oder dies schon einige Zeit her ist. In der Medizin ist damit aber auch gemeint, dass man noch nichts gegessen hat. So werden beispielsweise viele ↑ Bluntuntenuntersuchungen am besten morgens nüchtern durchgeführt, also vor dem Frühstück.

# O · o

**Offenheit |** ⇡ Epilepsie braucht Offenheit. Es nützt Dir auf Dauer nichts, wenn Du Dich versteckst. Es gibt keinen Menschen, der nicht irgendwann irgendwelche gesundheitlichen Probleme hat. Steh zu Dir und Deiner Epilepsie. Es gibt nur wenige Dinge, die Du wegen der Epilepsie nicht oder nur mit Einschränkungen tun kannst. Sprich daher mit Deinen ⇡ Freunden und ⇡ Lehrern über Deine Epilepsie.



**Off-label-Use / Off-label-Anwendung |** Off label kommt aus dem Englischen und bedeutet bei ⇡ Medikamenten außerhalb der ⇡ Zulassung. Damit ist gemeint, dass bei der medikamentösen Behandlung eine Abweichung von der ⇡ Dosierung, Verabreichungsart, des Altersbereiches oder der ⇡ Indikation der Zulassung erfolgt. In der Kinder- und Jugendmedizin wird aber ein Großteil der Medikamente – nicht nur bei der Behandlung einer Epilepsie – off-label angewendet. Das liegt in erster Linie daran, dass es lange Zeit üblich war, dass Pharmafirmen die für eine ⇡ Zulassung von Medikamenten erforderlichen Untersuchungen nur bei Erwachsenen durchgeführt haben und die Anwendung dann später auch auf Kinder und Jugendliche ausgedehnt wurde. Eine Off-label-Anwendung kann sehr wohl sinnvoll und erforderlich sein, der behandelnde Arzt muss dies aber vorher mit Deinen Eltern und Dir besprechen und die nötige Zustimmung einholen.

**Ohnmacht |** Eine Ohnmacht wird in der medizinischen Fachsprache als ⇡ Synkope bezeichnet.

O

**okzipital** | Okzipital bedeutet am Hinterkopf gelegen.

**Okzipitallappen** | Dies ist eine andere Bezeichnung für ↑ Hinterhauptlappen.

**Okzipitallappenepilepsie (OLE)** | Eine Okzipitallappenepilepsie ist eine ↑ Epilepsie mit vom ↑ Hinterhauptlappen des ↑ Gehirns ausgehenden ↑ Anfällen. Epilepsien mit Ausgang vom Hinterhauptlappen sind meist durch ↑ einfache fokale Anfälle gekennzeichnet, die sich aber in ↑ komplexe fokale Anfälle und auch ↑ generalisierte tonisch-klonische Anfälle ausweiten können. Die häufigste Form ist die frühe Verlaufsform der so genannten ↑ gutartigen fokalen Epilepsie des Kindesalters mit okzipitalen Paroxysmen, die kurz auch ↑ Panayiotopoulos-Syndrom genannt wird.

**Operation** | ↑ Epilepsiechirurgie.

**Organ** | Als Organ bezeichnet man in der Medizin eine mit bestimmten Aufgaben verbundene Körpereinheit. Beispiele für

Organe sind das Herz, die ↑ Leber oder die Lunge, daneben natürlich auch das ↑ Gehirn.

**organisch** | Organisch bedeutet körperlich; der Gegensatz dazu ist ↑ psychisch (seelisch).

**Orientierung** | Als Orientierung bezeichnet man in der Medizin die Fähigkeit, sich zum Raum bzw. Ort (»Wo bin ich?«), zur Zeit (»Was ist heute für ein Tag?«) oder zur eigenen Person (»Wer bin ich?«) auszukennen. All dies kann während eines ↑ epileptischen Anfalls und danach gestört oder aufgehoben sein. Nach manchen ↑ Anfallsformen ist man rasch wieder orientiert, bei anderen dauert dies länger (↑ Reorientierung).



**Originalpräparat (OP)** | Ein Originalpräparat ist der ↑ Handelsname eines ↑ Antiepileptikums oder anderen Medikaments von der Firma, die es erstmals entwickelt und zur Verfügung gestellt hat.

**Orphan-Arzneimittel / Orphan drug** | Mit diesem, aus dem Griechischen für »Waise« kommenden Wort werden ↑ Medikamente für die Behandlung seltener Krankheiten bezeichnet (in Europa: weniger als 230.000 Patienten pro Jahr oder 5 pro 10.000 Einwohner), für die eine erleichterte ↑ Zulassung möglich ist. Die beiden ↑ Antiepileptika ↑ Rufinamid und ↑ Stiripentol sind Orphan-Arzneimittel.

**Oxcarbazepin (OXC)** | Oxcarbazepin ist der Name für den ↑ Wirkstoff in einem ↑ Antiepileptikum zur Behandlung von Kindern im Alter von 1 Monat oder älter sowie Erwachsenen mit ↑ fokalen Anfällen mit oder ohne ↑ sekundär generalisierten tonisch-klonischen Anfällen alleine oder in Kombination mit anderen ↑ Medikamenten; siehe auch die Tabellen auf S. 210 ff. am Ende des Buches.

# P · p



**Panayiotopoulos-Syndrom (PS)** | Dies ist eine andere Bezeichnung für die frühe Verlaufsform der ↑ gutartigen fokalen Epilepsie des Kindesalters mit okzipitalen Paroxysmen. Da der Verlauf sich nochmals je nach Lebensalter des Kindes unterscheidet, soll hier kurz getrennt darauf eingegangen werden.

Bei Kleinkindern beginnen die ↑ epileptischen Anfälle oft mit Übelkeit, Erbrechen und einem Augenrucken (↑ Nystagmus), manchmal auch mit einer Blick- und Kopfwendung zu einer Seite, und weil es auch bei diesen Beschwerden bleiben kann, wird oft lange Zeit überhaupt nicht an die Möglichkeit einer ↑ Epilepsie gedacht. Dies ist jedoch spätestens der Fall, wenn diese Störungen in lang dauernde nächtliche ↑ »Halbseitenkrämpfe« übergehen, die nur die rechte oder die linke Hälfte des Körpers betreffen. Schließlich kann es auch zu ↑ generalisierten tonisch-klonischen Anfällen kommen. Etwa bei jedem dritten Kleinkind bleibt es bei einem einzelnen Anfall. Wenn es zu wiederholten Anfällen kommt, treten diese meist in größeren Abständen von mehreren Monaten auf.

Im Schulalter beginnen die Anfälle oft mit Sehstörungen bis zu vorübergehend einseitigem oder völligem Sehverlust, auch optischen Trugerscheinungen (z. B. helle Blitze, Streifen, Zacken, oder abnorm klein beziehungsweise groß Erscheinen von Gesehenem), oft gefolgt von einem Augenrucken oder Nystagmus. Die Anfälle können auch in andere Anfallsformen (wie bei einer typischen ↑ Rolando-Epilepsie), ↑ komplexe fokale Anfälle und auch ↑ generalisierte tonisch-klonische Anfälle übergehen. Gelegentlich werden die Anfälle wie eine ↑ Migräne mit Sehstörungen eingeleitet, und nach dem Anfall folgen migräneartige ↑ Kopfschmerzen mit Übelkeit und Erbrechen. Man nimmt daher an, dass in diesen Fällen eine Migräne den Anfall auslöst.

**parietal** | Parietal bedeutet am Scheitel gelegen.

**Parietallappen** | Dies ist eine andere Bezeichnung für ⇡ Scheitellappen.

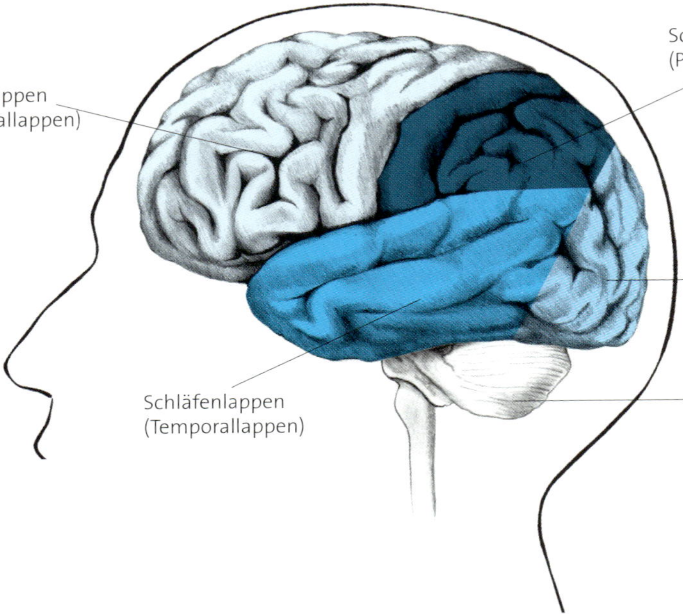


**Parietallappenepilepsie (PLE)** | Eine Parietallappenepilepsie ist eine ⇡ Epilepsie mit vom ⇡ Scheitellappen des ⇡ Gehirns ausgehenden ⇡ Anfällen; Epilepsien mit Ausgang vom Scheitellappen sind meist durch ⇡ einfache fokale Anfälle gekennzeichnet; die sich aber in ⇡ komplexe fokale Anfälle und auch ⇡ generalisierte tonisch-klonische Anfälle ausweiten können.

**paroxysmal** | Paroxysmal bedeutet anfallsweise, plötzlich auftretend. Dies trifft für viele Erkrankungen zu, unter anderem auch für ⇡ epileptische Anfälle.

P

**partieller Anfall** | Dies ist eine andere Bezeichnung für ⇡fokalen Anfall.

**Party** | Für viele Kinder und Jugendliche ist eine Party ein wichtiger Teil ihrer Freizeit. Hier können sie Musik hören, sich unterhalten und tanzen. Die weitaus meisten Kinder und Jugendlichen mit ⇡Epilepsie können weitgehend problemlos zu Partys gehen. Bei ⇡Alkohol ist allerdings Vorsicht geboten, andere ⇡Drogen wie zum Beispiel Ecstasy müssen tabu sein. Kinder und Jugendliche mit Epilepsie sollten auch nicht zu spät nach Hause kommen, damit der ⇡Schlaf ausreichend lang ist oder bei ihren Freunden bzw. Freundinnen bleiben und dort ausreichend lang schlafen.

P

**Pavor nocturnus** | Dies ist der medizinische Fachbegriff für eine bei Kindern besonders häufige Schlafstörung mit »Nachtangst«. Sie ist im Vorschulalter besonders häufig, kann aber auch bis zur Jugend und selten einmal bis ins Erwachsenenalter anhalten. Es kommt meist ein bis zwei Stunden nach dem Einschlafen plötzlich zu einem scheinbaren »Erwachen« der Kinder aus dem Tiefschlaf, wobei sie mit weit geöffneten Augen angsterfüllt wirken sowie unruhig und nicht ansprechbar sind. Am Beginn steht fast immer ein durchdringendes Kreischen oder Schreien. Häufig wehren sie sich auch gegen Zuwendungen der Eltern. Die Dauer beträgt 15 bis maximal 30 Minuten, bevor die Kinder erneut einschlafen. Am nächsten Morgen können sich die Kinder an nichts erinnern. Ein Pavor nocturnus hat nichts mit einer ⇡Epilepsie zu tun.

**Periode** | Dies ist eine andere Bezeichnung für ⇡Menstruation.

**Petit mal / Petit-mal-Anfälle** | Petit mal kommt aus dem Französischen und bedeutet »kleines Übel«. Petit-Mal-Anfälle sind ↑ epileptische Anfälle ohne Hinstürzen und heftigere ↑ motorische Störungen an Armen und Beinen, zum Teil aber mit Verlust des ↑ Bewusstseins; Beispiele: ↑ Absence, ↑ atonischer Anfall, ↑ myoklonischer Anfall, ↑ tonischer Anfall; Gegensatz: ↑ Grand-Mal-Anfall.

P

**Petit-mal-Epilepsie** | Dies ist die frühere Bezeichnung für ↑ Epilepsien ohne ↑ konvulsive Anfälle. Beispiele sind die ↑ juvenile Absencenepilepsie, die ↑ juvenile myoklonische Epilepsie oder die ↑ kindliche Absencenepilepsie.

**Phenobarbital (PB)** | Phenobarbital ist der Name für den ↑ Wirkstoff in einem ↑ Antiepileptikum zur Behandlung von ↑ Epilepsien von Kindern, Jugendlichen und Erwachsenen alleine oder in Kombination mit anderen ↑ Medikamenten. Phenobarbital war nach ↑ Kaliumbromid erst das zweite Medikament, das erfolgreich zur Epilepsiebehandlung eingesetzt wurde. Es wurde erstmals 1912 durch den deutschen ↑ Nervenarzt Alfred ↑ Hauptmann benutzt und wird auch heute noch verwendet; siehe auch die Tabellen auf S. 210 ff. am Ende des Buches.

**Phenytoin (PHT)** | Phenytoin ist der Name für den ↑ Wirkstoff in einem ↑ Antiepileptikum zur Behandlung von ↑ fokalen und ↑ sekundär generalisierten tonisch-klonischen Anfällen bei Kindern, Jugendlichen und Erwachsenen alleine oder in Kombination mit anderen ↑ Medikamenten; siehe auch die Tabellen auf S. 210 ff. am Ende des Buches.

**Photosensibilität** | Dies ist andere Schreibweise von ↑ Fotosensibilität.

**Plasmakonzentration / Plasmaspiegel** | Dies ist eine andere Bezeichnung für ↑ Blutspiegel.

**Playstation** | Playstation ist der Name für ein weit verbreitetes ↑Computerspiel.

**»Polyspike-wave-Komplexe« (PSW-Komplexe)** (Komplexe mit vielen Spitzen und langsamen Wellen) | Dieses EEG-Muster (↑Abbildung auf S. 54) wird üblicherweise bei Jugendlichen mit ↑juveniler myoklonischer Epilepsie beobachtet, daneben auch bei anderen ↑generalisierten Anfällen.

P

**Polytherapie** | Dies ist eine andere Bezeichnung für ↑Kombinationstherapie.

**postiktal** | Dies ist der medizinische Fachbegriff für die Zeit unmittelbar nach einem epileptischen Anfall. In dieser Zeit kannst Du nach manchen Anfallsformen beispielsweise noch müde sein oder nicht so recht wissen, wo Du bist und was passiert ist. Bei anderen Anfallsformen wie zum Beispiel Absencen bist Du postiktal sofort wieder »fit«.

**posttraumatische Epilepsie (PTE)** | Als posttraumatische Epilepsie wird eine ↑Epilepsie bezeichnet, die Folge einer Verletzung des ↑Gehirns ist (↑Schädel-Hirn-Trauma). Leichte Kopfverletzungen wie Prellungen, Platzwunden oder auch Gehirnerschütterungen reichen dazu allerdings nicht aus, sondern die Verletzung muss zu dauerhaften Veränderungen am Gehirn geführt haben. Oft lassen sich diese Veränderungen in der ↑Magnetresonanztomographie auch noch nach vielen Jahren nachweisen. Es kommt aber auch vor, dass sie nur vorübergehend zu sehen sind.

**Potenzial** | Als Potenzial wird ein elektrischer Spannungsunterschied oder eine Spannungsschwankung bezeichnet. Im ↑Elektroenzephalogramm (EEG) werden kleinste Spannungsunterschiede an der Kopfhaut abgeleitet, die durch an der Oberfläche des ↑ Gehirns liegende ↑ Nervenzellen verursacht werden.

**Pregabalin (PGN)** | Pregabalin ist der Name für den ↑ Wirkstoff in einem ↑ Antiepileptikum zur ↑ Kombinationsbehandlung von ↑ fokalen Anfällen mit oder ohne ↑ sekundäre Generalisierung bei Erwachsenen, die auf andere Antiepileptika ungenügend ansprechen; eine Zulassung für Kinder und Jugendliche oder zur alleinigen Kombinationsbehandlung (↑ Monotherapie) liegt nicht vor; siehe auch die Tabellen auf S. 210 ff. am Ende des Buches.



**primär generalisierte Anfälle** | Primär heißt von Anfang an und generalisiert bedeutet bei ↑ epileptischen Anfällen, dass beide Hälften des ↑ Gehirns beteiligt sind. Entsprechend sind primär generalisierte ↑ epileptische Anfälle solche, bei denen beide Hälften des ↑ Gehirns von Anfang an am Anfall beteiligt sind. Typische Beispiele bei Kindern und Jugendlichen mit ↑ Epilepsie sind ↑ Absencen oder ↑ myoklonische Anfälle. Auch ↑ generalisierte tonisch-klonische Anfälle oder ↑ Grand-Mal-Anfälle können primär generalisiert sein.

**primär generalisierte tonisch-klonische Anfälle** | Primär generalisierte tonisch-klonische (↑ Grand-Mal-) Anfälle sind von Anfang an beide Hälften des ↑ Gehirns beteiligende Anfälle, von denen man selbst vorher oder beim Beginn nichts mit bekommt.

**Primidon (PRM)** | Primidon ist der Name für den ↑ Wirkstoff in einem ↑ Antiepileptikum zur Behandlung von ↑ Epilepsien mit ↑ fokalen oder ↑ generalisierten Anfällen alleine oder in Kombination mit anderen Medikamenten; siehe auch die Tabellen auf S. 210 ff. am Ende des Buches.

**Prognose** | Unter Prognose versteht man bei einer ↑ Epilepsie wie auch bei anderen Krankheiten, wie der weitere ↑ Verlauf voraussichtlich sein wird. Wenn sie denken, dass die ↑ Anfälle eines

Menschen in der Zukunft gut kontrolliert werden können, sprechen Ärzte von einer guten Prognose. Umgekehrt wird von einer schlechten Prognose gesprochen, wenn sie eher davon ausgehen, dass die Anfälle zunehmen oder sich nicht bessern. Viele, aber leider nicht alle Kinder und Jugendlichen mit einer Epilepsie haben eine gute Prognose. Entsprechend kann bei vielen nach einer ausreichend langen ↑ Behandlungsdauer gemeinsam mit dem Arzt ein ↑ Absetzen der ↑ Medikamente vereinbart werden.



**prophylaktische Behandlung / Prophylaxe** | Dies ist eine andere Bezeichnung für ↑ vorsorgliche Behandlung.

**provozierter Anfall** | Dies ist eine andere Bezeichnung für ↑ Gelegenheitsanfall.

**Pseudoanfall** | Das ist eine missverständliche Bezeichnung für einen ↑ psychisch bedingten ↑ nichtepileptischen Anfall.

**Psychiater** | Ein Psychiater ist ein ↑ Facharzt für ↑ psychische Erkrankungen des ↑ Nervensystems. Psychiater beschäftigen sich unter anderem mit Krankheiten des Gemüts, des Verstandes und des Verhaltens. Solche Beschwerden kommen bei einer ↑ Epilepsie überzufällig häufig vor, weshalb manchmal auch (Kinder- bzw. Jugend-)Psychiater bei der Betreuung hinzugezogen werden.

**psychiatrisch** | Psychiatrisch bedeutet eine psychische oder »seelische« Krankheit betreffend.

**psychisch** | Psychisch bedeutet »seelisch«. Der Gegensatz dazu ist ↑ organisch (körperlich).

**psychogener Anfall** | Dies ist eine andere Bezeichnung für einen ↑ psychisch bedingten ↑ nichtepileptischen Anfall mit auf psychischer Grundlage entstandenen körperlichen Erscheinungen.

**Psychologe** | Ein Psychologe ist ein Fachmann für psychische Fragen. Psychologen, die sich besonders mit der Funktion des ↑ Gehirns beschäftigen, werden ↑ Neuropsychologen genannt. Psychologen können ebenso wie Ärzte auch als ↑ Psychotherapeuten tätig sein.

**psychomotorische Epilepsie** | Dies ist eine andere Bezeichnung für ↑ Temporallappenepilepsie.

**psychomotorischer Anfall** | Dies ist eine andere Bezeichnung für ↑ komplexen fokalen Anfall.

**Psychotherapeut** | Ein Psychotherapeut ist ein Fachmann zur Behandlung psychischer Störungen oder Krankheiten. Solche Beschwerden kommen bei einer Epilepsie überzufällig häufig vor.

**Pyknolepsie** | Dies ist eine andere Bezeichnung für ↑ kindliche Absencenepilepsie.

# R · r



**Rad fahren** | ↑Fahrrad fahren.

**Rauchen** | Raucher nehmen mit dem Einatmen des Zigarettenrauchs nicht nur ↑Nikotin zu sich. Zigaretten enthalten außerdem noch Teer und viele andere ↑chemische Stoffe, von denen einige abhängig machen und auch ansonsten sehr gefährlich sind. Rauchen kann ernsthafte gesundheitliche Schäden hervorrufen. Jahr für Jahr sterben weltweit hunderttausende Menschen an Lungenkrebs und anderen schädlichen Folgen des Rauchens. Auch auf die Behandlung einer ↑Epilepsie kann sich Rauchen ungünstig auswirken, indem es den Abbau mancher ↑Antiepileptika beschleunigt und dadurch ihre ↑Wirksamkeit abschwächt.

Rauchen ist ungesund, ob mit oder ohne Epilepsie!

**Rechte** | Auch mit einer Epilepsie hat man alle üblichen Rechte. Lass Dich also nicht unnötig einschüchtern oder gar bevormunden. Je besser Du selber Bescheid weißt, desto weniger kann man Dir etwas vormachen.

**Referenzbereich** | Referenzbereich ist das Fachwort für einen Bereich von Messwerten, für den eine bestimmte Bedeutung bekannt ist. Meist besteht die Bedeutung darin, dass beabsichtigt oder erwünscht ist, dass die Messwerte in diesem »Zielbereich« liegen. Für die meisten ↑Antiepileptika ist einigermaßen gut bekannt, wie viel im Blut sein sollte, damit sie eine gute Wirkung ohne ↑Nebenwirkungen haben. Diesen Bereich der Messwerte des jeweiligen ↑Wirkstoffs nennt man ihren Referenzbereich. Wenn der Messwert ober- oder unterhalb davon liegt, kann dies bedeuten, dass zu viel oder zu wenig des Wirkstoffes im Blut vorhanden ist und die Einnahme angepasst werden sollte. Allerdings gibt der Referenzbereich nur einen Hinweis und seine Grenzen sind nicht bindend. Es kann also durchaus sein, dass Dein Blutspiegel unter- oder auch oberhalb davon liegt und der Arzt bei guter Wirksamkeit und Verträglichkeit dennoch keinen Grund für eine Änderung der ↑Dosis sieht. Eine andere Bezeichnung für Referenzbereich lautet »therapeutischer Bereich«.



**Reisen** | ↑Ferien, ↑Flugreisen, ↑Klassenfahrten.

**Reorientierung** | Als Reorientierung bezeichnet man in der Medizin die erneute ↑Orientierung (»Wiederbesinnung«) nach einer vorübergehenden Störung. Nach manchen ↑epileptischen ↑Anfallsformen mit Störung des ↑Bewusstseins kann die Reorientierung sehr rasch innerhalb von Sekunden erfolgen (zum Beispiel bei ↑Absencen), nach anderen kann dies Minuten oder sogar Stunden dauern (zum Beispiel bei ↑generalisierten tonisch-klonischen Anfällen oder bei ↑komplexen fokalen Anfällen).

**Rolando-Epilepsie (RE)** | Die Rolando-Epilepsie ist eine nach dem italienischen Arzt Luigi Rolando (1773–1831) benannte, nur bei Kindern und Jugendlichen vorkommende ↑gutartige fokale ↑Epilepsie mit besonders in der Nacht auftretenden ↑fokalen Anfällen. Ihren Namen hat sie von dem beteiligten Abschnitt im ↑Gehirn, der so genannten Rolando-Region im ↑Frontal- oder ↑Stirnlappen. Rolando-Epilepsien kommen bei Jungen fast doppelt so häufig vor wie bei Mädchen und machen 15 bis 20 Prozent aller ↑Epilepsien bei Kindern und Jugendlichen aus. Sie heilen fast immer in der ↑Pubertät aus. Meist gehen sie nur mit vergleichsweise wenigen Anfällen einher. Wenn sie überhaupt mit ↑Antiepileptika behandelt werden (wobei sich besonders ↑Sultiam bewährt hat), ist dies nur für wenige Jahre erforderlich.

**Ronaldo** | Ronaldo ist ein brasilianischer Fußballspieler, der vor etwa zehn Jahren längere Zeit ein großer Star war. In der Nacht vor dem Endspiel um die Fußballweltmeisterschaft 2002 zwischen Frankreich und Brasilien hat er einen ↑epileptischen Anfall gehabt. Am nächsten Tag hat er zwar nicht ganz so gut gespielt wie sonst, dennoch ist er mehrfach zum Weltfußballer des Jahres gewählt worden.



**Röntgenstrahlen** | Normale Röntgenstrahlen zur Untersuchung gebrochener Knochen helfen bei der Suche nach der ↑Ursache einer ↑Epilepsie selten weiter. Besondere Techniken bei einer ↑Computertomographie können dabei manchmal sinnvoll sein. Meistens wird heute dazu jedoch eine ↑Magnetresonanztomographie durchgeführt, die noch genauer ist und ohne Röntgenstrahlen auskommt.

**Rückenmark** | Das Rückenmark ist der Teil des ↑Zentralnervensystems, der außerhalb des ↑Gehirns innerhalb der Wirbelsäule liegt. Wahrscheinlich können auch die ↑Nervenzellen des Rückenmarks ↑epileptische Entladungen haben.

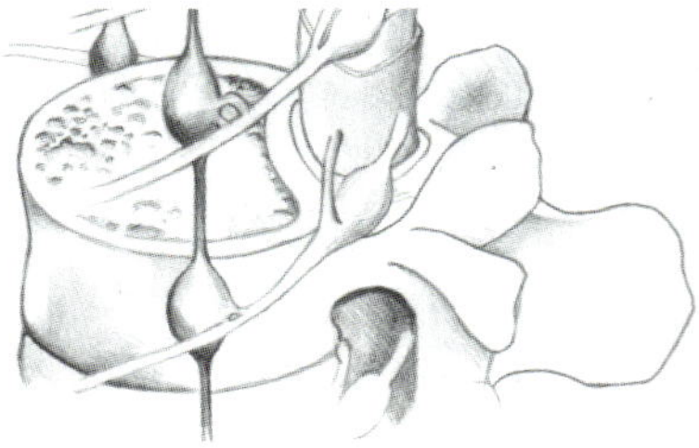

**Rufinamid (RUF)** | Rufinamid ist der Name für den ↑Wirkstoff in einem ↑Antiepileptikum zur Zusatztherapie zur Behandlung von Anfällen bei Lennox-Gastaut-Syndrom ab dem vierten Lebensjahr; siehe auch die Tabellen auf S. 210 ff. am Ende des Buches.

# S · s



**Sandifer-Syndrom** | Dieses nach einem englischen Arzt benannte Syndrom bezeichnet ein meist im Liegen auftretendes Zurücklaufen von Magensäure in die Speiseröhre, was schmerzhaft ist. Es handelt sich um eine ↑ nichtepileptische Störung, die mit einer ↑ Epilepsie verwechselt werden kann (↑ Differenzialdiagnose), weil die betroffenen Kinder plötzlich eine verkrampfte Haltung einnehmen.

**Sauerstoff** | Sauerstoff ist ein lebenswichtiges Element. Er wird im Blut transportiert und kommt so in das ↑ Gehirn und alle anderen ↑ Organe des Körpers. Unser Gehirn kann ohne ausreichende Zufuhr von Sauerstoff nicht normal arbeiten.

**Schädel-Hirn-Trauma (SHT)** | Schädel-Hirn-Trauma ist Sammelbezeichnung für ↑ Kopfverletzungen mit Beteiligung des ↑ Gehirns.

**Schädelprellung** | Eine Schädelprellung ist eine leichte Form einer Kopfverletzung, bei der das ↑ Gehirn nicht in Mitleidenschaft gezogen wird. Viele Kinder und Jugendliche ziehen sich zum Beispiel beim ↑ Sport einmal eine Schädelprellung zu. Du und Deine Eltern müssen nicht befürchten, dass sich Deine ↑ Epilepsie dadurch verschlechtert.

**Schauderattacke** | Eine Schauderattacke ist ein kurz dauernder, einem Frösteln ähnelnder ↑ nichtepileptischer Anfall von Säuglingen und Kleinkindern, der so aussieht, als wäre dem Kind kaltes Wasser über den Körper gegossen worden. Schauderanfälle gehören zu den Erkrankungen, die mit einer ↑ Epilepsie verwechselt werden können (↑ Differenzialdiagnose).

S

**Scheitellappen** | Der Scheitellappen oder ↑ Parietallappen ist der Teil des ↑ Gehirns, der oberhalb der Schläfe zwischen Stirn- und Hinterhauptlappen liegt (↑ Abbildung auf S. 89). Jeder Mensch hat zwei Scheitellappen, einen auf der linken und einen auf der rechten Seite des ↑ Gehirns.

**Scheitellappenepilepsie** | Dies ist eine andere Bezeichnung für ↑ Parietallappenepilepsie.

**Schlaf** | Ein ausreichend langer Schlaf ist ein wichtiger und unverzichtbarer Teil unseres Lebens. Er dient der Erholung und Stärkung. Ohne Schlaf kommen auch gesunde Menschen nur kurze Zeit aus. Im Schlaf wird zum Beispiel in Deinem ↑ Gehirn das gefestigt, was Du tagsüber gelernt hast. Für Kinder und Jugendliche mit ↑ Epilepsie ist es besonders wichtig, dass sie regelmäßig und ausreichend viel schlafen.

**Schlaf-EEG** | Ein Schlaf-EEG ist ein während des ↑ Schlafs abgeleitetes ↑ Elektroenzephalogramm (EEG). Bei dem Schlaf kann es sich um den normalen Nachtschlaf handeln oder einen Schlaf, der durch starke Müdigkeit nach einer vollständig oder teilweise durchwachten Nacht am nächsten Morgen herbeigeführt wird (↑ Schlafentzugs-EEG).

Ein Schlaf-EEG kann oft zusätzliche wertvolle Hinweise zur ↑ Epilepsieform ergeben, besonders bei ↑ Epilepsien mit ↑ fokalen Anfällen. Bei Kleinkindern gelingt eine erfolgreiche Ableitung häufig auch tagsüber zu den üblichen Schlafzeiten, unterstützt durch vorherige ermüdende Aktivität und eine Mahlzeit. Selbst wenn man nicht richtig einschläft, zeigt eine Ableitung bei Müdigkeit oft schon mehr als ein ↑ Standard-EEG.

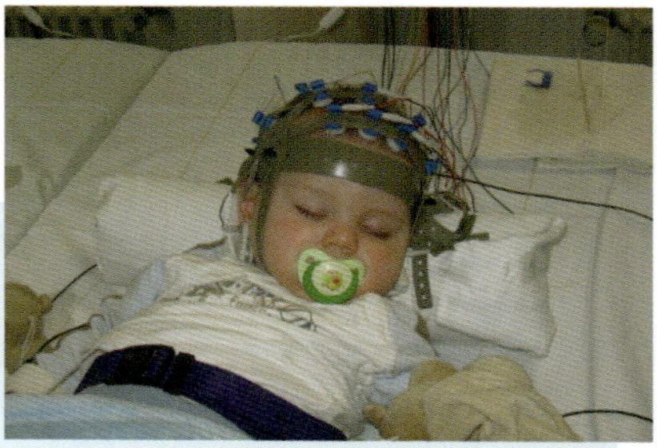

**Schläfenlappen** | Der Schläfenlappen ist der Teil des ⇡ Gehirns, der an der Schläfe, also etwa im Bereich des Ohres liegt (in der Abbildung hellblau). Er wird in der medizinischen Fachsprache auch als Temporallappen bezeichnet. Jeder Mensch hat zwei Schläfenlappen, einen auf der linken und einen auf der rechten Seite des Gehirns. Die Schläfenlappen sind sehr kompliziert aufgebaut und kontrollieren unter anderem das ⇡ Gedächtnis sowie den Geruchs- und Geschmackssinn. Sie sind auch für unser Zeitgefühl und musikalisches Empfinden sowie Sprachverständnis verantwortlich. Man kann sich also leicht vorstellen, zu welchen Problemen es kommen kann, wenn ⇡ epileptische Anfälle im Schläfenlappen ablaufen.

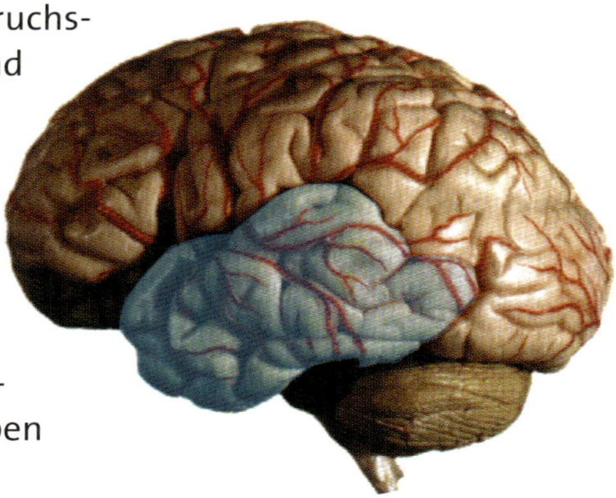

S

**Schläfenlappenepilepsie** | Dies ist eine andere Bezeichnung für ⇡ Temporallappenepilepsie.

**Schlafentzugs-EEG** | Ein Schlafentzugs-EEG ist ein nach wenig oder auch für eine Nacht völlig fehlendem ⇡ Schlaf abgeleitetes ⇡ Elektroenzephalogramm (EEG). Wenn man eine ganze Nacht oder zumindest mehrere Stunden davon wach bleibt, ist man am nächsten Morgen natürlich sehr müde. Das ist aber gewollt, weil das Ziel darin besteht, dass man während der Ableitung einschläft. Im Vergleich zu einem ⇡ Schlaf-EEG ist der Schlaf meist aber oberflächlicher und kürzer. Bei älteren Kindern und Jugendlichen muss berücksichtigt werden, in wieweit ein Schlafentzug bei der Art der vermuteten ⇡ epileptischen Anfälle beziehungsweise ⇡ Epilepsieform zu verantworten ist. Oft genügt ein sehr spätes Zubettgehen und frühes Aufstehen mit anschließender aktiver Betätigung bis zur ⇡ EEG-Ableitung. Bei einer längerem Fahrt bis zum Arzt kann dann eine zusätzliche Begleitperson nötig sein, um sicherzustellen, dass das Kind oder der Jugendliche nicht schon im Auto ein- und ausschläft. Ausnahmsweise können zum Einschlafen beim Arzt auch Schlafmittel gegeben werden.

**Schlafepilepsie** | Als Schlafepilepsie wird eine ↑ Epilepsie mit ↑ epileptischen Anfällen bezeichnet, die nur oder überwiegend im Schlaf auftreten. Dabei ist es gleichgültig, ob es sich um Nachtschlaf oder Schlaf tagsüber handelt.

S

**Schlafmangel** | Schlafmangel ist besonders bei Jugendlichen ein häufiger Auslöser von Anfällen, manchmal auch in Verbindung mit ↑ Alkohol. Obwohl dies nicht immer einfach ist, sollten Kinder und Jugendliche mit einer ↑ Epilepsie auf einen regelmäßigen und ausreichend langen ↑ Schlaf achten. Das gilt auch für das ↑ Wochenende und die ↑ Ferienzeiten.

**Schlafwandeln** | Schlafwandeln ist ein meist bei Schulkindern vorkommendes Umherlaufen im Schlaf, häufig ohne volles ↑ Bewusstsein oder spätere Erinnerung. Schlafwandeln gehört zu den Erkrankungen, die mit einer ↑ Epilepsie verwechselt werden können (↑ Differenzialdiagnose).

**Schmerzen** | ↑ Epileptische Anfälle tun nicht weh, zumindest fast nie, solange man sich dabei nicht verletzt. Das hat zunächst einmal seinen Grund darin, dass das ↑ Gehirn selbst im Gegensatz zu den umgebenden Hirn- und Knochenhäuten schmerzunempfindlich ist. Insofern erstaunt es nicht, dass vorübergehende Störungen im Gehirn auch keine Schmerzen verursachen. ↑ Komplikationen von Anfällen wie etwa ↑ Knochenbrüche oder ein Zungenbiss sind aber schmerzhaft. Außerdem ist es nicht selten, dass nach Anfällen über ↑ Kopfschmerzen oder ↑ Muskelkater geklagt wird.

**Schule / Schulausbildung** | Alle Kinder haben das Recht auf eine Schulausbildung, um sich auf das spätere Leben vorzubereiten.

Kinder mit einer ↑Epilepsie sind dabei keine Ausnahme. In der Regel kannst Du mit einer Epilepsie in allen Fächern am Unterricht teilnehmen und auch alle Hausaufgaben erledigen. Es besteht also für ↑Lehrer in der Regel kein Grund, Dich anders zu behandeln als gleich alte Kinder ohne Epilepsie. Lediglich beim ↑Sport oder Turnunterricht sind gelegentlich einzelne Vorsichtsmaßnahme zu beachten, die Du mit Deinem Arzt besprechen solltest. Es betrifft vor allem das ↑Schwimmen und Turnen an Geräten in großer Höhe. Eine Epilepsie ist auch keine Entschuldigung dafür, sich in der Schule nicht anzustrengen. Am Ende Deiner Schulzeit solltest Du genug gelernt haben, um eine ↑Berufsausbildung machen zu können und als Erwachsener im Leben zurechtzukommen.



Wenn Deine Epilepsie schwer behandelbar ist und Du trotz der ↑Medikamente immer noch viele Anfälle oder sonstige Probleme (zum Beispiel beim ↑Gedächtnis) hast, sollten Deine Eltern und Du mit Deinem Lehrer besprechen, welche Unterstützungsmöglichkeit en es für Dich gibt. Diese können zum Beispiel in einem Zeitzuschlag bei Klassenarbeiten oder Förderunterricht bestehen. Die große Mehrheit der Kinder mit Epilepsie besucht die allgemeinen, öffentlichen Schulen (z.B. Grund- und Hauptschulen, Realschulen oder Gymnasien). Manche Kinder benötigen eine zusätzliche Förderung und einige Kinder mit besonders schweren Epilepsien, bei denen die Epilepsie außerdem meist nicht das einzige Problem ist, besuchen Sonderschulen.

S

**Schwangerschaft |** Eine ⇡ Epilepsie ist kein Grund, auf Kinder zu verzichten. Dies gilt sowohl für Männer als auch für Frauen mit Epilepsie. Ihr solltet Euch aber mit einer Schwangerschaft Zeit lassen, bis Ihr sicher seid, den oder die »Richtige(n)« gefunden und auch genug Geld zu haben, um eine Familie ernähren zu können. Zur Vermeidung einer ungewollten Schwangerschaft stehen die ⇡ Antibabypille und andere Verhütungsmethoden zur Verfügung. Besprecht unbedingt mit Eurem Arzt die Sicherheit der Antibabypille unter Euren ⇡ Medikamenten!

**schwer behandelbare Epilepsie |** Eine schwer behandelbare Epilepsie spricht auf die üblicherweise wirksamen ⇡ Antiepileptika nicht an. Das heißt, trotz regelmäßiger Einnahme des oder der richtigen ⇡ Medikamente wird keine ⇡ Anfallsfreiheit erreicht, sondern es kommt weiterhin zu ⇡ epileptischen Anfällen.

**schwere frühkindliche myoklonische Epilepsie|** Dies ist eine seltene ⇡ Epilepsieform von Säuglingen mit ⇡ myoklonischen Anfällen. Ursächlich liegt bei den meisten Kindern eine Störung in einem ⇡ Gen vor, das für die Ausbildung bestimmter Orte in der ⇡ Nervenzellwand verantwortlich ist (⇡ Natriumkanäle), durch die die so genannten Elektrolyte ein- und austreten und die für die normale Tätigkeit von Nervenzellen erforderlich sind. Die betroffenen Kinder sind körperlich und geistig ansonsten im Gegensatz zur ⇡ gutartigen frühkindlichen myoklonischen Epilepsie nicht unauffällig. Eine andere Bezeichnung für diese ⇡ Epilepsieform lautet Dravet-Syndrom.

**Schwerpunktpraxis |** Eine Schwerpunktpraxis ist eine ärztliche Praxis, die sich besonders auf die Behandlung bestimmter Erkrankungen spezialisiert hat. In Deutschland gibt es derzeit etwa 35 Schwerpunktpraxen für ⇡ Epilepsie von ⇡ Kinderärzten beziehungsweise ⇡ Neuropädiatern. Ein entsprechendes Verzeichnis mit den aktuellen Adressen ist zum Beispiel bei der Deutschen Gesellschaft für Epileptologie (Adresse siehe S. 64) erhältlich.

**Schwimmen** | Jedes Kind und jeder Jugendliche mit einer ⇡ Epilepsie sollte unbedingt Schwimmen lernen. Es können dabei besondere Vorsichtsmaßnahmen erforderlich sein, diese sind aber einfach und leicht zu beachten. Am wichtigsten ist es, dafür zu sorgen, dass jemand an der Seite des Schwimmbeckens steht und bei einem ⇡ Anfall helfend eingreifen kann. Der Bademeister sollte über Deine Epilepsie informiert werden, so dass er von einem Anfall nicht überrascht wird. Sprungbretter und Sprungtürme können für Dich gefährlich sein, weil Du während eines Anfalls herunterfallen und Dich selbst oder jemand anderen verletzen kannst.



In einem überwachten Becken ist Schwimmen also für die meisten Kinder und Jugendlichen mit Epilepsie kein Problem. Dies sieht in Flüssen, Seen oder im offenen Meer aber anders aus, unter anderem wegen der Möglichkeit starker Strömungen und größeren Entfernungen. Dadurch können Rettungsbemühungen gefährlich oder sogar unmöglich werden und es droht ein ⇡ Ertrinken.

**Schwindel** | Schwindel ist ein vieldeutiges Zeichen. Unter anderem kann Schwindel ebenso wie ⇡ Doppelbilder ein Hinweis auf eine ⇡ Überdosierung von ⇡ Antiepileptika sein. Wenn Du Schwindel hast, sag immer sofort Deinen Eltern und im Zweifelsfall auch Deinem Arzt Bescheid.

**sekundär generalisierte Anfälle** | Sekundär heißt nachfolgend oder hinterher und generalisiert bedeutet bei ⇡ epileptischen Anfällen, dass beide Hälften des ⇡ Gehirns beteiligt sind. Entsprechend sind sekundär generalisierte epileptische Anfälle solche, bei denen zunächst nur ein Teil des ⇡ Gehirns beteiligt ist, von dem aus es dann zu einer Ausbreitung kommt. Dadurch wird ein

↑ fokaler Anfall zu einem ↑ generalisierten Anfall. Wenn dies geschieht, ist der generalisierte Anfall meist ein ↑ atonischer, ↑ tonischer, ↑ klonischer oder ↑ tonisch-klonischer Anfall. Typische Beispiele sind ↑ einfache oder ↑ komplexe fokale Anfälle bei einer ↑ Temporallappenepilepsie, die von meistens im Schlaf auftretenden sekundär generalisierten tonisch-klonischen Anfällen begleitet werden.



**sekundär generalisierte tonisch-klonische Anfälle |** Sekundär generalisierte tonisch-klonische oder ↑ Grand-mal-Anfälle sind eine Form sekundär generalisierter Anfälle, bei der sich ↑ fokale epileptische Anfälle zu einem »großen« Anfall ausweiten beziehungsweise weiterentwickeln.

**Selbstbewusstsein / Selbstvertrauen / Selbstsicherheit |** Manche Kinder und Jugendliche mit ↑ Epilepsie haben zumindest in der ersten Zeit nach Stellung der ↑ Diagnose Probleme mit ihrem Selbstbewusstsein. Manche schämen sich oder haben ↑ Angst, wegen ihrer Krankheit von den ↑ Freunden und Freundinnen sowie Klassenkameraden ausgelacht zu werden. Sie fühlen sich ausgegrenzt und befürchten, dass sich ihre bisherigen Vorstellungen bezüglich ihres weiteren Lebens im beruflichen oder auch privaten Bereich nicht mehr verwirklichen lassen. Weitgehend deckungsgleiche Begriffe für Selbstbewusstsein sind Selbstvertrauen oder Selbstsicherheit. Ein schwaches Selbstbewusstsein drückt aus, dass man sich im Vergleich zu seinen Freunden oder Freundinnen eher schwächer vorkommt und unsicher ist, wie man sich verhalten soll. Dies ist zwar zunächst einmal verständlich, dennoch aber auf längere Sicht meist unbegründet. Du solltest Dich von einer Epilepsie nicht davon abhalten lassen, Dein Leben zu leben und die Ziele zu verwirklichen, die Du Dir vorgenommen hast, auch wenn Du kein Pilot oder Soldat werden kannst.

**Selbsthilfegruppe |** Selbsthilfegruppen sind Gruppen von Menschen, die ein gleiches Problem oder Anliegen haben und gemeinsam etwas dagegen beziehungsweise dafür tun wollen. Es gibt auch Selbsthilfegruppen für ↑ Epilepsie, sowohl für Eltern von Kindern mit Epilepsie als auch Jugendliche mit Epilepsie.

**Selbstständigkeit** | Auch mit einer ↑ Epilepsie muss man lernen, möglichst selbstständig zu werden. Solange man noch sehr jung ist, treffen die Eltern noch viele Entscheidungen für einen. Je älter man wird, desto mehr Verantwortung muss man aber selbst für sein Leben übernehmen.

S

**Serumkonzentration (Seko) / Serumspiegel** | Dies ist eine andere Bezeichnung für ↑ Blutspiegel. Für jedes ↑ Antiepileptikum ist ein eigener Bereich der Serumkonzentration bekannt, bei dem das ↑ Medikament üblicherweise eine gute Wirksamkeit und Verträglichkeit zeigt. Das ist der ↑ Referenzbereich, der manchmal auch als ↑ therapeutischer Bereich bezeichnet wird.

**Sexualität** | Sexualität ist für Jugendliche mit ↑ Epilepsie genau so wichtig wie für ihre gleich alten Freundinnen und Freunde. Du musst keine ↑ Angst davor haben, dass es durch sexuelle Aktivität zu vermehrten ↑ Anfällen kommt. Bei der Einnahme der ↑ Antibabypille sind allerdings einige Besonderheiten zu beachten, weil sich diese und ↑ Antiepileptika gegenseitig beeinflussen können. Bei einer ↑ Schwangerschaft sind zusätzliche Fragen zu berücksichtigen.

**Skateboard** | Trotz einer ↑ Epilepsie kannst Du in aller Regel Skateboard fahren. Wie beim ↑ Fahrrad fahren solltest Du immer einen Helm und zusätzlich Gelenkschoner tragen sowie auf viel befahrenen Straßen nicht alleine unterwegs sein, solange Du nicht anfallsfrei bist.

**Somnambulie** | Somnambulie ist der medizinische Fachbegriff für ↑ Schlafwandeln.

**SOS-Talisman** | Dies ist ein Schmuckstück wie ein Hals- oder Armband, das auf einem kleinen Zettel wichtige Angaben enthält. Du oder Deine Eltern können darauf wie bei anderen ↑Notfallausweisen alle erforderlichen Angaben über Deine ↑Epilepsie eintragen.

S

**Speichelfluss** | Ein unwillkürlicher Speichelfluss aus dem Mund kommt in erster Linie bei einem ↑generalisierten tonisch-klonischen Anfall vor. Auch bei ↑komplexen fokalen Anfällen ist dies möglich.

**»Spike« (englisch = Spitze)** | Dies ist ein ↑EEG-Muster (↑Abbildung auf S. 54), das sich häufig bei einer ↑Epilepsie findet.

**»Spike« und »Sharp wave«** (englisch = Spitze und scharfe Welle) **(SSW)** | Dies ist ein ↑EEG-Muster (↑Abbildung auf S. 54), das sich häufig bei einer ↑Epilepsie findet.

**»Spike« und »Slow wave«** (englisch = Spitze und langsame Welle) **/ Spike-wave-Komplex (SWK)** | Dieses ↑EEG-Muster (↑Abbildung auf S. 54) wird üblicherweise bei Kindern mit ↑Absencen gesehen, daneben auch bei anderen ↑»Petit-Mal«-Epilepsien oder anderen ↑generalisierten Anfällen.

**Sport und Freizeitaktivitäten** | Kinder und Jugendliche mit ↑Epilepsie sollen und können fast alle Sportarten ausüben. Mannschaftsspiele wie Fußball und Volleyball oder Tennis werden von vielen tausend betroffenen Kindern ausgeübt. Auch einige berühmte Sportler haben eine Epilepsie, und es gibt keinen Grund, warum unter sportlichen Kindern mit einer Epilepsie nicht auch Berühmtheiten von morgen sein sollten.

Einige Sportarten sind für Menschen mit Epilepsie allerdings zu gefährlich. So ist das Tiefseetauchen zum Beispiel nicht zu empfehlen und dasselbe gilt für das Drachenfliegen, Boxen, den Schieß-

Ballspiele und Leichtathletik sind geeignete Sportarten.

S

| In der Regel geeignet | Bedingt geeignet | In der Regel nicht geeignet |
|---|---|---|
| Angeln (in Begleitung) | Bogenschießen | Boxen |
| Basketball | Bootfahren | Bungee-Springen |
| Bodenturnen | Eissport | Fallschirmspringen |
| Bowling | Fußball | Fechten |
| Golf | Geräteturnen | Flugsport |
| Handball | Gewichtheben | Gebirgsklettern |
| Leichtathletik | Hockey | Gleitschirmfliegen |
| Ponyreiten (in Begleitung) | Judo | Motorsport |
| Ringen | Radfahren | Rafting |
| Rudern (in Begleitung) | Reiten | Schießen (Pistolen und Gewehre) |
| Schnorcheln (in Begleitung) | Ringen | Schnorcheln (unbeaufsichtigt) |
| Schwimmen (in Begleitung) | Segeln | Schwimmen (unbeaufsichtigt) |
| Skilaufen - Langlauf | Skilaufen - leichtere Abfahrten | Skilaufen - gefährliche Abfahrten |
| Tanzen | Skateboardfahren (Helm) | Skispringen |
| Tennis | Trampolinspringen | Skydiving |
| Tischtennis | Wasserski (Weste) | Surfen |
| Volleyball | | Tiefseetauchen |

sport oder das Sportklettern und Turnen an Geräten in großer Höhe. Die Zahl der geeigneten oder zumindest mit Einschränkungen geeigneten Sportarten ist jedoch weitaus größer als die der ungeeigneten.
Wenn Du Dich für eine Sportart interessierst, solltest Du mit Deinem Arzt darüber sprechen, wie gut diese für Dich geeignet ist.



**Sportunterricht in der Schule |** Der Sportunterricht in der ↑ Schule ist wichtig für alle Kinder und Jugendlichen, einschließlich derjenigen mit einer ↑ Epilepsie. Es gibt nur sehr wenige Aufgaben und Übungen, an denen sich ein Kind oder Jugendlicher mit Epilepsie nicht beteiligen sollte. Ein Beispiel ist Hochklettern an Gerüsten oder Seilen. Beim ↑ Schwimmen ist Vorsicht geboten. Lass Dir für die Schule von Deinem Arzt eine Bescheinigung geben, bei welchen Sportarten Du vorsichtig sein oder besser nicht teilnehmen sollst.

**stabile Seitenlage |** Als so genannte stabile Seitenlage wird eine seitliche Körperlagerung bezeichnet, bei der das unten liegende Bein und der unten liegende Arm jeweils ausgestreckt und das oben liegende Bein angewinkelt und über das untere geschlagen ist. Der Oberkörper wird nach vorne gezogen und der oben liegende Arm ausgestreckt und ebenfalls über den unten liegenden geschlagen.
Früher wurde im Rahmen einer ↑ Ersten Hilfe empfohlen, Menschen bei einem Anfall möglichst früh, das heißt also auch schon zu Beginn des Anfalls, zum besseren Offenhalten der Atemwege und Erleichtern des Abfließens von Speichel oder auch Erbrochenem in die stabile Seitenlage zu bringen. Nachdem sich aber gezeigt hat, dass dadurch Verletzungen wie beispielsweise ein Ausrenken der untenliegenden Schulter im Anfall begünstigt, wird heute erst nach Aufhören der ↑ konvulsiven Phase beziehungsweise der ↑ Muskelzuckungen dazu geraten.

S

**Standard-EEG |** Als Standard-EEG wird das üblicherweise durchgeführte ⇡ Elektroenzephalogramm (EEG) bezeichnet. Im Gegensatz dazu gibt es besondere EEG-Ableitungen wie das ⇡ Schlaf-EEG, ⇡ Schlafentzugs-EEG oder andere ⇡ Langzeitableitungen. Andere Bezeichnungen für das Standard-EEG sind Oberflächen-EEG, Routine-EEG oder Ruhe-Wach-EEG.

**Status epilepticus |** Bei einem Status epilepticus dauert ein ⇡ epileptischer Anfall länger als üblich (das heißt, länger als fünf Minuten) oder es kommt hintereinander zu mehreren Anfällen, ohne dass man zwischendurch wieder zu sich kommt. Du musst wissen, über 95 Prozent aller epileptischen Anfälle auch von alleine wieder aufhören; das beruhigt auch Eltern und Freunde. Wenn dies allerdings nicht der Fall ist, und man nach fünf Minuten immer noch krampft beziehungsweise im Anfall ist, handelt es sich um einen lebensgefährlichen ⇡ Notfall, der möglichst rasch behandelt werden muss. Bei einem Status epilepticus sollte sofort ein Arzt oder noch besser ein Notarztwagen (Sanität) gerufen und ein Transport in ein Krankenhaus veranlasst werden, wo eine sofortige Behandlung mit ⇡ Antiepileptika durch Einspritzen in eine ⇡ Vene erfolgt.

**Stiftung Michael** | Die Stiftung Michael (Adresse: siehe S. 65) ist eine nach dem an ↑Epilepsie erkrankten Sohn des Gründers benannte deutsche Stiftung, die seit vielen Jahren sehr viel für Menschen mit Epilepsie tut. Unter anderem werden die Forschung und Ausbildung von Ärzten und anderen Fachleuten unterstützt sowie kostenlos erhältliche Broschüren und Bücher erstellt, auch über Epilepsien von Schulkindern (Sälke-Kellermann, Ritva-A. Epilepsie bei Schulkindern. Schriften über Epilepsie, Band IV. Stiftung Michael, Hamburg 2009; siehe S. 219).



**Stimmung** | Jeder Mensch fühlt sich mal besser und mal schlechter. Gerade zu Beginn einer ↑Epilepsie kann einem dies auf die Stimmung schlagen. Du solltest aber aufpassen, dass Du Deine Epilepsie nicht als Ausrede benutzt. Epilepsie ist kein Grund für eine anhaltende Lustlosigkeit!

**Stiripentol (STP)** | Stiripentol ist der Name für den ↑Wirkstoff in einem ↑Antiepileptikum zur Behandlung von ↑generalisierten tonisch-klonischen Anfällen bei Patienten mit ↑ schwerer frühkindlicher myoklonischer Epilepsie oder Dravet-Syndrom, wenn die Anfälle mit ↑Clobazam und ↑Valproat nicht ausreichend kontrolliert werden können; siehe auch die Tabellen auf S. 210 ff. am Ende des Buches.

**Stirnlappen** | Der Stirnlappen ist der Teil des ↑Gehirns, der hinter der Stirn liegt. Er wird in der medizinischen Fachsprache auch als Frontallappen bezeichnet. Die Aufgaben des Stirnlappens sind noch nicht in allen Einzelheiten bekannt. Man nimmt jedoch an, dass sie etwas mit der »Persönlichkeit« und damit zu tun haben, wie wir Dinge und Bewegungen planen. Nicht zuletzt sind dort auch die für das Sprechen und die Durchführung von Bewegungen verantwortlichen ↑Nervenzellen. Wie von allen Teilen des Gehirns kann auch eine ↑Epilepsie von hier ausgehen (↑Frontallappenepilepsie). Eine spezielle ↑Anfallsform mit Ausgang von diesem Teil des Gehirns sind die so genannten ↑Jackson-Anfälle.

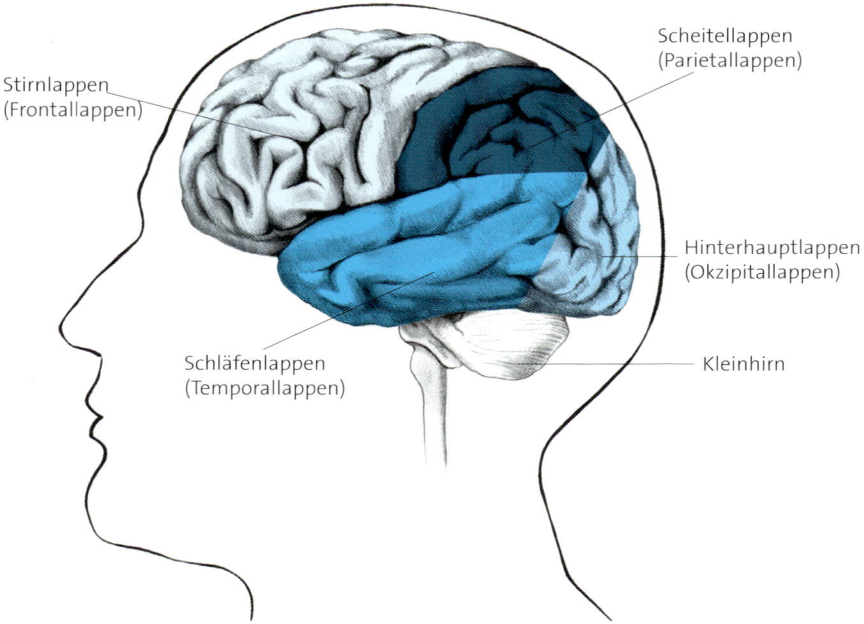


S

**Stirnlappenepilepsie** | Dies ist eine andere Bezeichnung für ↑ Frontallappenepilepsie.

**Stoffwechsel** | Als Stoffwechsel bezeichnet man Vorgänge, die im Körper bei der Aufnahme, Umsetzung und Ausscheidung von Nahrungsstoffen oder anderen Substanzen sowie (einschließlich ↑ Medikamenten) ablaufen. So wird zum Beispiel mit der Nahrung Zucker aufgenommen und vom Darm aus im Körper verteilt. Dort wird er verbraucht oder gespeichert und schließlich werden die restlichen Bestandteile ausgeschieden, So werden viele ↑ Antiepileptika in der ↑ Leber zerlegt und über die ↑ Nieren in den Urin ausgeschieden.

**Stoffwechselkrankheiten** | Stoffwechselkrankheiten sind Krankheiten, bei denen ein Vorgang im ↑ Stoffwechsel an einer Stelle nicht gut oder fehlerhaft funktioniert. Manche

Stoffwechselkrankheiten können auch Ursache sowohl ↑ epileptischer Anfälle als auch einer ↑ Epilepsie sein. Kommt es beispielsweise bei einer Zuckerkrankheit zu einem starken Abfall des Zuckergehaltes im Blut, kann dies einen Anfall auslösen.

**Störwirkungen** | Dies ist eine andere Bezeichnung für ↑ Nebenwirkungen.



**Stress** | Mit Stress werden starke körperliche oder psychische Belastungen bezeichnet. Starker, sehr belastender Stress ist ein möglicher ↑ Anfallsauslöser, was nicht immer sofort der Fall ist, sondern manchmal auch erst in der auf den Stress folgenden Entspannung.

**Studie** | Ein Sturzanfall ist ein epileptischer Anfall, bei dem man in erster Linie plötzlich hinstürzt. Ursächlich kommen mehrere ↑ Anfallsformen in Frage, in erster Linie ↑ tonische Anfälle, ↑ atonische Anfälle und ↑ myoklonische Anfälle. Auch bei ↑ generalisierten tonisch-klonischen Anfällen kommt es häufiger zu einem Sturz.

**Sturzanfall** | Ein Sturzanfall ist ein ↑ epileptischer Anfall, bei dem man plötzlich hinstürzt. Ursächlich kommen mehrere ↑ Anfallsformen in Frage, in erster Linie ↑ tonische Anfälle, ↑ atonische Anfälle und ↑ myoklonische Anfälle.

**Sultiam** | Sultiam (andere Schreibweise = Sulthiam) ist der Name für den ↑ Wirkstoff in einem ↑ Antiepileptikum zur Behandlung der ↑ Rolando-Epilepsie; siehe auch die Tabellen auf S. 210 ff. am Ende des Buches.

**Surfen** | Als Surfen wird eigentlich nach dem englischen Wort »surfing« das Wellenreiten auf einem Brett bezeichnet. Im übertragenen Sinn wird das Wort auch für das Suchen nach Informationen im ↑ Internet benutzt. Surfen als ↑ Sport ist bei ↑ Epilepsie nicht geeignet.

Surfen im Internet ist in Maßen erlaubt, aber auf dem Wasser solltest Du lieber nicht surfen.

**Symptom** | Symptom ist der Fachbegriff für Krankheitszeichen. Das mit Abstand wichtigste Symptom einer ⇡ Epilepsie sind ⇡ epileptische Anfälle. Daneben können andere Krankheitszeichen aber auch in Beschwerden wie ⇡ Gedächtnisstörungen oder ⇡ Kopfschmerzen bestehen.

**symptomatische Epilepsie** | Als symptomatisch wird eine ⇡ Epilepsie bezeichnet, deren ⇡ Ursache zum Beispiel im ⇡ Magnetresonanztomogramm (MRT) als umschriebene Veränderung am ⇡ Gehirn erkennbar ist. Das heißt, die unmittelbare Ursache ist bei einer symptomatischen Epilepsie mit bestimmten Untersuchungen erkennbar. Im Gegensatz zu einer ⇡ idiopathischen Epilepsie gibt es in der Regel keine Hinweise auf eine ⇡ Vererbung.

**Syndrom** | Als Syndrom wird das regelmäßige Vorkommen mehrerer, gleich bleibender Merkmale bezeichnet. In der Medizin bezeichnet ein Syndrom ein Erkrankung mit regelhaftem Auftreten einer bestimmten Kombination von Kennzeichen oder Krankheitsmerkmalen

(↑ Symptomen) wie zum Beispiel Alter bei Beginn der Erkrankung, ↑ Anfallsform(en), charakteristische Veränderungen im ↑ Elektroenzephalogramm (EEG) und bei der ↑ Bildgebung des Gehirns oder typischer Verlauf. Manchmal werden Syndrome nach dem oder den Ärzten benannt, die es zuerst beschrieben oder »entdeckt« haben (zum Beispiel ↑ Dravet-Syndrom, ↑ Janz-Syndrom, ↑ Lennox-Gastaut-Syndrom oder ↑ West-Syndrom). Ein Syndrom kann verschiedene ↑ Ursachen haben, und oft ist die Ursache auch mit den heute zur Verfügung stehenden Untersuchungsmethoden noch nicht genau feststellbar.



**Synkope** | Eine Synkope ist ein Kreislaufkollaps oder eine Ohnmacht. Eine Synkope ist eine ↑ nichtepileptische Störung, bei der es aufgrund einer Abnahme der Durchblutung des ↑ Gehirns zu einem kurzzeitigen, plötzlichen Verlust des ↑ Bewusstseins und der Muskelspannung kommt. Bei einer länger dauernden ↑ Durchblutungsstörung des Gehirns kann es durch einen Mangel an ↑ Sauerstoff zu kurzen Muskelanspannungen und -zuckungen kommen, die epileptischen Anfällen ähneln. Synkopen sind viel häufiger als ↑ epileptische Anfälle. Fast alle Menschen haben im Lauf ihres Lebens mindestens einmal eine Synkope. Synkopen gehören zu den Erkrankungen, die mit einer ↑ Epilepsie verwechselt werden können (↑ Differenzialdiagnose). Bei Kleinkindern unterscheidet man zwischen den häufigeren ↑ blauen Synkopen und den selteneren ↑ blassen Synkopen. Bei älteren Kindern und Jugendlichen bestehen häufige Auslöser beispielsweise in einem sehr raschen Aufstehen nach längerem Liegen oder einem sehr langem ruhigen Stehen in stickiger Atmosphäre in überfüllten Räumen wie Diskotheken, Konzerthallen oder Straßenbahn- und Zugabteilen. Andere Auslöser können unangenehme Situationen wie der Anblick von Blut sein. Die beste Behandlung besteht im Hinlegen. Dadurch wird die Durchblutung des Gehirns besser und es kommt zu einer raschen Erholung.

# T · t



**Tag der Epilepsie** | Seit vielen Jahren gilt der 5. Oktober als Tag der Epilepsie. An oder um diesen Tag herum werden in vielen Ländern wie auch in Deutschland, Österreich und der Schweiz mit wechselnden Rahmenthemen viele Veranstaltungen durchgeführt, um die Öffentlichkeit besser über ↑ Epilepsie zu informieren und ↑ Vorurteile abzubauen.

**Tagebuch** | Viele Kinder und Jugendliche führen ein Tagebuch. Normalerweise ist dies zwar weniger für Eintragungen über Krankheiten gedacht, aber bei einer ↑ Epilepsie kann es durchaus sinnvoll sein, wenn Du auch die wichtigsten Dinge darüber darin festhältst. Dies können sowohl die Ergebnisse von Untersuchungen sein als auch Deine Erfahrungen mit den zur Behandlung eingesetzten ↑ Antiepileptika. Natürlich kannst Du Deinem Tagebuch auch anvertrauen, wie Du mit Deinem Arzt zurecht kommst und wie Deine Freunde auf die Epilepsie reagieren.

**Teilleistungsstörung** | Als Teilleistungsstörung wird eine Störung einzelner ↑ neuropsychologischer Funktionen des ↑ Gehirns bei insgesamt normaler Leistungsfähigkeit und damit auch normaler ↑ Intelligenz bezeichnet. Teilleistungsstörungen kommen bei einer ↑ Epilepsie relativ häufig vor, zum Beispiel als ↑ Aufmerksamkeitsstörung, ↑ Konzentrationsstörung oder ↑ Gedächtnisstörung.

**Telemetrie** | Eine Telemetrie ist eine Langzeitableitung des ↑ Elektroenzephalogramms (EEGs), in der Regel gemeinsam mit einer ↑ Videoaufzeichnung. Diese Ableitungen erfolgen über mehrere Stunden oder Tage, bei Bedarf auch nachts. Hinterher können verdächtige Ereignisse oder ↑ epileptische Anfälle mit dem dazugehörigen EEG in aller Ruhe und beliebig oft betrachtet werden, bei Bedarf sogar in Zeitlupe. Oft trägt dies zu einer Klärung und besseren Behandlung bei.

**temporal** | Temporal bedeutet an der Schläfe gelegen.

**Temporallappen** | Dies ist eine andere Bezeichnung für ↑Schläfenlappen.

T

**Temporallappenanfall** | Ein Temporallappenanfall ist ein ↑epileptischer Anfall mit Ausgang vom ↑Schläfenlappen des ↑Gehirns. Ein Temporallappenanfall kann sich als ↑einfacher fokaler Anfall oder ↑komplexer fokaler Anfall äußern.

**Temporallappenepilepsie (TLE)** | Eine Temporallappenepilepsie ist eine ↑Epilepsie mit vom Schläfenlappen des ↑Gehirns ausgehenden ↑Anfällen; Epilepsien mit Ausgang vom Schläfenlappen sind tagsüber meist durch ↑komplexe fokale Anfälle gekennzeichnet; besonders im ↑Schlaf können ↑generalisierte tonisch-klonische Anfälle hinzukommen.

**Test** | Die Bezeichnung »Test« wird in der Medizin als Oberbegriff für verschiedene Untersuchungen benutzt. Beispiele bei ↑Epilepsie sind ↑Blutuntersuchungen wie die Bestimmung des Blutspiegels Deines ↑Medikaments, eine ↑neuropsychologische Untersuchung oder der ↑Wada-Test.

**Tetracosactid** | Tetracosactid ist der Name für den ↑Wirkstoff in einem ↑Antiepileptikum zur Behandlung von Kleinkindern mit ↑epileptischen Spasmen bzw. ↑West-Syndrom alleine oder in Kombination mit anderen ↑Medikamenten; siehe auch die Tabellen auf S. 210 ff. am Ende des Buches.

**therapeutischer Bereich** | Dies ist eine andere Bezeichnung für ↑Referenzbereich.

**therapierefraktäre Epilepsie** | Dies ist eine andere Bezeichnung für ↑ schwer behandelbare Epilepsie.

**Tiagabin (TGB)** | Tiagabin ist der Name für den ↑ Wirkstoff in einem ↑ Antiepileptikum zur Behandlung von ↑ Epilepsien mit ↑ fokalen Anfällen mit und ohne ↑ sekundärer Generalisierung ab dem 13. Lebensjahr in Kombination mit anderen ↑ Medikamenten; siehe auch die Tabellen auf S. 210 ff. am Ende des Buches.



**Tics / Tic-Störungen** | Tics oder Tic-Störungen sind vielgestaltige Störungen, die von einem »nervösen« Zucken der Muskulatur in einer Gesichtshälfte bis hin »bizarren«, komplizierten Bewegungen reichen können. Typisch ist eine Zunahme bei Beachtung und Abnahme bei Nichtbeachtung. Ein häufiges Muster bei Mädchen besteht in einem rhythmischen Einknicken in den Knien, was oft für eine kurze Zeit willentlich unterdrückt werden kann. Tic-Störungen gehören zu den Erkrankungen, die mit einer ↑ Epilepsie verwechselt werden können (↑ Differenzialdiagnose).

**Tiere und Epilepsie** | Alle Tiere haben Gehirne beziehungsweise ein ↑ Nervensystem und können deswegen im Prinzip auch eine ↑ Epilepsie bekommen. Viele Haustiere wie Hunde und Katzen müssen relativ häufig vom Tierarzt wegen einer Epilepsie behandelt werden. Ihnen helfen übrigens dieselben ↑ Medikamente wie Dir!

**Tierversuche** | Tierversuche wurden häufig zu Recht kritisiert, weil sie teilweise überflüssig sind und zu wenig Rücksicht auf die Tiere nehmen. Bei der Entwicklung neuer ↑Medikamente wird heute sehr darauf geachtet, dass die Zahl der Versuche so niedrig wie möglich gehalten wird und dass die Tiere bei den Versuchen möglichst wenig leiden. Nach wie vor sind Tierversuche nicht nur für die Entwicklung neuer Antiepileptika erforderlich, sondern auch für die Forschung über die ↑Ursachen der ↑Epilepsie. Ohne diese Versuche würde das Risiko zunehmen, dass Menschen schlecht verträgliche oder ungenügend wirksame Medikamente erhalten.



**tonisch** | Tonisch bedeutet in der medizinischen Fachsprache mit einer verstärkten und anhaltenden (starren) Anspannung der Muskulatur oder »Versteifung« einhergehend.

**tonische Phase** | Die tonische Phase ist der Teil eines ↑epileptischen Anfalls, bei dem es zu einer abnormen Anspannung und Verkrampfung von Muskeln kommt. Die tonische Phase kann je nach ↑Anfallsform Sekunden bis Minuten dauern. Oft folgt auf eine tonische Phase eine ↑klonische Phase (↑generalisierter tonisch-klonischer Anfall).

**tonischer Anfall** | Bei einem tonischen Anfall versteifen sich die Muskeln. Wenn man steht, kann man deswegen hinfallen und sich dabei möglicherweise verletzen. Kindern und Jugendlichen mit häufigen tonischen Anfällen wird deswegen geraten, einen Schutzhelm zu tragen. Ein tonischer Anfall ist eine Form eines ↑generalisierten Anfalls (↑Tab. auf S. 22).

**tonisch-klonischer Anfall** | Dies ist eine andere Bezeichnung für ↑generalisierten tonisch-klonischen Anfall.

**Topiramat (TPM)** | Topiramat ist der Name für den ↑Wirkstoff in einem ↑Antiepileptikum zur alleinigen Behandlung von einer neu diagnostizierten ↑Epilepsie ab 7 Jahren oder (als ↑Kombinationstherapie) für Kinder mit ↑ fokalen Anfallsformen und ↑ generalisierten tonisch-klonischen Anfällen sowie Anfällen bei ↑ Lennox-Gastaut-Syndrom ab 2 Jahren; siehe auch die Tabellen auf S. 210 ff. am Ende des Buches.

**Transmitter** | Dies ist der medizinische Fachbegriff für ↑ Überträgerstoff. Solche Überträgerstoffe vermitteln z. B. Botschaften von einer ↑ Nervenzelle zu einer anderen Nervenzelle.



**Trauma** | Als Trauma wird eine Verletzung durch körperliche oder ↑ psychische Gewalteinwirkung bezeichnet. Ein Beispiel für ein körperliches Trauma ist ein Fahrradunfall, bei dem Du stürzt und Dir Verletzungen zuziehst. Wenn diese Verletzungen den Kopf und damit möglicherweise auch das ↑ Gehirn betreffen, handelt es sich um ein so genanntes ↑ Schädel-Hirn-Trauma. Sowohl körperliche als auch psychische Traumen können ↑ Ursache von Anfällen sein, körperliche eher von ↑ epileptischen und psychische eher von ↑ psychogenen nichtepileptischen Anfällen. Starke psychische Traumen – zum Beispiel der Tod eines nahen Angehörigen – oder Stress-Situationen kommen darüber hinaus auch als ↑ Anfallsauslöser (nicht Ursache!) für epileptischer Anfälle infrage.

**Tremor** | Dies ist der medizinische Fachbegriff für ein rasches, rhythmisches Zittern, zum Beispiel der Hände. Tremor kann besonders bei höheren ↑ Dosen als ↑ Nebenwirkung von ↑ Valproat, aber auch anderer ↑ Antiepileptika vorkommen.

**typische Absence** | Dies ist der medizinische Fachbegriff für die gewöhnliche Form einer ↑ Absence (siehe auch dort).

# U · u

U

**Überbehandlung** | Überbehandlung ist eine unnötig hoch dosierte oder unnötig lange Behandlung. Es kommt nicht selten vor, dass bei Kindern und Jugendlichen mit ↑ Epilepsie eine Überbehandlung mit ↑ Antiepileptika erfolgt. Es fällt manchen Ärzten leichter, ↑ Medikamente anzusetzen als abzusetzen.

**Überbehütung** | Überbehütung ist ein übermäßiges, schädliches Abschirmen oder Behüten, zum Beispiel mancher Kinder und Jugendlichen mit ↑ Epilepsie durch ihre Eltern. So kommt es beispielsweise in manchen Familien zu einer Bevorzugung gegenüber den gesunden Geschwistern. Viele Eltern merken dies oft nicht, denn sie wollen einfach das Beste für ihr Kind tun. Mit einer allzu starken Rücksichtnahme und Schonung schaden Eltern ihren Kindern mit Epilepsie aber mehr als sie ihnen nützen. Eine dauernde Sonderrolle ist ungünstig für das ↑ Selbstbewusstsein und die erforderliche Entwicklung einer ↑ Unabhängigkeit. Es ist sicher gut gemeint, wenn eine Mutter ihren Sohn bei sich im Elternbett schlafen lässt, früher oder später ist dies aber nicht nur nachteilig für die Entwicklung des Sohnes, sondern auch für die Beziehung der Eltern.

**Überdosierung** | Als Überdosierung bezeichnet man eine zu hoch dosierte Behandlung. Typische Zeichen einer Überdosierung sind ↑ Nebenwirkungen wie zum Beispiel ↑ Doppelbilder und ↑ Schwindel. Bei einem entsprechenden Verdacht kann die Bestimmung der ↑ Serumkonzentration der eingenommenen ↑ Antiepileptika weiterhelfen.

**Überträgerstoff** | Im ↑ Nervensystem stehen verschiedene ↑ chemische Überträgerstoffe (in der Fachsprache: Transmitter) zur

Verfügung, um die ↑elektrischen Signale zwischen verschiedenen ↑Nervenzellen weiterzugeben. An den Endungen der Fortsätze der ↑Nervenzellen werden Überträgerstoffe in den schmalen Spalt zwischen den dichtgepackten Nervenzellen freigesetzt, die die elektrische Aktivität dadurch auf die benachbarte Zelle übertragen. Wenn die nachgeschalteten Nervenzellen ausreichend erregt werden, werden auch diese aktiv und beeinflussen dadurch ihrerseits wiederum hunderte andere Zellen. Es gibt im Gehirn mehrere verschiedene Überträgerstoffe, von denen einige erregend und andere hemmend wirken. Normalerweise stehen die Überträgerstoffe in einem Gleichgewicht. Bei einem ↑epileptischen Anfall kann es zu einem Überwiegen erregender beziehungsweise Mangel hemmender Überträgerstoffe kommen.



**Einige der chemischen Abläufe im Gehirn benötigen nur den millionsten Teil einer Sekunde.**

**Umstellen / Umstellung der Medikamente** | Als Umstellen von ↑Medikamenten wird der Wechsel von einem ↑Wirkstoff auf einen anderen bezeichnet. Der Grund für eine Umstellung bei der Behandlung mit ↑Antiepileptika besteht meist in einer nicht ausreichenden ↑Wirksamkeit, dem Auftreten störender ↑Nebenwirkungen oder beidem zusammen. Manche Umstellungen können relativ rasch innerhalb weniger Tage erfolgen, oft dauert es aber länger, bis ein Medikament gegen ein anderes ausgetauscht worden ist.

**Unabhängigkeit** | Trotz einer ↑Epilepsie können die meisten betroffenen Menschen ein unabhängiges Leben führen. Kinder und Jugendliche sind auch ohne Epilepsie von ihren Eltern abhängig, später sieht dies aber in aller Regel anders aus. Manche Eltern neigen aus verständlicher Fürsorge dazu, ihren Kinder mit Epilepsie zu wenig zuzutrauen und verhindern damit, dass sie sich ihren Möglichkeiten entsprechend entwickeln. Unabhängigkeit bezieht sich nicht nur auf Geld, sondern auch auf die Möglichkeit, einen Beruf auszuüben und in einer eigenen Wohnung zu leben, also die Gestaltung des Lebens selbst zu bestimmen. Eine Epilepsie bedeutet nicht, dass man sein Leben lang von seinen Eltern abhängig sei muss.

**unerwünschte Wirkungen** | Dies ist eine andere Bezeichnung für ↑Nebenwirkungen.

U

**unprovozierter Anfall** | Ein unprovozierter Anfall ist ein ↑epileptischer Anfall, der im Gegensatz zu einem ↑Gelegenheitsanfall nicht aufgrund außergewöhnlicher Umstände oder Bedingungen wie ↑Fieber oder ↑Schlafentzug auftritt. Ein unprovozierter Anfall ist also auch unabhängig von Deinem Verhalten und tritt ohne erkennbare ↑Auslöser auf.

**ununterbrochene Einnahme** | Es gibt ↑Medikamente, bei denen es nicht allzu tragisch ist, wenn man sie einmal oder sogar mehrmals vergisst einzunehmen. Bei ↑Antiepileptika ist dies aber nicht der Fall, sondern es ist sehr wichtig, dass Du sie regelmäßig und ohne Unterbrechung einnimmst. Der Grund dafür besteht darin, dass man von diesen Medikamenten weiß, dass immer eine gewisse Konzentration davon im Blut vorhanden sein muss, damit sie auch zuverlässig wirken. Diese Konzentration sollte weder zu tief noch zu hoch sein (↑Referenzbereich). Weil Antiepileptika über die ↑Leber und ↑Nieren auch wieder ausgeschieden werden, ist es gefährlich, die Einnahme zu unterbrechen. Selbst wenn es einmal gut gegangen ist, als Du aus irgendeinem Grund die Einnahme vergessen haben solltest, kannst und darfst Du Dich darauf nicht verlassen! Viele Kinder und Jugendliche benutzen zum Beispiel eine ↑Dosette, damit ihnen dies nicht passiert.

**Ursache** | Jede ↑Epilepsie hat wie alle anderen Krankheiten auch eine Ursache. Allerdings gelingt es mit den heute zur Verfügung stehenden Untersuchungsmöglichkeiten noch nicht immer, diese auch herauszufinden. Liegt eine eindeutig oder wahrscheinlich erblich bedingte Form vor, spricht man von einer ↑ idiopathischen Epilepsie. Lässt sich zum Beispiel in der ↑ Magnetresonanztomographie am ↑ Gehirn eine Veränderung nachweisen, die bekanntermaßen zu ↑ epileptischen Anfällen führt, spricht man von einer ↑ symptomatischen Epilepsie. Sprechen die ↑ Anfallsform oder andere Umstände erfahrungsgemäß dafür, dass es sich um eine symptomatische Form handeln sollte, ohne dass sich aber entsprechende Veränderungen nachweisen lassen, spricht man von einer ↑ vermutlich symptomatischen Epilepsie (oder auch »kryptogenen Epilepsie«). Unabhängig von der Ursache einer Epilepsie können ↑ Anfallsauslöser die Häufigkeit von Anfällen beeinflussen.

# V · v

V

**Vagusnervstimulator (VNS)** | Ein Vagusnervstimulator ist ein kleines Gerät, das am Oberkörper unterhalb des Schlüsselbeins unter die Haut eingesetzt wird. Nach Anbringen einer ↑Elektrode an den gleichnamigen Nerven (lateinisch: Nervus vagus) an der linken Halsseite wird das ↑Gehirn von dem Gerät über den Nerven in regelmäßigen Abständen mit schwachen ↑elektrischen ↑Impulsen gereizt. Ein Vagusnervstimulator kann zur Behandlung einer ↑schwer behandelbaren Epilepsie eingesetzt werden, wenn ↑Medikamente nicht ausreichend helfen, zum Beispiel bei einem ↑Lennox-Gastaut-Syndrom. Die Chance einer Besserung entspricht in etwa derjenigen bei Hinzugabe eines neuen ↑Antiepileptikums.

**Valproat / Valproinsäure (VPA)** | Valproat oder Valproinsäure ist der Name für den ↑Wirkstoff in einem ↑Antiepileptikum zur Behandlung von ↑generalisierten Anfällen bei ↑idiopathischen Epilepsien mit ↑Absencen, ↑Myoklonien oder ↑generalisierten tonisch-klonischen (Grand-Mal-) Anfällen alleine oder – als ↑Kombinationstherapie – bei anderen generalisierten Epilepsien, vor allem beim ↑Lennox-Gastaut-Syndrom und ↑West-Syndrom sowie Epilepsien mit einfachen oder ↑komplexen fokalen Anfällen und ↑sekundärer Generalisierung; siehe auch die Tabellen auf S. 210 ff. am Ende des Buches.

**van Gogh, Vincent** (1853 – 1890) | Vincent van Gogh wurde in Holland geboren. Nachdem er zunächst Prediger war, begann er bald mit dem Malen wunderschöner Bilder. 1886 zog er nach Südfrankreich um, wo zwischen 1888 und 1890 seine berühmtesten Bilder entstanden. Während seines Lebens verkaufte er zwar kein einziges Bild und starb arm, heute sind seine bekanntesten

Bilder aber über hundert Millionen Euro wert und hängen auf der ganzen Welt in den berühmtesten Museen. Van Gogh war sowohl einer der berühmtesten Maler aller Zeiten als auch ein Mensch mit ⇡ epileptischen Anfällen.

**Vene** | Eine Vene ist ein zum Herzen führendes Blutgefäß. Im Vergleich zu einer Arterie steht es unter viel niedrigerem Druck. Deswegen wird bei ⇡ Blutuntersuchungen eine Vene »angepiekst«. Außerdem werden ⇡ Medikamente im ⇡ Notfall in Venen gespritzt, damit sie sich im Vergleich zu einer Einnahme durch den Mund rascher verteilen und wirken können.

**Verbote** | Verbote sind Einschränkungen, mit denen zum Beispiel Eltern ihren Kindern, ⇡ Lehrer ihren Schülern oder auch ein Staat seinen Bürgern etwas untersagt. Auch Du bist wahrscheinlich überzeugt, dass es durchaus sinnvolle Verbote gibt. Es kommt aber leider immer noch vor, dass bei Kindern und Jugendlichen mit ⇡ Epilepsie unsinnige Verbote ausgesprochen werden. Beispielsweise sind generelle Verbote, fernzusehen oder ⇡ Diskotheken zu besuchen, ebenso übertrieben und nicht gerechtfertigt wie das generelle Verbieten der Teilnahme am ⇡ Sport. Nimm Verbote nicht einfach hin, sondern lass Dir von Deinem Arzt, Deinen Eltern oder Lehrern genau erklären, warum Du vielleicht auf bestimmte Dinge zumindest vorübergehend besser verzichten solltest.

V

**Vererbung** | Vererbung bedeutet die Weitergabe von Merkmalen oder auch Krankheiten von Eltern auf ihre Kinder. Große Eltern haben zum Beispiel meist auch große Kinder, dunkelhaarige Eltern bekommen meist auch dunkelhaarige Kinder und auch die Hautfarbe ist eines der Merkmale, die Eltern an ihre Kinder weitergeben. Bei einer ⇡Epilepsie kann Vererbung ebenfalls eine gewisse, fast immer aber vergleichsweise geringe Rolle spielen. Wenn eine Mutter oder ein Vater Epilepsie hat, ist nur bei etwa einem von zwanzig gemeinsamen Kindern damit zur rechnen, dass es ebenfalls erkranken wird. Die meisten Familien haben heute aber nur ein bis zwei Kinder, weshalb in den weitaus meisten Familien auch keines der Kinder betroffen ist. Ohnehin wird in der Regel keine bestimmte ⇡Epilepsieform vererbt, sondern nur eine mehr oder weniger stark ausgeprägte Neigung zu einer Epilepsie. Auch Du selbst musst Dir also im Hinblick später keine Angst davor haben, eigene Kinder zu bekommen.

**Vergessen der Medikamenteneinnahme** | Auch wenn man sich große Mühe gibt, immer daran zu denken, seine ⇡Medikamente regelmäßig einzunehmen, kann es jedem einmal passieren, dass man es dennoch vergisst. Bei manchen ⇡Antiepileptika ist dies weniger problematisch als bei anderen. In jedem Fall solltest Du Deinen Eltern Bescheid sagen, wenn Du dies bemerkst. Meistens ist es möglich und sinnvoll, eine vergessene ⇡Dosis noch nachträglich einzunehmen, sei es auf einmal oder verteilt. Du und Deine Eltern sollten mit Deinem Arzt besprechen, wie Du dies bei Deinem Medikament am besten machst. Tricks gegen ein Vergessen sind zum Beispiel das Benutzen einer ⇡Dosette oder Programmieren Deines ⇡Handys, dass Dich dann immer an die Einnahme erinnert.

**Vergesslichkeit** | Eine vermehrte Vergesslichkeit ist Zeichen einer ⇡Gedächtnisstörung. Kein Mensch kann jedoch alles behalten, was er erlebt. Von daher ist eine gewisse Vergesslichkeit durchaus normal. Wenn Du allerdings immer wieder auch wichtige Dinge vergisst, die Du Dir eigentlich gut merken müsstest und wolltest, sollte überprüft werden, ob dies mit Deiner ↑Epilepsie selbst, mit den zur Behandlung eingesetzten ↑Antiepileptika oder beidem zusammenhängt.

**Verlauf** | Der Verlauf einer ↑Epilepsie hängt von vielen verschiedenen Faktoren ab, in erster Linie davon, welche ↑Epilepsieform Du hast. Bei Kindern und Jugendlichen haben so genannte ↑idiopathische Epilepsien am häufigsten einen gutartigen Verlauf. Dies bedeutet, dass sich mit dem richtigen ↑Medikament in aller Regel rasch eine ↑Anfallsfreiheit erzielen lässt und dass ↑Antiepileptika nach einer gewissen Zeit oft auch wieder langsam weggelassen werden können (↑Absetzen von ↑Medikamenten).

**Verletzungen** | Insgesamt kommt es bei ↑epileptischen Anfällen seltener zu Verletzungen, als man zunächst einmal vermuten könnte. Besonders bei heftigen Stürzen kann es aber auch einmal zu ↑Knochenbrüchen oder ausgerenkten Gelenken kommen, daneben je nach den Umständen zum Zeitpunkt eines Anfalls auch zu Verbrühungen oder Verbrennungen.

**vermutlich symptomatische Epilepsie** | Als vermutlich symptomatische Epilepsie wird eine ↑Epilepsie bezeichnet, bei der angenommen wird, dass ursächlich eine umschriebene Veränderung im ↑Gehirn vorliegt, die aber mit den zur Verfügung stehenden Untersuchungsmethoden einschließlich der ↑Magnetresonanztomographie noch nicht nachweisbar ist. Eine andere Bezeichnung dafür ist kryptogene Epilepsie.

**Versicherung** | Deine Krankenversicherung übernimmt die Kosten für die notwendigen Untersuchungen und ↑Medikamente zur Behandlung Deiner ↑Epilepsie (In der Schweiz ist dies in den meisten Fällen die in diesem Zusammenhang etwas unglücklich bezeichnete »Invalidenversicherung« oder kurz IV, obwohl Du ja weder invalide [= arbeitsunfähig] bist noch später sein wirst).

V

Wenn Du Dich später bei einer Kranken- oder Lebensversicherung anmelden möchtest, wirst Du in der Regel unter anderem auch danach gefragt, ob Du eine Epilepsie hast oder hattest. Dies sollten Deine Eltern beziehungsweise Du selbst dann nicht verschweigen, weil die Versicherung ansonsten später von ihrer Leistungspflicht zurücktreten kann.



**Verträglichkeit** | Als Verträglichkeit gilt bei der Behandlung mit ⇡ Medikamenten das Ausmaß oder die Stärke, mit der ⇡ Nebenwirkungen auftreten. Ebenso wie es besser und schlechter verträgliche Medikamente gegen Bauchschmerzen oder Fieber gibt, ist auch die Verträglichkeit der verschiedenen ⇡ Antiepileptika unterschiedlich. Es gibt sowohl gut wirksame als auch gut verträgliche Medikamente.

**Vertrauen** | Vertrauen ist etwas sehr wichtiges im Leben jedes Menschen. Dies gilt besonders für Kinder und Jugendliche und erst recht, wenn sie eine ⇡ Epilepsie haben. So kannst Du Deinen Eltern meistens hundertprozentig vertrauen, weil sie Dich immer unterstützen und zu Dir halten werden, was auch passiert. Sie können Dir bei Problemen in der ⇡ Schule helfen und achten mit darauf, dass Du ausreichend viel ⇡ Schlaf hast. Sie gehen mit Dir zum ⇡ Arzt und

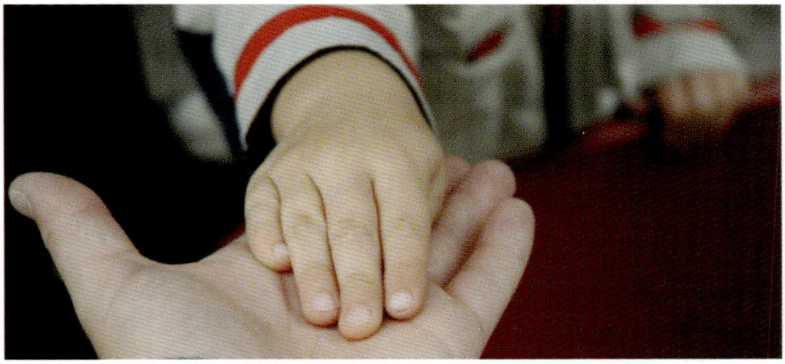

sorgen mit dafür, dass alle notwendigen Untersuchungen gemacht und Dir die Ergebnisse erklärt werden. Damit Deine Eltern Dich immer möglichst gut unterstützen können, musst Du ihnen immer erzählen, wenn Du einen ↑ Anfall hattest, selbst wenn es nur ein ganz schwacher war. Natürlich machen sie sich dann Sorgen und Du hast vielleicht Angst, dass sie Dich dann nicht bei einem Freund oder einer Freundin übernachten lassen oder nicht möchten, dass Du eine Klassenfahrt mitmachst. Sag es ihnen trotzdem! Zusammen mit Deinen Eltern solltest Du überlegen und entscheiden, wer sonst noch über Deine Epilepsie Bescheid wissen sollte. Dies können beispielsweise Lehrer, Sporttrainer, Nachbarn oder Freunde und deren Eltern sein. Diese Menschen sollten auch wissen, was sie im Falle eines Anfalls tun sollten und was nicht (↑ Erste Hilfe).



**Verwirrung |** Es kann vorkommen, dass Du bei oder nach einem ↑ epileptischen Anfall vorübergehend etwas durcheinander oder verwirrt bist. Dies kann zum Beispiel bei und nach einem ↑ komplexen fokalen Anfall oder nach einem ↑ generalisierten tonisch-klonischen Anfall der Fall sein. Dies ist kein Grund zur Beunruhigung und geht von alleine vorbei. Wenn Dies bei Dir häufiger so ist, sollten Deine Freunde und beispielsweise auch ↑ Lehrer dies wissen, damit sie sich keine unnötigen Gedanken machen.

**Video / Videoaufzeichnung |** Fast in jeder Familie hat heute jemand eine Videokamera, sei es ein (älteres) Gerät mit Videokassetten oder ein modernes Digitalgerät (DCD-Video). Sogar mit vielen Handys lassen sich kurze Videos aufzeichnen. Es kann sehr nützlich sein, wenn die Eltern oder sonstige Angehörige versuchen, einen der Anfälle zu Hause mit Video aufzuzeichnen. Manchmal kann der Arzt erst danach sagen, um welche ↑ Anfallsform es sich genau handelt. Dies ist wichtig für die Auswahl des Medikamentes zur Behandlung (↑ Antiepileptikum).

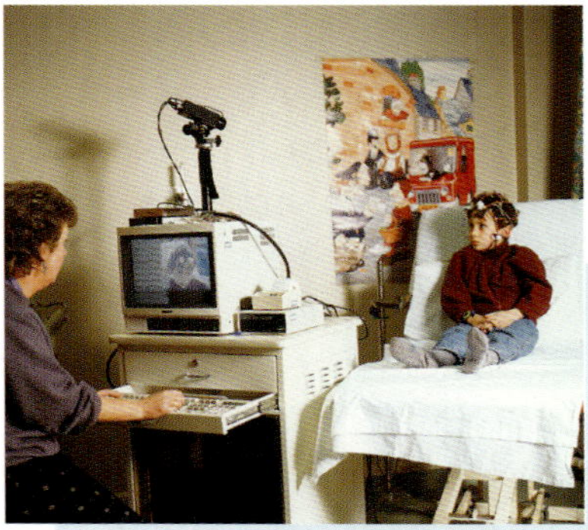

**Video-EEG** | Als Video-EEG bezeichnet man das Aufzeichnen eines ↑Videos gleichzeitig mit einer Ableitung des ↑Elektroenzephalogramms (EEGs). Damit kann nicht nur die EEG-Aufzeichnung, sondern auch das Verhalten beobachtet werden. EEG und Video können nebeneinander auf einem Bildschirm oder getrennt auf zwei Bildschirmen dargestellt werden. Eine Bildschirmhälfte oder ein Bildschirm zeigt dann den Patienten, und die andere Hälfte beziehungsweise der andere Bildschirm das EEG. Wenn es zu einem ↑Anfall kommt, zeichnet die Videokamera genau auf, wie dieser beginnt, abläuft und sich auch noch in der ersten Zeit danach auf das Verhalten auswirkt. Gleichzeitig werden im EEG die entsprechenden Veränderungen aufgezeichnet. Wenn solche Ableitungen über längere Zeit erfolgen, wird dies als ↑Langzeit-EEG oder ↑Telemetrie bezeichnet.

**Vigabatrin (VGB)** | Vigabatrin ist der Name für den ↑Wirkstoff in einem ↑Antiepileptikum zur Behandlung von ↑epileptischen Spasmen bei ↑West-Syndrom alleine oder – als ↑Kombinationstherapie – bei schwer behandelbaren Epilepsien mit ↑fokalen Anfällen, bei denen sich alle anderen zweckmäßigen Kombinationen als unzureichend erwiesen haben oder nicht vertragen wurden; siehe auch die Tabellen auf S. 210 ff. am Ende des Buches.

**Vorboten / Vorgefühle** | Manche ↑ epileptischen Anfälle kündigen sich vorher an. Es kann sein, dass man selbst dies zum Beispiel an einem Kribbeln in der Hand oder auch im Bauch merkt, es kann auch sein, dass andere Menschen dies zum Beispiel an Deinem Verhalten merken. Direkt vor einem Anfall auftretende Vorgefühle entsprechen meist einer so genannten ↑ Aura. Daneben gibt es auch Vorgefühle, die sich schon Stunden oder sogar Tage vor einem Anfall bemerkbar machen und dann ein ↑ Warnzeichen sein können.

V

**Vorsichtsmaßnahmen** | Bei einer ↑ Epilepsie können je nach ↑ Anfallsformen und Häufigkeit der Anfälle einige Vorsichtsmaßnahmen sinnvoll sein, um das Risiko von ↑ Verletzungen oder sonstigen ↑ Komplikationen so gering wie möglich zu halten. So ist ↑ Duschen besser als Baden, in der gesamten Wohnung sind weiche Böden besser als harte und runde Kanten besser als scharfe. Plastikflaschen sind vorteilhafter als Glasflaschen, und ein offener Kamin sollte zumindest durch Schutzgitter abgeschirmt werden. In der Küche sind Herde eine Gefahrenquelle, und auch ein Anfall beim Herumtragen heißer Pfannen oder Töpfe kann zu Verbrennungen führen. Bei Etagenbetten ist das untere für Dich vorteilhafter als das obere, und es kann sinnvoll sein, dass Du zusätzlich noch eine Matratze vor Dein Bett legst, wenn Du sehr viele oder besonders schwere Anfälle im ↑ Schlaf hast.

**vorsorgliche Behandlung** | Unter einer vorsorglichen Behandlung versteht man im engeren Sinn eine Behandlung, ohne dass es bisher überhaupt zum Auftreten einer Störung oder Ausbruch einer Krankheit gekommen ist. Eine solche Behandlung im Hinblick auf eine »drohende« ↑ Epilepsie kann zum Beispiel nach einer sehr schweren ↑ Kopfverletzung oder sonstigen Schädigung des ↑ Gehirns durchgeführt werden. Im weiteren Sinn kann man unter einer vorsorglichen Behandlung aber auch eine solche verstehen, die nach dem Beginn einer Krankheit das wiederholte Auftreten von Krankheitszeichen verhindern sollen. So gesehen handelt es sich bei der Einnahme von ↑ Medikamenten gegen epileptische Anfälle (↑Antiepileptika) auch um eine vorsorgliche Behandlung.



**Vorurteile |** Leider haben manche Menschen immer noch einige Vorurteile gegenüber einer ↑Epilepsie. Das hängt in erster Linie damit zusammen, dass sie zu wenig darüber wissen und deswegen zum Beispiel ↑Angst haben, sie könnten etwas falsch machen, wenn sie bei einem ↑epileptischen Anfall dabei sind. Lass Dich durch Vorurteile nicht unnötig beeindrucken und hilf dabei mit, unbegründete abzuschaffen. Zeige Deinen Freunden und auch den Erwachsenen, dass Du auch mit Deiner Epilepsie bei fast allen Dingen mitmachen kannst und es keinen Grund gibt, Dich besonders zu behandeln.

**Tabelle:** Wissen und Vorurteile in der Bevölkerung zur Epilepsie (In Deutschland, Österreich und der Schweiz).

| | Deutschland | | Österreich | Schweiz |
|---|---|---|---|---|
| | 1996 | 2008 | | |
| Noch nie von einer Epilepsie gehört. | 14 % | 8 % | 11 % | 8 % |
| Epilepsie wird für eine Geisteskrankheit gehalten. | 20 % | 11 % | 10 % | 4 % |
| Eigene Kinder sollten nicht mit Kindern mit einer Epilepsie zusammen sein. | 15 % | 8 % | * | 2 % |
| Menschen mit Epilepsie sollten nicht normal arbeiten. | 11 % | 11 % | 16 % | 7 % |

* bislang nicht veröffentlicht

# W · w

**Wachsen / Wachstum** | Das Wachstum von Kindern und Jugendlichen mit ↑ Epilepsie wird weder dadurch noch durch die zur Behandlung eingesetzten ↑ Antiepileptika beeinträchtigt. Das heißt, Du wirst mit Deiner Epilepsie genau so groß wie Du ohne sie geworden wärst.



**Wada-Test** | Dieser nach einem gleichnamigen japanisch-kanadischen Neurologen benannte ↑ Test kann bei einigen wenigen Kindern und Jugendlichen mit ↑ Epilepsie erforderlich sein, wenn die Möglichkeit besteht, dass ihre Epilepsie durch ↑ Epilepsiechirurgie geheilt werden kann. Mit diesem Test wird herausgefunden, ob die Operation zu einer Beeinträchtigung von der Sprache oder des ↑ Gedächtnisses führen würde. Der für die Sprache wichtige Teil des ↑ Gehirns ist meistens der linke ↑ Schläfenlappen. Ausnahmsweise können aber auch der rechte Schläfenlappen oder beide gemeinsam zuständig sein. Wenn die Anfälle durch eine Schädigung desjenigen Schläfenlappens verursacht werden, der für die Sprache verantwortlich ist, kann unter Umständen nicht operiert werden, weil die Gefahr zu groß ist, dass es dadurch hinterher zu einer Sprachstörung kommt. Außerdem wird durch den Test sichergestellt, dass die nicht für eine Operation vorgesehene Hälfte des Gehirns normal arbeitet. Während der Untersuchung wird eine Hälfte des Gehirns durch ein ↑ Medikament kurz betäubt. Weil die andere Hälfte nach wie vor »wach« ist, ist man während des Testes auch normal ansprechbar und bekommt alles mit (eine Hirnhälfte reicht dazu aus). Der Arzt oder ↑ Neuropsychologe stellt während des Tests eine Reihe von Fragen, um herauszufinden, wie gut die wache Hirnhälfte funktioniert.

**Wahrnehmungsstörung** | Als Wahrnehmungen bezeichnet man das, was wir von unserer Umwelt mitbekommen, was wir mit unseren fünf Sinnen (Sehen, Hören, Riechen, Schmecken und Fühlen) erkennen. Bei ↑ epileptischen Anfällen kann es zu unterschiedlichen Störungen der Wahrnehmung kommen, sei es als Warnzeichen zu Beginn eines stärkeren Anfalls (↑ Aura) oder auch als alleiniges Anfallszeichen. Mögliche Wahrnehmungsstörungen bei einem Anfall sind:

- Sehen: zum Beispiel Blitze, bunte bzw. farbige Flecken, Gegenstände erscheinen größer oder kleiner als sie wirklich sind oder werden verzerrt gesehen,
- Hören: zum Beispiel Geräusche, Musik, Pfeif- oder Summtöne; das Gehörte kann auch eigenartig weit entfernt oder auffällig laut erscheinen,
- Riechen: zum Beispiel angenehme, aber auch unangenehme Gerüche (Gestank),
- Schmecken: zum Beispiel »eigenartiger«, metallischer oder anderer Geschmack,
- Fühlen: zum Beispiel Berührungsgefühl, Elektrisierungsgefühl, Hitzegefühl, Kältegefühl, Prickeln der Haut, Schmerzen, Schwindelgefühl, Taubheitsgefühl oder Wärmegefühl.

**Wangenbiss** | Ein Wangenbiss ist ein unwillkürlicher Biss in die Innenseite der Wange, zum Beispiel während eines ↑ generalisierten tonisch-klonischen Anfalls oder ↑ Grand-Mal-Anfalls. Ein Wangenbiss kann auch zusammen mit einem ↑ Zungenbiss vorkommen.

**Warnung / Warnzeichen** | Manchmal wird man vor einem kommenden Anfall gewarnt, meistens durch eine so genannte ↑ Aura wie einem komischen Gefühl in der Magengegend. Daneben sind aber auch eher unbestimmte ↑ Vorboten / Vorgefühle möglich, die sich manchmal schon Stunden oder sogar Tage vor einem Anfall bemerkbar machen. Allerdings sind diese Vorgefühle nicht immer zuverlässig. Es kann auch ohne ↑ Vorgefühle zu Anfällen kommen und auf Vorgefühle muss nicht immer ein Anfall folgen. Du kannst Dich also nicht darauf verlassen. Bei manchen ⇡ Anfallsformen wie zum Beispiel ⇡ Absencen oder ⇡ Myoklonien treten ohnehin keine Warnzeichen auf.

**Website** | Website kommt von den beiden englischen Wörtern »web« für Netz beziehungsweise ⇡ Internet und »site« für Ort. Als Website wird ein durch eine bestimmte Abkürzung gekennzeichnetes Informationsangebot im Internet bezeichnet, das meist aus mehreren Dokumenten beziehungsweise Seiten besteht. Eine Website fasst diese zusammen und verknüpft sie untereinander. Die ähnliche Aussprache von Website und Webseite ist zufällig und bedeutet nicht dasselbe. Eine Webseite ist eine unterschiedlich lange Seite auf einer Website. Andere Bezeichnungen für Website sind Webangebot, Webauftritt, Webpräsenz oder auch Netzauftritt.

**Wechselwirkungen** | ⇡ Medikamente, die gleichzeitig eingenommen werden müssen, können sich gegenseitig in ihrer ⇡ Wirksamkeit und ⇡ Verträglichkeit beeinflussen. Die meisten Kinder und Jugendlichen mit ⇡ Epilepsie sind ansonsten gesund und müssen außer ⇡ Antiepileptika keine anderen Medikamente einnehmen. Es kann aber auch zu Wechselwirkungen der Antiepileptika untereinander kommen. Bei Mädchen ist sowohl die Möglichkeit des Wirkungsverlustes der ⇡ Antibabypille durch manche Antiepileptika als auch an die Abschwächung der Wirksamkeit einzelner Antiepileptika sowohl durch die Antibabypille als auch durch die natürlichen Schwankungen von ⇡ Hormonen im Rahmen der ⇡ Periode zu berücksichtigen.

**Wehrdiensttauglichkeit** | In den allermeisten Fällen begründet eine ⇡ Epilepsie, auch wenn sie schon einige Jahre ausgeheilt ist, eine Untauglichkeit für den Wehrdienst. Das hat auch einen Vorteil, weil man die gewonnene Zeit für die ⇡ Berufsausbildung nutzen kann.

**West-Syndrom (WS)** | Diese ↑Epilepsieform ist nach dem gleichnamigen englischen Landarzt und Chirurgen benannt, der sie 1841 erstmals bei seinem eigenen Sohn beschrieb. Das West-Syndrom ist durch eine besondere ↑Anfallsform gekennzeichnet, die so genannten ↑epileptischen Spasmen, die früher auch als infantile Spasmen oder als Blitz-Nick-Salaam beziehungsweise kurz BNS-Anfälle bezeichnet wurden. Weitere Merkmale sind der Beginn im Säuglingsalter, eine Häufung von Anfällen mit ↑Anfallsserien von jeweils sehr vielen kurzen Anfällen, typische Veränderungen im ↑Elektroenzephalogramm (EEG) und ein meistens leider ungünstiger ↑Verlauf mit geistiger ↑Behinderung sowie teilweise Übergang in ein ↑Lennox-Gastaut-Syndrom.



**Wirksamkeit** | Als Wirksamkeit gilt bei der Behandlung mit ↑Medikamenten das Ausmaß oder die Stärke, mit der Beschwerden gebessert werden. Ebenso wie es schwächere und stärkere Medikamente gegen Bauchschmerzen oder Fieber gibt, ist auch die Wirksamkeit der verschiedenen ↑Antiepileptika unterschiedlich. Leider gehen die ↑Wirkstoffe mit einer stärkeren Wirksamkeit manchmal auch mit mehr ↑Nebenwirkungen einher.

**Wirkstoff** | Der Wirkstoff ist der sowohl für die ↑Wirksamkeit als auch für die ↑Nebenwirkungen eines ↑Antiepileptikums oder anderen ↑Medikamentes verantwortliche Inhaltsstoff; siehe auch die Tabellen auf S. 210 ff. am Ende des Buches.

**Wochenende** | Das Wochenende ist für viele Kinder und Jugendliche besonders wichtig, weil sie dann mehr Zeit haben, sich mit ihren ↑Freundinnen und Freunden zu treffen, auszugehen oder sonst etwas zu unternehmen. Auch mit einer ↑Epilepsie kannst Du Dich auf das Wochenende freuen. Du solltest aber unter anderem darauf achten, ausreichend viel und regelmäßigen ↑Schlaf zu haben und keinen oder – sofern Du schon älter bist – nur sehr wenig ↑Alkohol zu trinken.

# Z · z

Z

**Zeitverschiebung** | Bei Flugreisen zu weit entfernten Ländern kann es je nach Flugrichtung (nach Westen oder Osten) und Flugdauer zu einer Verlängerung oder auch Verkürzung des Tages kommen. Ab einer Zeitverschiebung von etwa 6 bis 8 Stunden kann es erforderlich sein, dass die Einnahme Deiner ↑ Antiepileptika angepasst werden muss. Das sollte vorher mit Deinem behandelnden Arzt besprochen werden.

**zerebraler Anfall** | Ein zerebraler Anfall ist ein vom ↑ Gehirn (lateinisch: cerebrum) ausgehender Anfall. Es ist eine andere Bezeichnung für ↑ epileptischen Anfall.

**zerebrales Anfallsleiden** | Dies ist eine andere Bezeichnung für ↑ Epilepsie.

**Zieldosis** | Die Zieldosis ist die ↑ Dosis, die zu Beginn der Behandlung mit einem ↑ Antiepileptikum oder bei der ↑ Umstellung von einem auf einen anderen ↑ Wirkstoff zunächst einmal als ↑ Erhaltungsdosis angestrebt wird. Bei Kindern und Jugendlichen mit ↑ Epilepsie wird diese für das jeweilige Körpergewicht berechnet.

**Zitteranfall** | Dies ist eine andere Bezeichnung für einen ↑ nichtepileptischen Anfall. Bei Säuglingen und Kleinkindern handelt es sich meist um eine ↑ Schauderattacke, bei älteren Kindern und Jugendlichen kommen auch ↑ psychogene Anfälle in Frage.

**Zonisamid (ZNS) |** Zonisamid ist der Name für den ↑ Wirkstoff in einem ↑ Antiepileptikum zur Behandlung von erwachsenen Patienten mit ↑ fokalen Anfällen mit oder ohne ↑ sekundäre Generalisierung als ↑ Kombinationstherapie mit anderen ↑ Medikamenten; siehe auch die Tabellen auf S. 210 ff. am Ende des Buches.



**Zuckungen |** Zuckungen der Muskulatur, zum Beispiel an Armen und Beinen oder auch im Gesicht, sind ein Zeichen einiger, aber nicht aller ↑ Anfallsformen. Außerdem gibt es gerade bei Kindern und Jugendlichen auch epileptische Anfälle ohne Zuckungen.

> **Merke: Epilepsie muss nicht zucken, und nicht alles was zuckt, ist Epilepsie!**

**Zulassung |** Die Zulassung eines ↑ Medikamentes ist eine durch zuständige Behörden erteilte Genehmigung, die erforderlich ist, um es in Apotheken verkaufen zu dürfen. Im Rahmen des entsprechenden Verfahrens werden Unterlagen zur Qualität, ↑ Wirksamkeit und ↑ Verträglichkeit überprüft. Nur wenn der Nutzen eines Medikaments die Risiken überwiegt, erfolgt eine Zulassung. Sie wird immer nur für ein bestimmtes ↑ Anwendungsgebiet, eine bestimmte ↑ Indikation erteilt, eine Anwendung außerhalb davon wird als ↑ Off-Label-Use bezeichnet. Die Zulassung kann in verschiedenen Ländern unterschiedlich sein.

## Zulassung von Antiepileptika (Schweiz)

| Wirkstoff | Alter (ab) | alleinige Gabe (Monotherapie) | Anfallsformen/ Epilepsieformen |
|---|---|---|---|
| Acetazolamid | jedes | nicht zugelassen | fokale und generalisierte Anfälle |
| Carbamazepin | jedes | ja | fokale und generalisierte Anfälle |
| Clobazam | jedes | nicht zugelassen | fokale und generalisierte Anfälle |
| Clonazepam | jedes | ja | fokale und generalisierte Anfälle |
| Diazepam | jedes | (ja) | Status epilepticus |
| Ethosuximid | jedes | ja (Absencen) | »kleine« epileptische Anfälle, insbesondere Absencen |
| Felbamat | 4 Jahre | nicht zugelassen | Lennox-Gastaut-Syndrom |
| Gabapentin | 3 Jahre | ja (ab 12 Jahre) | fokale Anfälle mit und ohne sekundäre Generalisierung |
| Lacosamid | 18 Jahre | nicht zugelassen | fokale Anfälle mit und ohne sekundäre Generalisierung |
| Lamotrigin | 2 Jahre | ja (ab 12 Jahre) ab 2 Jahren nur Kombinationstherapie | fokale Anfälle mit und ohne sekundäre Generalisierung, primär generalisierte tonisch-klonische Anfälle |
| Levetiracetam | 4 Jahre (fokale Anf.) 12 Jahre (generalis. Anfälle) | ja (ab 16 Jahre; für fokale Anfälle) | fokale Anfälle mit und ohne sekundäre Generalisierung, juvenile myoklonische Epilepsie, idiopathische generalisierte Epilepsie |

Z

Z

| Wirkstoff | Alter (ab) | alleinige Gabe (Monotherapie) | Anfallsformen/ Epilepsieformen |
|---|---|---|---|
| Mesuximid | jedes | ja | Absencen und komplexe fokale Anfälle |
| Nitrazepam | Kinder | ja | Lennox-Gastaut-Syndrom und West-Syndrom |
| Oxcarbazepin | 1 Monat | ja | fokale Anfälle mit und ohne sekundäre Generalisierung |
| Phenobarbital | jedes | ja | fokale und generalisierte Anfälle |
| Phenytoin | jedes | ja | fokale und generalisierte Anfälle |
| Pregabalin | 18 Jahre | nicht zugelassen | fokale Anfälle mit und ohne sekundäre Generalisierung |
| Primidon | jedes | ja | fokale und generalisierte Anfälle |
| Rufinamid | 4 Jahre | nicht zugelassen | Lennox-Gastaut-Syndrom |
| Stiripentol | Kleinkinder | nicht zugelassen | schwere frühkindliche myoklonische Epilepsie (Dravet-Syndrom) |
| Sultiam | Kinder | ja | Rolando-Epilepsie |
| Tetracosactid | Kleinkinder | nicht zugelassen | West-Syndrom |
| Tiagabin | 13 Jahre | nicht zugelassen | fokale Anfälle mit und ohne sekundäre Generalisierung |
| Topiramat | 2 Jahre | ja (ab 7 Jahre) | fokale und generalisierte Anfälle Lennox-Gastaut-Syndrom |
| Valproat / Valproinsäure | jedes | ja | fokale und generalisierte Anfälle |
| Vigabatrin | jedes | ja (West-Syndrom) | fokale Anfälle |
| Zonisamid | 18 Jahre | nicht zugelassen | fokale Anfälle mit und ohne sekundäre Generalisierung |

**Zungenbiss** | Ein Zungenbiss ist ein unwillkürlicher Biss in die Zunge, zum Beispiel während eines ↑ generalisierten tonisch-klonischen Anfalls oder ↑ Grand-Mal-Anfalls. Meist findet sich der Biss am seitlichen Zungenrand, manchmal auch in der Innenseite der Wange (↑ Wangenbiss). Ein Zungenbiss ist nicht gefährlich, obwohl es manchmal zu starken Blutungen kommt. Das liegt daran, dass die Zunge ein gut durchbluteter Muskel ist. Die Wunde heilt jedoch innerhalb weniger Tage ab, und bei einem ↑ epileptischen Anfall kann man die Zunge nicht abbeißen. Bei der ↑ Ersten Hilfe wird wegen der Verletzungsgefahr dringend von dem Versuch abgeraten, irgendwelche Gegenstände wie einen Löffel oder einen andere Dinge zur Verhinderung eines Zungenbisses zwischen die Zähne zu zwängen.



**Zusatztherapie** | Dies ist eine andere Bezeichnung für ↑ Kombinationstherapie.

**Zusatzuntersuchungen** | Als Zusatzuntersuchungen werden alle Untersuchungen genannt, die neben der Befragung (↑ Anamnese) und körperlichen Untersuchung (↑ neurologischer Status) durchgeführt werden. In der Regel handelt es sich um technische Untersuchungen wie ein ↑ Elektroenzephalogramm (EEG), eine ↑ Magnetresonanztomographie (MRT) oder ↑ Laboruntersuchungen einschließlich des so genannten ↑ Blutspiegels.

**Zweiertherapie** | Dies ist eine andere Bezeichnung für ↑ Kombinationstherapie.

# Tabelle: Antiepileptika

Die in Deutschland, Österreich und der Schweiz zur Verfügung stehenden ⇡ Antiepileptika mit den so genannten generischen, international üblichen Bezeichnungen Namen für den ⇡ Wirkstoff und den jeweiligen ⇡ Handelsnamen (Stand: Ende 2010)

| Generischer Name (Wirkstoff) | Handelsname(n) (z.T.) Deutschland | Österreich | Schweiz |
|---|---|---|---|
| Acetazolamid (AAA) | Diamox | Diamox | Diamox |
| Carbamazepin (CBZ) | Carba ...<br>Carbabeta<br>carbadura<br>Carbaflux<br>Carbagamma<br>Carbamazepin ...<br>Carbium<br>espa-lepsin<br>Finlepsin<br>Fokalepsin<br>Sirtal<br>Tegretal<br>Timonil | Deleptin<br>Neurotop<br>Tegretol | Carsol<br>Neurotop<br>Tegretol<br>Timonil |
| Clobazam (CLB) | Frisium | Frisium | Urbanyl |
| Clonazepam (CZP) | Antelepsin<br>Rivotril | Rivotril | Rivotril |
| Diazepam (DZP) | diazep ...<br>Diazepam ...<br>Faustan<br>Lamra<br>Stesolid<br>Tima Diazepam<br>Tranquase<br>Valiquid<br>Valium<br>Valocordin | Gewacalm<br>Psychopax<br>Stesolid<br>Umbrium<br>Valium | Diazepam Desitin<br>Paceum<br>Psychopax<br>Stesolid<br>Valium |
| Eslicarbazepin (ESL) | Zebinix | Zebinix | |
| Ethosuximid (ESM) | Petnidan<br>Suxilep<br>Suxinutin | Petinimid<br>Suxinutin | Petinimid |

| **Generischer Name (Wirkstoff)** | **Handelsname(n) (z.T.) Deutschland** | **Österreich** | **Schweiz** |
|---|---|---|---|
| Felbamat (FBM) | Taloxa | Taloxa | Taloxa |
| Gabapentin (GBP) | Gabagamma<br>GabaLich<br>Gabapentin ...<br>Gabax<br>Neurontin | Gabapentin ...<br>Gabatal<br>Neurontin | Gabantin<br>Gabapentin ...<br>Neurontin |
| Kaliumbromid (KBR) | DIBRO-BE mono | | |
| Lacosamid (LCM) | Vimpat | Vimpat | Vimpat |
| Lamotrigin (LTG) | Lamictal<br>Lamo TD<br>Lamotrig-ISIS<br>Lamotrigin ... | Gerolamic<br>Lamictal<br>Lamotrigin ... | Lamictal<br>Lamotrigin ...<br>Lamotrigin-Mepha |
| Levetiracetam (LEV) | Keppra | Keppra | Keppra |
| Lorazepam (LZP) | Tavor(ex)<br>Lorazepam ... | Tavor<br>Temesta | Lorasifar<br>Sedazin<br>Somnium<br>Temesta |
| Mesuximid (MSM) | Petinutin | Petinutin | Petinutin |
| Midazolam (MDZ) | Dormicum<br>Midazolam ... | Dormicum | Dormicum<br>Midazolam ... |
| Nitrazepam (NZP) | Mogadon | Mogadon | Mogadon |
| Oxcarbazepin (OXC) | Apydan extent<br>Timox<br>Trileptal | Trileptal | Trileptal |
| Phenobarbital (PB) | Luminal<br>Luminaletten | | Aphenylbarbit<br>Luminal<br>Phenobarbital ... |
| Phenytoin (PHT) | Phenhydan<br>Phenytoin ...<br>Zentropil | Epanutin<br>Epilan-D-Gerot | Phenhydan<br>Phenhydan-Gerot |
| Pregabalin (PGB) | Lyrica | Lyrica | Lyrica |
| Primidon (PRM) | Liskantin | Cyral | Mysoline |

| Generischer Name (Wirkstoff) | Handelsname(n) (z.T.) Deutschland | Österreich | Schweiz |
|---|---|---|---|
| | Mylepsinum<br>Primidon ...<br>Resimatil | Mysoline | |
| Rufinamid (RUF) | Inovelon | Inovelon | Inovelon |
| Stiripentol (STP) | Diacomit | | |
| Sultiam (STM) | Ospolot | Ospolot | Ospolot |
| Tetracosactid (ACTH) | Synacthen depot | Synacthen depot | Synacthen depot |
| Tiagabin (TGB) | Gabitril | Gabitril | Gabitril |
| Topiramat (TPM) | Topamax<br>Topiramat ... | Topamax | Topamax<br>Topiramat ... |
| Valproat/ | Convulex | Convulex | Convulex |
| Valproinsäure (VPA) | Convulsofin<br>Ergenyl<br>espa-valept<br>Leptilan<br>Orfiril<br>Valpro ...<br>Valproat ...<br>valprodura<br>Valproflux<br>Valproinsäure ...<br>Valprolept | Depakine | Convulex<br>Depakine<br>Orfiril<br>Valproat |
| Vigabatrin (VGB) | Sabril | Sabril | Sabril |
| Zonisamid (ZNS) | Zonegran | Zonegran | Zonegran |

# Bücher und Broschüren zum Weiterlesen

## Für betroffene Kinder und jüngere Jugendliche

Ahaus, Melanie, Hans-Rudolf Drunkenmölle, Norbert Gebert, Karl Hansen, Peter P. Kaupke:
**Die Tropfenbande besiegt Krebs, Fehlsichtigkeit, Epilepsie, Asthma und Neurodermitis**
Hamburger Kinderbuch Verlag Dr. Carlos Schumacher, Hamburg 2007, ISBN 978-3-86631-000-1

Bettendorf, Ulrich, Heilwig Fischbach, Gerd Heinen, Karin Jacob, Petra Klein, Gerhard Kluger, Margarete Pfäfflin, Dagmar Rahn, Susanne Rinnert, Rita Winter, Gabriele Wohlrab:
**famoses (modulares Schulungsprogramm Epilepsie für Familien). Ein Kurs für Kinder mit Epilepsie**
Bethel-Verlag, Bielefeld 2005, ISBN 978-3-935972-09-3

Dingenotto, Beate:
**Was Du schon immer wissen wolltest ... über Dein Gehirn, Deine Anfälle und das Krankenhaus**
von Bodelschwinghsche Anstalten Bethel, Epilepsiezentrum Bethel, Mara GmbH 1995. Keine ISBN; direkt vom Epilepsie-Zentrum Bethel (Maraweg 21, D-33617 Bielefeld) erhältliche Informationsbroschüre

Fährmann, Willi:
**Jakob und seine Freunde**
Arena Verlag, Würzburg 1999, ISBN 978-3-401-02097-6

Habermann-Horstmeier, Lotte:
**Karin und Max. Geschichte von einem Jungen und seiner geistig behinderten, epilepsiekranken Schwester**
Petaurus-Verlag, Saarbrücken 1998. ISBN 978-3-932824-01-2

Heinen, Gerd:
**Bei Tim wird alles anders**
3. Auflage, Verlag einfälle, Berlin 2001. ISBN 978-3-9805386-5-7

Howard, Ellen:
**Edith allein**
Carl Ueberreuter Verlag, Wien 1989. ISBN 978-3-8000-2728-6

Jantzen, Sabine, Tina Krisl, mit Bildern von Christiane Kafemann:
**Flip & Flap: Eine Geschichte über Nervenzellen, Epilepsie und die Friedastraßen-Band**
2., überarbeitete Auflage, Verlag Schmidt-Römhild, Lübeck 2007, ISBN 978-3-7950-7045-8

Klünner, Maria, mit Aquarellen von Gisela Böhme:
**Felicitas. Geschichte einer Epilepsie. Ein Buch für große und kleine Menschen**
Selbstverlag, Nordenham 2006. Keine ISBN und nicht im Buchhandel, aber direkt bei der Autorin (Marschenweg 7, D-26954 Nordenham, Tel. 0 47 31 / 2 11 42, Fax 0 47 31 / 92 38 98, E-Mail: mkluenner@web.de) erhältlich

Schneble, Hansjörg:
**Das Eigentor oder die Geschichte vom Peter Guck-in-die-Luft**
dgvt (Deutsche Gesellschaft für Verhaltenstherapie) Verlag, Tübingen 2000,
ISBN 978-3-87159-027-6

Schröder, Silke, Elisabeth Reuter:
**Carla. Eine Geschichte über Epilepsie**
2. Auflage (unveränderter Nachdruck der Originalausgabe von 1996, Epilepsie-Bundes-Elternverband (e.b.e.) e.V. / Landesverband Epilepsie Bayern e.V., Wuppertal / Schwanstetten 2007. Keine ISBN und nicht im Buchhandel, aber direkt bei den herausgebenden Organisationen (Adresse: siehe S. 65) erhältlich.

Siemes, Hartmut, Sibylle Ried, Friedemann Bedürftig:
**Jugendtagebuch E (Epilepsie).**
Blackwell Wissenschafts-Verlag, Berlin – Wien 1997, ISBN 978-3-89412-320-8

Wollgarten, Stefanie, Heiko Krause:
**Epilepsie? – Bleib cool!**
Care-Line Verlag, Neuried 2006, ISBN 978-3-937252-88-9

## Zum Vorlesen für kleinere Kinder (bis 7 Jahre), deren Eltern Epilepsie haben

Bauer, Zsuzsa, Bernhard Veith:
**Muttersein mit Epilepsie – Mama hat Epilepsie: Ein praktischer Ratgeber**
ComMed medizinischer Verlag, Schopfheim, 2006, ISBN 978-3-940667-35-9

Pohlmann-Eden, Bernd (Bilder von Bert K. Roerer):
**Das Geheimnis um die Stehaufmännchen-Mama. Ein Buch für Kinder von 2 bis 7 Jahren, deren Eltern Epilepsie haben (Bilderbuch + Elternteil)**
beta Institutsverlag, Augsburg 2007, ISBN 978-3-934942-11-0

## Für betroffene ältere Jugendliche und Erwachsene sowie Eltern, Lehrer, Pflegepersonal, Sozialarbeiter usw.

Altrup, Ulrich, Christian Erich Elger:
**Epilepsie. Informationen in Texten und Bildern für Betroffene, Angehörige und Interessierte**
Novartis Pharma Verlag, Nürnberg 2000, ISBN 978-3-933185-49-5

Altrup, Ulrich, Ulrich Specht:
**Informationstafeln Epilepsie.**
3., überarbeitete Auflage, Novartis Pharma Verlag, Nürnberg 2006, ISBN 978-3-933185-66-2,
www.epilepsie-forum.de/de/Trileptal/epilepsieforum/InformationstafelnEPILEPSIE/page.html

Becker, Gitta:
**Gänseblümchen – Mein glückliches Leben mit einem behinderten Sohn**

ACABUS Verlag im Diplomica Verlag, Hamburg 2009, ISBN 978-3-941404-10-6

Bettendorf, Ulrich, Heilwig Fischbach, Gerd Heinen, Karin Jacob, Petra Klein, Gerhard Kluger, Margarete Pfäfflin, Dagmar Rahn, Susanne Rinnert, Rita Winter, Gabriele Wohlrab:
**famoses (modulares Schulungsprogramm Epilepsie für Familien). Ein Kurs für Eltern von Kindern mit Epilepsie**
Bethel-Verlag, Bielefeld 2006, ISBN 978-3-935972-12-3

Bischofberger, Hansruedi, Regina M. Henggeler, Christoph Kopps, Heinrich Otremba, Leo und Hanna Tempini, Agnes Wehrli für die Schweizerische Vereinigung der Eltern epilepsiekranker Kinder (SVEEK) (Herausgeber):
**Epilepsien im Schulalltag. Fragen, Antworten und Informationen**
Recom Verlag, Basel – Eberswalde 1995, ISBN 978-3-315-00106-1

Boenigk, Hans-Erich, Friedrich Kassebrock (Herausgeber):
**Überbehütung? Nein! Aber wer entlastet uns denn von unserer Verantwortung?**
(Bethel-Beiträge 52). Bethel-Verlag, Bielefeld 1997, ISBN 978-3-922463-85-6

Brandl, Ulrich:
**Mein Kind hat Epilepsie. Aufklärung und Hilfe für Eltern**
H. Hugendubel Verlag, Kreuzlingen – München 2006, ISBN 978-3-7205-2717-0

Christ, W., H. Mayer, S. Schneider:
**Das anfallskranke Kind. Epilepsiekranke Kinder und Jugendliche – ein Ratgeber für Eltern**
10., völlig neu bearbeitete Auflage. Epilepsiezentrum Kork, Kork 2006. Keine ISBN; kostenlos beim Epilepsiezentrum Kehl-Kork (D-77694 Kehl-Kork) oder bei der Firma Desitin Arzneimittel GmbH (Weg beim Jäger 214, D-22335 Hamburg) erhältliche Broschüre

Diebold, Gilbert:
**Epilepsie, eine Krankheit als Zuflucht**
Psychosozial-Verlag, Gießen 2001, ISBN 978-3-89806-065-3

Elger, Christian Erich, Anke Brockhaus, Thomas Grunwald:
**Epilepsie und Flugreisen. Antiepileptika und Zeitumstellungen**
Deutscher Universitätsverlag, Wiesbaden 1996, ISBN 978-3-8244-2078-0

Fink, Annette:
**Epilepsie – plötzlich und unerwartet. Was Epilepsie ist und was sie bedeutet – Rat für Betroffene, Angehörige und Betreuende**
Oesch Verlag, Zürich 2007, ISBN 978-3-0350-0039-9

Gehle, Petra:
**Jugendliche mit Epilepsie. Eine Broschüre der Stiftung Michael**
Kallmeyer Verlag, Seelze-Velber 2003. Keine ISBN; direkt beim Verlag (Im Brande 19, 30926 Seelze-Velber) oder bei der Stiftung Michael (Münzkamp 5, 22339 Hamburg) erhältliche Broschüre.

Häger, Stefan:
**Leben mit einem epilepsiekranken Kind. Eine qualitative Untersuchung auf der Basis von persönlichen Gesprächen mit betroffenen Eltern (Dissertation)**
Verlag Dr. Kovac, Hamburg 2009, ISBN 978-3-8300-4751-3

Heinen, Gerd, Christiane Schmid-Schönbein:
**Selbstkontrolle epileptischer Anfälle. Ein verhaltenstherapeutischer Ansatz zur Selbstkontrolle epileptischer Anfälle bei Jugendlichen und Erwachsenen**
Pabst Science Publisher, Lengerich 1999, ISBN 978-3-933151-86-5

International Bureau for Epilepsy (IBE):
**A Traveller's Handbook for Persons with Epilepsy** (englischsprachig)
Keine ISBN; erhältlich beim Internationalen Büro für Epilepsie (IBE), Priory Hall, Stillorgan, Dublin 18, Irland. E-Mail: ibedublin@eircom.net
Enthält neben allgemeinen Informationen eine Liste der weltweiten Handelsnamen für die verschiedenen Antiepileptika und eine Übersicht zu internationalen Bestimmungen einschließlich Führerscheinrichtlinien)

Kampen, Norbert van (Herausgeber):
**Mit Epilepsie leben. Aspekte beruflicher und sozialer Integration von Menschen mit Epilepsie**
Klenkes Verlag, Aachen 1996, ISBN 978-3-921955-23-9.

Kampen, Norbert van, Heike Elsner, Klaus Göcke (Herausgeber):
**Handbuch Epilepsie & Arbeit**
Verlag einfälle, Berlin 2002, ISBN 978-3-9805386-8-6

Krämer, Günter:
**Das große TRIAS-Handbuch Epilepsie. Die Erkrankung erkennen und verstehen. Gut informiert: Anfallsformen, Auslöser, Diagnose, Verlauf, Therapie. Den Alltag meistern: Alles über den Beruf, Familie und Freizeit.**
3. Auflage, TRIAS Verlag in MVS Medizinverlage Stuttgart, Stuttgart 2005, ISBN 978-3-8304-3129-9

Krämer, Günter:
**Der erste epileptische Anfall. Was steckt dahinter? Welche Untersuchungen sind sinnvoll? Wie geht es weiter?**
TRIAS Verlag in MVS Medizinverlage Stuttgart, Stuttgart 2006, ISBN 978-3-8304-3330-9

Krämer, Günter:
**Diagnose Epilepsie. Kurz und bündig: Wie Sie die Krankheit verstehen, die besten Therapie für sich nutzen, Ihren Alltag optimal gestalten**
TRIAS Verlag in MVS Medizinverlage Stuttgart, Stuttgart 2003, ISBN 978-3-8304-3077-3

Krämer, Günter:
**Epilepsie – Abkürzungen 2010/2011**
4., aktualisierte Auflage, Hippocampus-Verlag, Bad Honnef 2010. ISBN 978-3-936817-64-5

Krämer, Günter:
**Epilepsie – Adressen 2011/2012**
3., aktualisierte und erweiterte Auflage, Hippocampus-Verlag, Bad Honnef 2011, ISBN 978-3-936817-62-1

Krämer, Günter:
**Epilepsie von A – Z. Medizinische Fachwörter verstehen**
4. Auflage, TRIAS Verlag in MVS Medizinverlage, Stuttgart 2005. ISBN 978-3-8304-3229-6

Krämer, Günter, Kurt-Emil Merki:
**Gefährliche Ordnung. Diagnose: Epilepsie**
Rüffer & Rub Sachbuchverlag, Zürich 2002, ISBN 978-3-907625-06-4

Krämer, Günter, Anja D. Zeipelt:
**100 Fragen, die Sie nie zu stellen wagten**
Hippocampus Verlag, Bad Honnef 2011. ISBN 867-3-936817-68-3

Martin, Patricia:
**Wegweiser Sozialleistungen für Menschen mit Epilepsie.**
3. Auflage, Verlag für Didaktik in der Medizin (VDM), Michelstadt 2005. Keine ISBN, kostenlos bei der Firma Pfizer GmbH (c/o Promedic GmbH, Postfach 201512, 79375 Müllheim) erhältliche Broschüre

Matthes, Ansgar, Hansjörg Schneble:
**Unser Kind hat Anfälle. Epilepsie bei Kindern und was der Arzt dazu meint. Ein Wegweiser für Eltern**
Epilepsiezentrum Kork, Kehl-Kork 1998. Keine ISBN; kostenlos beim Epilepsiezentrum Kork (D-77694 Kehl-Kork) oder bei der Deutschen Sektion der Internationalen Liga gegen Epilepsie (Herforder Str. 5-7, D-33602 Bielefeld) erhältliche Broschüre

Platte, Petra, Christoph Korenke: Epilepsie:
**Neue Chancen mit der ketogenen Diät**
TRIAS Verlag in MVS Medizinverlage Stuttgart, Stuttgart 2005, ISBN 978-3-8304-3214-2

Pohlmann-Eden, Bernd:
**Epilepsie – auf den Punkt gebracht**
Verlag für Didaktik in der Medizin (VDM), Michelstadt 2006. Keine ISBN; kostenlos bei der Firma Pfizer GmbH (c/o Promedic GmbH, Postfach 201512, 79375 Müllheim) erhältliche Broschüre

Pohlmann-Eden, Bernd, Bernhard Jochen Steinhoff:
**Antiepileptika verstehen. Ein Wegweiser durch den Medikamenten-Dschungel. 5., erweiterte Auflage**
TRIAS Verlag in MVS Medizinverlage Stuttgart, Stuttgart 2009. ISBN 978-3-8304-3526-6

Reker, Martin:
**Selbstkontrolle bei Epilepsie. Zwischen Autonomie und Abhängigkeiten: Selbst- und Fremdbestimmung bei Epilepsie**
Verlag einfälle, Berlin 1998. ISBN 978-3-9805386-1-9

Ried, Sibylle, Gertrud Beck-Mannagetta, neu bearbeitet von Dietz Rating, Bettina Schmitz, Jürgen Bauer:
**Epilepsie und Kinderwunsch (Epilepsie-Berichte, Band 2). 2., aktualisierte und erweiterte Auflage**
Georg Thieme Verlag, Stuttgart – New York 2003. ISBN 978-3-13-137952-8

Ried, Sibylle, Hartmut Baier, Dieter Dennig, Klaus Göcke, Ulrich Specht, Rupprecht Thorbecke, Rainer Wohlfahrt:
**MOSES – Er-Arbeitungsbuch. Modulares Schulungsprogramm Epilepsie**
2. Auflage, Bethel-Verlag, Bielefeld 2005. ISBN 978-3-935972-07-9

Ried, Sibylle, Gisela Schüler:
**Epilepsie. Vom Anfall bis zur Zusammenarbeit**
2. Auflage, Blackwell Wissenschafts-Verlag, Berlin – Wien 1997, ISBN 978-3-89412-315-4

Sälke-Kellermann, Ritva-A.:
**Epilepsie bei Schulkindern. (Schriften über Epilepsie, Band IV)**
Stiftung Michael, Hamburg 2009. Keine ISBN; kostenlos von der Stiftung Michael (Münzkamp 5, 22339 Hamburg) erhältliche Broschüre.

Sälke-Kellermann, Ritva A., Jörg Wehr (Herausgeber):
**Kind und Epilepsie. Ganzheitliche Behandlungs- und Betreuungskonzepte für Kinder mit Epilepsie**
Hippocampus Verlag, Bad Honnef 2010. ISBN 978-3-936817-60-7

Schaudwet, Anne:
**Epilepsie bei Kindern und Jugendlichen in der Schule. Ein Handbuch für Pädagoginnen, Pädagogen und Eltern**
Weinheim und Basel, Beltz Verlag 2009, ISBN 978-3-407-57223-3

Schmidt, Dieter:
**Epilepsien. Fragen und Antworten**
7. Auflage, Zuckschwerdt Verlag, München – Bern –Wien – New York 2006, ISBN 978-3-88603-892-3

Schmitz, Bettina:
**Reden über Epilepsie. Mut zur Offenheit – Wen sie informieren sollten – Selbstbewusst den Alltag leben**
2. Auflage, TRIAS Verlag in MVS Medizinverlage Stuttgart, Stuttgart 2008.ISBN 978-3-8304-3481-8

Schneble, Hansjörg:
**Epilepsie. Erscheinungsbilder – Ursachen – Behandlung**
Beck'sche Reihe 2047, 2., überarbeitete Auflage.
Verlag C.H.Beck, München 2003. ISBN 978-3-406-41047-5

Schneble, Hansjörg:
**Epilepsie bei Kindern: Wie Ihre Familie damit leben lernt. Was Epilepsie ist – Wie der Arzt untersucht und behandelt – So nutzen Sie die besten Chancen für Ihr Kind**
TRIAS Verlag in MVS Medizinverlage Stuttgart, Stuttgart 1999, ISBN 978-3-89373-528-0

Schwager, Hans-Joachim, Friedrich Kassebrock, Albrecht zur Weihen, Renate Smattosch:
**Pädagogischer Ratgeber bei Epilepsie – mit beruflichen Perspektiven**
Schriften über Epilepsie, Band II, 5. Auflage.
Stiftung Michael, Hamburg 2004. Keine ISBN; kostenlos von der Stiftung Michael (Münzkamp 5, 22339 Hamburg) erhältliche Broschüre

Steinmeyer, Heinz-Dietrich, in Zusammenarbeit mit Rupprecht Thorbecke:
**Rechtsfragen bei Epilepsie**
Schriften über Epilepsie, Band I, 6., überarbeitete Auflage
Stiftung Michael, Hamburg 2003. Keine ISBN; kostenlos von der Stiftung Michael (Münzkamp 5, 22339 Hamburg) erhältliche Broschüre

Stephani, Ulrich:
**Das Lennox-Gastaut-Syndrom**
TRIAS Verlag in MVS Medizinverlage Stuttgart, Stuttgart 2008, ISBN 978-3-8304-3467-2

Thorbecke, Rupprecht, unter Mitarbeit von Dieter Janz und Ulrich Specht:
**Arbeit und berufliche Rehabilitation bei Epilepsie**
Schriften über Epilepsie, Band III
Stiftung Michael, Hamburg 1995. Keine ISBN; kostenlos von der Stiftung Michael (Münzkamp 5, 22339 Hamburg) erhältliche Broschüre

Volkers, Helmut:
**Das Anfallskind. Antworten auf Elternfragen zu Epilepsien im Kindes- und Jugendalter**
2. Auflage, Books on Demand, Norderstedt 2006. ISBN 978-3-8334-6223-8. Im Internet unter www.anfallskind.de.

Wohlfahrt, Rainer, Daniela Schneider:
**Psychoedukatives Training zur Verbesserung der Selbsthilfefähigkeiten von Menschen mit Epilepsie**
dgvt (Deutsche Gesellschaft für Verhaltenstherapie) Verlag, Tübingen 1999, ISBN 978-3-87159-338-3.

## Erfahrungsberichte von Betroffenen und Angehörigen sowie Romane

Aly, Monika, Götz Aly, Morlind Tummler:
**Kopfkorrektur oder der Zwang gesund zu sein. Ein behindertes Kind zwischen Therapie und Alltag. Überarbeitete Neuausgabe.**
Bundesverband für Körper- und Mehrfachbehinderte, Düsseldorf 2005. ISBN 978-3-910095-59-5

B., David (Pierre-François David Beauchard)
**Die heilige Krankheit. Geister (Band 1)**
Edition Moderne, Zürich 2006, ISBN 978-3-03731-007-6

B., David (Pierre-François David Beauchard):
**Die heilige Krankheit. Schatten (Band 2)**
Edition Moderne, Zürich 2007, ISBN 978-3-03731-022-9

Bichler, Hannelore:
**Der Blitz aus heiterem Himmel. Mein Leben mit Epilepsie**
Dr. Werner Jopp Verlag, Wiesbaden 1997, ISBN 978-3-926955-35-7

Cooke, Sue:
**Zerzaustes Käuzchen. Die Emanzipation einer Epilepsiekranken**
3. Auflage. Fischer Taschenbuchverlag, Frankfurt 1990, ISBN 978-3-596-23245-1

D(aniel)-Zeipelt, Anja:
**Epi on board – ich glaub, ich krieg `nen Anfall**
Edition Fischer, Frankfurt/Main 2005, ISBN 978-3-8301-0885-6

Dimov, Bojan:
**Konfrontation Epilepsie. Eine ungewöhnliche Erfolgsgeschichte**
Ibera Verlag / European University Press, Wien 2004. ISBN 978-3-85052-185-7

Doermer, Laura:
**Moritz mein Sohn**
Goldmann Taschenbuch, 5. Auflage
Bertelsmann Verlag, München 1994. ISBN 978-3-442-12571-5

Fadimann, Anne:
**Der Geist packt dich und du stürzt zu Boden. Ein Hmong-Kind, seine westlichen Ärzte und der Zusammenprall zweier Kulturen**
Berlin Verlag, Berlin 2000. ISBN 978-3-8270-0336-2

Fink, Anette:
**Blickfängerin. Ein Leben mit Epilepsie und Angst**
Kreuz Verlag, Stuttgart 2006. ISBN 978-3-7831-2830-7

Heinen, Gerd:
**Zurück vom Mars. Roman**
Edition Baier in Care-Line, Neuried 2009. ISBN 978-39812463-1-5

Heiner, Stefan, Margret Meyer-Brauns, Lotte Habermann-Horstmeier (Herausgeber):
**Anfälle – Erfahrungen mit Epilepsie**
2. Auflage, Mabuse Verlag, Frankfurt am Main 2002, ISBN 978-3-933050-22-9

Herbst, Ricarda:
**Sand in meinen Augen. Ein persönlicher Erfahrungsbericht über eine nicht alltägliche Krankheit**
Reinhold Kolb Verlag, Mannheim 2002, ISBN 978-3-936144-11-6

Kamprad, Barbara, Hans-Albrecht Pflästerer:
**Gewitter im Gehirn – Epilepsie. Wissen, behandeln, mit der Krankheit leben**
Kreuz Verlag, Zürich 1994, ISBN 978-3-268-00154-5

Mayerhofer, Ingrid:
**Manuel. Die Geschichte eines Jungen mit Epilepsie, die mit einem Tumor begann**
Selbstverlag, Kößlarn 1997. Keine ISBN und nicht im Buchhandel, aber direkt bei der Autorin (Hubreith 7, D-94149 Kößlarn, Tel. + Fax 08536 / 1414) erhältlich

Müller, Erik:
**Der Nußbaum. Ein Betroffener erzählt über Epilepsie**
Frieling und Partner, Berlin 2001, ISBN 978-3-8280-1416-9

Otto, Jacqueline:
**Turboclean, Scholl und Ruah. Die Geschichte eines etwas anderen Mädchens**
Books on Demand, Norderstedt 2009. ISBN 978-3-8370-2350-3

Preußer, Ines:
**Mein Leben mit Epilepsie. Der Neubeginn**
dmv Deutscher Medizin Verlag, Münster 2010. ISBN 978-3-936525-51-9

Rudolph, Susanne (Herausgeberin):
**Ein beinahe fast normales Leben. Junge Menschen erzählen aus ihrem Alltag mit Epilepsie**
3., erweiterte Auflage 2009. Keine ISBN, kostenlos per E-Mail bestellbar unter info@junger-treffpunkt-epilepsie.de (Betreffzeile: Buchbestellung – Epilepsie)

Schachter, Steven C.:
**Über Epilepsie sprechen. Persönliche Berichte vom Leben mit Anfällen**
Blackwell Wissenschafts-Verlag, Berlin – Wien 1998. ISBN 978-3 89412-346-8

Schmoll, Andrea:
**Kreuzweg Epilepsie. Tagebuchaufzeichnungen einer Schülerin**
Battert-Verlag, Baden-Baden 1993. ISBN 978-3-87989-212-1

Schuster, Ursula:
**Michaels Fall. Mein Kind ist epilepsiekrank. Erfahrungs- und Ermutigungsbericht einer Mutter**
2. Auflage, dgvt (Deutsche Gesellschaft für Verhaltenstherapie) Verlag, Tübingen 1999. ISBN 978-3-87159-018-4

Schuster, Ursula:
**Lauter Stolpersteine. Über das Leben mit Epilepsie**
2. Auflage, Attempto Verlag, Tübingen 2002, ISBN 978-3-89308-248-3

Schuster, Ursula:
**Stolpersteine – na und? Mit Epilepsie leben**
dgvt (Deutsche Gesellschaft für Verhaltenstherapie) Verlag, Tübingen 2008. ISBN 978-3-87159-083-2

Wohlfrom, Matthias:
**Das Auto Mensch. Eine Interpretation von Epilepsie**
Zwiebelzwerg Verlag, Willebadessen 2007, ISBN 978-3-938368-38-1. (Hör-CD)

Lillge, Barbara (Autorin und Sprecherin), Klaus Weigert (Musik):
**Prinzessin Epilepsia findet Freunde (Eine Kasperle-Geschichte in Text und Musik für Kinder ab 5 Jahren)**
Landesverband Epilepsie Bayern, Wenzenbach ohne Jahr. Bezug (Spende erbeten): Landesverband Epilepsie Bayern, Mittelstr. 10, 90596 Schwanstetten, Tel. (091 70) 18 90, E-Mail: renate.windisch@epilepsiebayern.de oder: Epilepsie Bundes-Elternverband, Am Eickhof 23, 42111 Wuppertal, Tel. (02 02) 298 84 65, E-Mail: kontakt@epilepsie-elternverband.de

## Einige interessante DVDs mit Videos

Bacher, Matthias, Susanne Huber, Felix Müller:
**Von Anfällen und Ameisen.**
Epilepsie-Zentrum Kork, Kehl-Kork ohne Jahr.
Bezug: zum Preis von € 8,00 incl. MwSt und Porto (Deutschland) bei: Oberarzt Matthias Bacher, Epilepsie-Zentrum Kork, Landstraße 1, 77694 Kehl-Kork, Fax (078 51) 84 25 25, E-Mail: mbacher@epilepsiezentrum.de

Huckfeldt (inzwischen Knigge, geb. Huckfeldt), Katrin:
**Momente außer Kontrolle. Leben mit Epilepsie. DVD**
Filmakademie Baden-Württemberg, Ludwigsburg 2001
Bezug: zum Preis von € 22,00 inkl. MwSt (plus € 2,20 Porto) bei Teer + Feder Filmproduktion GbR, Am Klingenberg 35, 22587 Hamburg, Tel. 0163 695 68 59, E-Mail: k.knigge@teer-und-feder.de, Internet: www. teer-und-feder.de

Katzorke, Mechthild, Volker Schöwerling, Bettina Schmitz, Susanne Rinnert:
**... Bis zum Umfallen. Jung sein mit Epilepsie. Eine DVD für Jugendliche**
catlinafilm, Berlin 2003
Bezug: zum Preis von € 10,00 inkl. MwSt und Porto (bei Bestellungen aus Österreich und der Schweiz zuzüglich € 5,00 Versandkosten) bei catlinafilm Berlin, Sophie-Charlotten-Straße 84, D-14059 Berlin, Tel. (030) 30 10 93 07, Fax (030) 30 10 93 08; E-Mail: post@catlinafilm.de oder im Internet unter www.catlinafilm.de

Pohlmann-Eden, Bernd, Volker Schöwerling, Mechthild Katzorke:
**... ansonsten ist sie kerngesund. Leben mit Epilepsie. Teil I**
catlinafilm, Berlin ohne Jahr (2000)

Katzorke, Mechthild, Volker Schöwerling, Bernd Pohlmann-Eden:
**... akzeptieren, dass es dazugehört. Leben mit Epilepsie. Langzeitdokumentation Teil II**
catlinafilm, Berlin ohne Jahr (2005)
Bezug: DVD mit beiden Videofilmen zum Preis von € 12,90 inkl. MwSt und Porto (bei Bestellungen aus Österreich und der Schweiz zuzüglich € 5,00 Versandkosten) bei catlinafilm Berlin, Sophie-Charlotten-Straße 84, D-14059 Berlin, Tel. (030) 30 10 93 07, Fax (030) 30 10 93 08; E-Mail: post@catlinafilm.de oder im Internet unter www.catlinafilm.de

## Zeitschriften

**einfälle.** Zeitschrift der Deutschen Epilepsievereinigung e. V. (Mitgliederzeitschrift), Selbsthilfe von Anfallskranken e. V., Zillestraße 102, 10585 Berlin, Tel. (030) 341 42 52, Fax (030) 342 44 66, E-Mail: einfaelle@epilepsie.sh, Internet: www.epilepsie.sh/Mitgliedszeitung.7.0.html

**Epikurier.** Gemeinschaftsproduktion des e.b.e. Epilepsie Bundes-Elternverbandes e. V. und des Landesverbandes Epilepsie Bayern e.V. (siehe auch S. 65),
Redaktion: Susanne Fey, Am Eickhof 23, 42111 Wuppertal, Tel. und Fax (02 02) 298 84 65, E-Mail: kontakt@epikurier.de, Internet: http://www.epikurier.de

**Österreich: Zeitschrift für Anfallskranke (ZAK).** Zeitschrift des Epilepsiedachverbands Österreich (EDÖ; siehe auch S. 65)
Information zu Abonnement: Lieselotte Grössing-Soldan, Wichtelgasse 55/19, 1170 Wien, Tel. und Fax (0043)1 489 52 78 oder Tel. (Mobil) 0664 125 47 88, E-Mail: groessing-soldan@aon.at, Internet: http://www.epilepsie.at (dort auch Inhaltsangaben der Hefte)

**Schweiz: epi suisse magazin. Magazin für Eltern anfallskranker Kinder** (dreisprachig: deutsch, französisch, italienisch) herausgegeben vom Schweizerischen Verein für Epilepsie (Epi-Suisse; siehe auch S. 66; dort auch Abonnement möglich). Aktuelle Ausgaben kostenlos im Internet unter www.epi-suisse.ch

# Epilepsie

## 100 Fragen, die Sie nie zu stellen wagten

Günter Krämer, Anja D.-Zeipelt
ISBN 978-3-936817-68-3
192 Seiten, broschiert
zahlreiche farbige Abbildungen
Hippocampus Verlag
Bad Honnef 2010, € 14,90

In diesem Buch antworten der Epileptologe Dr. Günter Krämer, Leiter des Schweizerischen Epilepsiezentrums in Zürich, und die engagierte Epilepsiebetroffene und Autorin Anja D.-Zeipelt parallel auf Fragen, die im Arztkontakt vielleicht öfter verschwiegen werden, frei nach dem Motto: »Es gibt keine dummen Fragen, sondern nur dumme Antworten«. Die Antworten sind nicht immer gleich lang oder ausführlich. Manches weiß der Arzt besser, anderes ist aus Sicht einer Betroffenen authentischer, in jedem Fall profitiert der Leser von zwei völlig verschiedenen Perspektiven.

**Anja Daniel-Zeipelt** ist Künstlerin und Autorin und erlitt ihren ersten epileptischen Anfall im Alter von 33 Jahren. Ihre alltäglichen Erfahrungen im Umgang mit der Epilepsie verarbeitete sie humoristisch-satirisch in dem Buch »Epi on board – ich glaub, ich krieg 'nen Anfall«. Als »Botschafterin für Epilepsie« leistet Anja Daniel-Zeipelt Öffentlichkeitsarbeit und berät ehrenamtlich Epilepsiebetroffene.

**Dr. Günter Krämer** ist seit 1994 Chefarzt und Medizinischer Direktor des Schweizerischen Epilepsiezentrums in Zürich und seit 2001 Präsident der Schweizerischen Liga gegen Epilepsie. Neben seinen wissenschaftlichen Publikationen hat er zahlreich Fachbücher und Patientenratgeber zum Thema Epilepsie veröffentlicht.

**Für:** Menschen mit Epilepsie, ihre Angehörigen und Freunde